U0164112

童山詩論卷

邱燮友 著

目　錄

李白詩卷

新詩、山歌、童詩卷

自序

　　繼《品詩吟詩》之後，十四年來，我把所寫的單篇論文二十篇，結集為《童山詩論卷》。歲月易得，從少年到白頭，一路走來，對詩歌深愛，無論古典詩或現代詩，無論兒童詩或成人詩，只要是好詩，不分新體，舊體，或是短篇、長篇，一概欣然嚮往，一往情深，狂熱喜愛。

　　記得在大二時，熱愛新文藝，用「童山」或「石城」的筆名，發表文章，當時用筆名寫文章，就如同前朝的一些文人，用「脂硯齋」、「燕北閒人」、「瞿塘退士」、「抱甕老人」、「蘭陵笑笑生」等來發表文章，似乎有隱名埋姓，成隱形人的快感。不然用本名寫文章，未免太直接而淪為爭名好利之輩，不能客觀以對現實的社會。其實筆名的挑選，也是經過一番思考，當時會用「童山」是由「童山濯濯」這則成語而選上，讀《孟子・告子上》有云：「牛山之木嘗美矣，以其郊於大國也，斧斤伐之，可以為美乎？」牛山之所以濯濯不生草木，是人們的斧斤砍伐，牛羊又從而牧之，造成童山濯濯。如果讓它日夜生息加以栽培種植，也可以茂密成林，就如同孟子所說的：「苟得其養，無物不長；苟失其養，無物不消。」於是從反向思考，認為自己的努力和才華不夠，用「童山」這個筆名，來策勵自己，努力閱讀和寫作，使

「童山濯濯」變成「華山茁茁」。在芸芸眾生中，只要勤奮不懈，總有立足之地。我所以選「童山」為筆名，是從反思考來定位。

　　在這二十篇的小論文中，我以內容為序，從〈詩歌與人生〉到〈六朝吳歌西曲分布區域的探述〉這七篇是一般的詩論，大抵與詩學教學有關，稱之為「詩論卷」。至於〈從唐三彩看唐詩世界〉和〈唐代長沙窯茶壺詩初探〉是從地下出土的文物，來看唐人的生活與唐詩的繁榮，稱之為「詩與地下出土卷」。從〈《菩薩蠻》的創調與流傳〉到〈杜甫心目中的李白〉，這七篇是針對李白詩而有所迴響，本來希望就李白詩的研討，單獨成書，但這畢竟是艱難的工程，要結集十餘篇，始能成書，如今只好放棄這項計畫，就稱這七篇為「李白詩卷」。從〈論北島的詩歌藝術〉到〈本土兒童歌謠創作及賞析〉，其中討論的範圍是新詩、山歌和童詩。因此稱之為「新詩、山歌、童詩卷」。而對二十篇單篇論文，觸筆所及，都不離詩歌的領域和範疇，故稱之為《童山詩論卷》，不亦宜乎！

　　回顧幾年來所經歷的路程，所接觸書和人，都與文學詩歌有關，在東大圖書公司滄海叢刊所出版的《品詩吟詩》，共收單篇小論文十二篇；如今在萬卷樓所出版的二十篇單篇論文，名為《童山詩論卷》，這些論文，大抵在大專院校所辦的學術研討會上發表過的論文，是經過一番考驗和審測。我希望將這些文章結集成冊，便於檢索不致於散失。在此感謝三民書局的董事長劉振強先生，幫我出版《品詩吟詩》，同樣地，在此感謝《國文天地》萬卷樓的董事長陳滿銘教授及總經理梁錦興先生，幫我出版《童

山詩論卷》。一生中能寫多少詩篇和多少論述的文章,能夠結集
成冊,也是一種難得的因緣和造化。我常把一首詩的完成比喻成
一朵花的開放,一篇論文的完成,如同一棵樹的成長,盼望在一
生中,花朵燦開,綠樹成林,在詩的環境中,造成花開四季,林
木成蔭的好園林。

邱燮友

2003.4.4 於台北　台灣師大

詩 論 卷

詩歌與人生

一、前言

　　閱讀詩歌有甚麼好處？吟唱詩歌有甚麼作用？閱讀詩歌能排遣憂悶，開拓視野；吟唱詩歌能抒吐情意，解除壓力。其實吟讀或創作詩歌，好處很多，我國前賢早已探討過這個問題，就如《論語‧陽貨》云：

　　　　子曰：「小子何莫學夫詩。詩可以興，可以觀，可以群，可以怨，邇之事父，遠之事君，多識鳥獸草木之名。」①

又如《禮記‧經解篇》云：

　　　　溫柔敦厚，詩教也。②

　　學習詩歌的好處，孔子（551-479B.C.）已有具體的說明，詩歌以激發情志，觀察興衰，溝通群志，抒吐怨憤，可以行孝行忠，增加鳥獸草木之名的常識。而儒家提倡的詩教在於「溫柔敦厚」，發揮發乎情止乎禮義的人性美德。這些都是學習詩歌的效用，包括詩人寫詩和讀者讀詩二者，並非指讀者而已。
　　今日大專的通識教育，其中有關詩教的課程不少，如「詩詞

曲欣賞」、「現代詩欣賞與創作」、「民歌選讀」、「樂府詩選讀」、「詩歌與人生」、「詩歌美讀與朗誦」等，都是一般大專生所喜愛的課程。我國是愛好詩歌的民族，詩歌薪火相傳，永世不絕。在大專的課程中，詩歌教學一向被重視；同時，在學生的社團活動中，有詩社、詩歌吟社或朗誦隊的組成，成為大專學生社團的特色。詩歌彩繪人生，使世間生機蓬勃，多彩多姿。

二、教材的設計與編纂舉隅

　　所謂人生，即人們世代生存活動的空間，而詩歌便是記錄這一代人情意活動的事實。常言道：「一種米養百種人。」同樣地，一代詩歌反映百態人生。今從詩歌發展的角度看詩歌中所反映的人生。

㈠先秦詩歌中的人生

　　《詩經》和《楚辭》是先秦（-206B.C）的詩歌，《詩經》代表北方文學，《楚辭》代表南方文學。

　　我們讀《詩經》，可以體會西周開國到東周定王八年（1066-581B.C.），其間約五百年的詩歌，他們在迎親道上，鼓吹吹響二月的桃紅；日出日落，他們在杵歌中，響起豳風七月的收穫③。305篇《詩經》象徵著周代人們的生活和願望，反映了朝野各階層的人生。同樣地讀戰國時代屈原（343-277B.C.）的〈離騷〉、〈九歌〉、〈漁父〉等楚辭，彷彿看見被貶謫的三閭大夫，行吟於湘江澤畔，與漁父交談，漁父勸他能與世推移，不要深思高舉，遭人流放。然而他依然含忠履潔，不改操守，「製芰荷以為衣

兮，集芙蓉以為裳」，以香草美人比喻君子，以惡鳥雲霓比喻小人④。司馬遷曾批評道：「國風好色而不淫，小雅怨誹而不亂，若〈離騷〉者，可謂兼之矣。」⑤

《詩經》用詩篇歌頌人生，而《楚辭》是屈原用生命創作詩篇。

(二)兩漢詩歌中的人生

漢代（206B.C.-220A.D.）〈古詩十九首〉中，詩人一再提到「人生」，可謂對生命的珍惜和醒覺。作者希望借詩歌延長生命，也就是人的生命有限，而所寫的詩篇，不敢說永恆，起碼比自己的生命活得更長。

> 青青陵上柏，磊磊澗中石，人生天地間，忽如遠行客。
> 斗酒相娛樂，聊厚不為薄。驅車策駑馬，遊戲宛與洛。
> 洛中何鬱鬱，冠帶自相索。長衢羅夾巷，王侯多第宅。
> 兩宮遙相望，雙闕百餘尺。極宴娛心意，戚戚何所迫！
> （其三）

> 迴車駕言邁，悠悠涉長道。四顧何茫茫，東風搖百草。
> 所遇無故物，焉得不速老？盛衰各有時，立身苦不早。
> 人生非金石，豈能長壽考。奄忽隨物化，榮名以為寶。
> （其十一）

> 生年不滿百，常懷千歲憂。晝短苦夜長，何不秉燭遊。
> 為樂當及時，何能待來茲。愚者愛惜費，但為後世嗤。

仙人王子喬，難可與等期。（其十五）⑥

沈德潛云：「十九首大率逐臣棄妻，朋友闊絕，死生新故之感，中間或寓言，或顯言，反覆低徊，抑揚不盡，使讀者悲感無端，油然善入，此國風之遺也。」⑦

讀漢人詩，以漢樂府最具特色，大抵為「感於哀樂，緣事而發」的敘事詩，其中如〈陌上桑〉、〈孤兒行〉、〈婦病行〉、〈孔雀東南飛〉等，為描寫小人物悲劇的寫實詩，與六朝江南水澤小篇的情歌，大異其趣。

㈢魏晉南北朝詩歌中的人生

曹操（155-220）〈短歌行〉是一首膾炙人口的詩歌，他感歎人生苦短，在亂世希望能招攬天下人才，共同治國，表達他勤政愛民的真誠。其詞曰：

對酒當歌，人生幾何。譬如朝露，去日苦多。慨當以慷，憂思難忘。何以解憂，惟有杜康。青青子衿，悠悠我心。但為君故，沈吟至今。呦呦鹿鳴，食野之苹。我有嘉賓，鼓瑟吹笙。明明如月，何時可掇。憂從中來，不可斷絕。越陌度阡，枉用相存。契闊談讌，心念舊恩。月明星稀，烏鵲南飛。繞樹三匝，何枝可依。周公吐哺，天下歸心。⑧

魏晉玄學，開展遊仙文學，晉郭璞（276-324）的〈遊仙詩〉十四首，在追求隱逸高蹈的人生。東晉陶淵明（365-427）開田

園詩的領域，「採菊東籬下，悠然見南山」，「俯仰終宇宙，不樂復何如」⑨，成為陶詩的代表句。南朝宋謝靈運（385-433）開展山水詩的天地，「池塘生春草，園柳變鳴禽」、「明月照積雪，朔氣勁且哀」⑩，開拓了人類與自然和諧共處的人生。

　　從文人詩到魏晉南北朝民歌，由悲憤到隱逸，由詠物到田園、山水，到宮體戀歌，所謂「清新庾開府，俊逸鮑參軍」，以及「歌謠數百種，〈子夜〉最可憐。慷慨吐清音，明轉出天然」⑪。還有北朝的〈敕勒歌〉、〈木蘭詩〉，說明人與自然的關係，人與親情、愛情的可貴。

㈣隋唐五代詩歌中的人生

　　隋代享祚最短，從五八九-六一八年，共二十九年，詩風與六朝相近。唐代（618-906）是詩歌的黃金時代，詩人輩出，最稱著者，有詩仙李白（701-762）、詩佛王維（701-761）、詩聖杜甫（712-770）。他們的詩歌，揮灑人生。寫豪情如李白的〈將進酒〉：「人生得意須盡歡，莫使金樽空對月。天生我材必有用，千金散盡還復來」⑫。寫幽情，如王維的〈積雨輞川莊作〉：「山中習靜觀朝槿，松下清齋折露葵。野老與人爭席罷，海鷗何事更相疑？」⑬寫悲情，如杜甫的〈古柏行〉：「大廈如傾要梁棟，萬年回首丘山重。……志士幽人莫嗟怨，古來材大難為用！」⑭其他如寫親情，有白居易的〈自河南經亂，關內阻饑，兄弟離散，各在一處〉：「時難年饑世業空，弟兄羈旅各西東。田園寥落干戈後，骨肉流離道路中。弔影分為千里雁，辭根散作九秋蓬。共看明月應垂淚，一夜鄉心五處同。」⑮寫愛情，有李商隱的〈無題〉：「相見時難別亦難，東風無力百花殘。春蠶到

死絲方盡，蠟炬成灰淚始乾。……」⑩情非一端，化作千萬柔情，千萬蝴蝶，飛舞於千花萬卉的情意世界，共享繽紛的人生。

㈤宋詞、元曲、明清時調中的人生

宋以後至明清（960-1911），將近一千年，是長短句詩歌流行的年代，詩人用歌聲探測人生的舞臺，唐詩典雅，宋詞香豔，元曲俚俗，各自反映不同的人生。

唐以前的民歌，稱樂府詩，是鄉間的歌手唱出大地的心聲；唐以後的民歌，卻來自市井的歌手，開始在青樓茶館走唱，如柳永所說的「忍將浮名，換作了淺斟低唱」，又如姜夔路過揚州寫下〈揚州慢〉：「杜郎俊賞，算而今，重到須驚。縱豆蔻詞工，青樓夢好，難賦深情。」⑰其後文人加入創作，便不以花間、尊前的詞人為限，擴而大之，寫一己的情懷和遭遇，不再以女子的口吻，道述輕豔綺麗的風情。

蘇軾的詞，便是寫自己親身體驗悲歡離合的人生，他在〈水調歌頭‧中秋〉寫道：

> 明月幾時有？把酒問青天。不知天上宮闕，今夕是何年？我欲乘風歸去，唯恐瓊樓玉宇，高處不勝寒。起舞弄清影，何似在人間。　　轉朱閣，低綺戶，照無眠。不應有恨，何事長向別時圓？人有悲歡離合，月有陰晴圓缺，此事古難全。但願人長久，千里共嬋娟。⑱

蘇軾才情卓絕，他將歌者之詞開拓成文人之詞，使題材擴大，意境提高，不再局限於男女戀情和離愁別緒的內容，而用長短句寫

人間的悲歡離合。

　　元代（1277-1367）蒙古人統治中原，不重視文人和儒學，其間曾有三十幾年廢科舉，文人無所事事，隱於漁樵之間，故元人散曲成為漁樵之歌。如盧摯的〈雙調・蟾宮曲〉

　　　　想人生七十猶稀，百歲光陰，先過了三十。七十年間，十
　　　　歲頑童，十載尪羸，五十歲除分晝黑，剛分得一半兒白
　　　　日。風雨相催，兔走烏飛。子細沈吟，都不如快活了便
　　　　宜。⑲

人生苦短，不如快活過日子。在元曲中馬致遠的〈秋思〉更是膾炙人口：

　　　　【雙調・夜行船】百歲光陰如夢蝶，重回首往事堪嗟。昨
　　　　日春來，今朝花謝，急罰盞夜闌燈滅。
　　　　【喬木查】想秦宮漢闕，都做了衰草牛羊野。不恁漁樵無
　　　　話說，縱荒墳、橫斷碑，不辨龍蛇。
　　　　【慶宣和】投至狐蹤與兔穴，多少豪傑，鼎足三分半腰
　　　　折，魏耶，晉耶。
　　　　【落梅風】天教富，不待奢。沒多時好天良夜，富家兒更
　　　　做道你心似鐵，爭辜負了錦堂風月。
　　　　【風入松】眼前紅日又西斜，疾似下坡車。不爭鏡裏添白
　　　　雪，上床和鞋履相別。休笑巢鳩計拙，葫蘆提一向裝呆。
　　　　【撥不斷】利名竭，是非絕。紅塵不向門前惹，綠樹偏宜
　　　　屋角遮，青山正補牆頭缺，竹籬茅舍。

【離亭宴煞】蛩吟一覺才寧貼，雞鳴萬事無休歇，何年是徹。密匝匝蟻排兵，亂紛紛蜂釀蜜，急攘攘蠅爭血。裴公綠野堂，陶令白蓮社。愛秋來那些，和露摘黃花，帶霜烹紫蟹，煮酒燒紅葉。人生有限杯，幾箇登高節。人問我頑童記者，便北海探吾來，道東籬醉了也。⑳

這則套數，前半在歎世，帝王顯赫的功業也罷，英雄豪傑的建樹也罷，人間的富貴也罷，都不足據。後半則重在自我表達，透露出自我的徹悟和生活態度。

　明清（1368-1664，1645-1911）時調，大抵為市井小調，如馮夢龍《山歌》、華廣生《白雪遺音》，用活潑生動的語言，寫純真的情感，表現民間歌手的風味。如《山歌》中的〈素帕〉：

不寫情詞不寫詩，一方素帕寄心知。心知接了顛倒看，橫也絲來豎也絲，這般心事有誰知？㉑

又如《白雪遺音》中的〈大雪紛紛〉：

大雪紛紛迷了路，前怕狼來，後怕是虎，嚇的我身上酥。往前走，盡都是些不平路，往後退，無有我的安身處。你心裡明白，俺心裡糊塗。既相好，就該指俺一條明白路。且莫要指東說西，將俺誤。㉒

在大雪紛飛的人生道上，容易迷路，且陷阱多，請指示正確的前途。

㈥新詩、現代詩中的人生

　　民國以來（1911-），五四運動，提倡白話文學，就新詩而言，抗戰其間，臧克家（1905-）寫了《泥土的歌》（1943）中的〈三代〉：

　　　　孩子在土裡洗澡，
　　　　爸爸在土裡流汗，
　　　　爺爺在土裡葬埋。㉓

在文革期間（1955-1966），顧城寫下〈一代人〉：

　　　　黑夜給了我黑色的眼睛，
　　　　我卻用它尋找光明。㉔

詩不在於行數的多寡，這三行或兩行詩，已寫下三代或一代人的歷史，真實的人生，便是動人的詩篇。同樣地，北島的〈宣告〉，末了兩句，對大眾的宣告，爭取自由，是要付出代價的：

　　　　從星星的彈孔中，
　　　　將流出血紅的黎明。㉕

　　在台灣，詩人的作品，便反映出這個時代人的生活，就如鄭愁予的〈錯誤〉：

我達達的馬蹄是美麗的錯誤，

我不是歸人，是個過客。㉖

又如苗栗海寶國校何麗美的〈酒〉：

年輕的媽媽像一瓶酒，

爸爸嘗一口就醉了。

大陸地區的詩，充滿了與命運搏鬥和爭取生存的意識；臺灣地區
的詩，卻充滿了生活閒情和浪子情懷的詩趣，由於人生的際遇不
同，所寫的詩，也迥然有別。

三、詩歌教學對人生的啟示

㈠詩中的哲理，是生活中的至理名言

詩中有很多哲理名言，經常被引用，便成成語。例如王之渙
的〈登鸛雀樓〉：「欲窮千里目，更上一層樓。」漢樂府的〈長
歌行〉：「少壯不努力，老大徒傷悲。」在歷代的聯語中，留有
人生的至理名言，明代徐文長曾說：「好讀書，不好讀書；好讀
書，不好讀書」。年輕時要好好讀書，但外務太多，不好讀書；
中晚年時，好讀書，但體力衰退，不能好好讀書。例如近人傅狷
夫的楹聯：

閒思宇宙多情放，

極目天下已心平。

閒暇時想想宇宙何等浩瀚，人生如同恆河邊的一粒砂子，心情自
然會開放，看看天下何等遼闊，心胸已然平靜，這是何等開闊的
心境。又如佚名的聯語：

友如作畫須求淡，
文似看山不喜平。㉗

《禮記》有云：「君子之交淡如水。」與志趣相投的人交往，經
常是清且淡，如同作畫，人們喜愛清新淡雅，才能耐看。但寫文
章，卻要跌宕起伏，一波三折；正如人們遊覽名山，多愛它的嵯
峨多姿，變化莫測。

㈡詩歌中的境界，反映人生的面面觀

詩歌的境界，反映人生的面面觀，同樣一首詩，每個人讀後
的感覺不一樣，如同一首歌，歌詞歌曲相同，但唱出來的效果，
便有差異。這是接受美學的區別。同樣地，一首詩含有很多境
界，成為綜合的藝術。例如《詩經·桃夭》詩：

桃之夭夭，灼灼其華。之子于歸，宜其室家。

寫桃花之美，花紅灼灼，這是物境；接著寫新娘出嫁，適合她的
丈夫、她的夫家，這是人的境界，也是情境，又有人倫之美。拿
二月桃花暗示年輕的新娘，便是物境和情境融合，達到情景交融

的境界。如把整首詩讀完：

> 桃之夭夭，有蕡其實。之子于歸，宜其家室。
> 桃之夭夭，其葉蓁蓁。之子于歸，宜其家人。㉘

詩中所描寫的桃花，是北方桃，先開花，再結小桃實，然後長葉子，與台灣的桃程序不同，台灣的桃樹是先開花，再長葉子，然後結桃子。而桃花暗示新娘的美貌，桃實暗示新娘的傳宗接代，桃葉暗示新娘嫁到夫家，能庇蔭夫家家業興隆。全詩是一首周代北方讚頌新娘的民歌，於是桃花象徵了春天、愛情、年輕的新娘、二月花、傳統家庭的婦女等涵意。

詩歌反映種種人生，種種境界，「曾經滄海難為水，除卻巫山不是雲。」（元稹〈離思〉）「春蠶到死絲方盡，蠟炬成灰淚始乾。」（李商隱〈無題〉）這些都是情到深處無怨尤的情境。「千山鳥飛絕，萬徑人蹤滅。孤舟簑笠翁，獨釣寒江雪。」（柳宗元〈江雪〉）「眾鳥高飛盡，孤雲獨去閑。相看兩不厭，只有敬亭山。」（李白〈敬亭山獨坐〉）這又是一種孤絕的境界，物我相忘的意境。「南窗日日看青山，歲歲青山不改顏。我問青山何日有？青山問我幾時閒。」（佚名〈看山〉）這又是一種禪的意境。

㈢從詩詞中，開拓人生的境界

讀南宋人蔣捷的〈虞美人‧聽雨〉：

> 少年聽雨歌樓上，紅燭昏羅帳。壯年聽雨客舟中，江闊雲低、斷雁叫西風。　　而今聽雨僧廬下，鬢已星星也。悲

歡離合總無情，一任階前、點滴到天明。㉔

　　蔣捷為南宋末葉人，宋亡後，元人入主中原，蔣捷遁跡不
仕。這首詞，寫人生三個境界，少年聽雨歌樓，沈醉在綺羅香
中；壯年作客，聽雨舟中，飄泊如孤雁，不勝浪跡之苦；晚年聽
雨僧廬，然人已老，回想離合總無情，又是一種境界。

　　又如王國維《人間詞話》云：「古今之成大事業、大學問
者，必經過三種之境界：『昨夜西風凋碧樹，獨上高樓，望盡天
涯路。』此第一境也。『衣帶漸寬終不悔，為伊消得人憔悴。』
此第二境也。『眾裡尋他千百度，驀然回首，那人正在燈火闌珊
處。』此第三境也。」㉚

　　王國維引晏殊的〈蝶戀花〉、柳永的〈鳳棲梧〉、辛棄疾的
〈青玉案〉詞句，比喻成大事業、大學問家，必經過三階段，在
艱苦執著的追求中，一旦收穫時所得欣喜之情。原詞本是抒情
詞，經王國維的組合，產生新的聯想，賦予原詞所沒有的人生哲
理，這是讀詩詞所開拓的新世界。

㈣從詩歌中，體會收放的人生

　　詩歌有起、承、轉、合的結構，起承是放，轉合是收。其實
任何事物或情理，也都有對比或正反的現象，二者放在一起，效
果特別顯著，在藝術的術語中，稱之為蒙太奇。例如屈原的〈離
騷〉：「紛吾既有此內美兮，又重之以修能。」「內美」是天賦
的內在美，「修能」是後天修為的才能。那內美是收，修能是
放。一般的絕句，一二兩句是放，三四兩句是收。但杜甫的〈江
南逢李龜年〉：「岐王宅裡尋常見，崔九堂前幾度聞。正是江南

好風景，落花時節又逢君。」這是三一格的寫法，前三句寫盛況，後一句寫衰況，造成對比，那前三句是放，後一句是收。

我們把這道理，用在日常生活上，白天工作是放，夜間休息是收，發言時是放，沈默時是收。在收放之間，如果用在人生哲理上，管控得宜，便是智者。讀詩使人智慧，不亦宜乎？

四、結語：詩人的思想和語言，豐富了詩歌的內涵；
詩歌的內涵，豐富了彩色的人生

詩人面對人生，體驗生活，將生活經驗，化成詩歌，將情感生命，寫成詩句。因此詩歌是詩人的生活寫照，生命的昇華。古今中外詩人皆然。誠如王國維《人間詞話未刊稿》云：「詞人之忠實，不獨對人事宜然。即對一草一木，亦須有忠實之意，否則所謂游詞也。」[31]

同時中國詩人在詩歌中表現「溫柔敦厚」的情操，西方詩人，在作品中，往往表現矛盾的諷刺詩，以諷喻人生。在中國則是「還君明珠雙淚垂，恨不相逢未嫁時。」（張籍〈節婦吟〉）在西方則是「貧窮從門口進來，愛情從窗口飛走。」（泰戈爾《飛鳥集》）

總之：人事滔滔，紅塵滾滾，人生提供了多元的素材，讓詩人從中著筆，人生豐富了詩人，詩人豐富了詩歌。就如德國海德格的美學著作《思想‧語言‧詩》，他說：「存在就是美。」又說：「最真實的語言，便是詩歌。」我們可以從詩歌中，得到人生的種種啟示。

——親民工商專校‧國文教學研討會，2002 年7月

(注)(釋)─────────────

①宋朱熹《四書集注・論語》，台北世界書局，民國54年8月，頁121-122

②《十三經注疏本・禮記》，台北國立編譯館主編，新文豐出版社，民國86年，頁2107

③《十三經注疏本・詩經》，台北國立編譯館主編，新文豐出版社，民國86年，〈桃夭〉頁96，〈七月〉頁770

④見漢劉向編，王逸注《楚辭章句》，台北世界書局，民國45年12月，頁107，頁10

⑤《史記・屈賈列傳》，台北開明書店版，民國23年9月，頁210

⑥《文選》卷29，台北藝文印書館，民國44年4月，頁270-271

⑦清沈德潛《古詩源》，台北商務印書館，民國45年4月，頁56

⑧今人逯欽立輯《先秦漢魏晉南北朝詩》魏詩曹操，台北學海出版社，頁349

⑨同⑧晉詩陶淵明〈飲酒詩〉其五，頁998，〈讀山海經詩〉其一，頁1010

⑩同⑧宋詩謝靈運〈登池上樓詩〉，頁1161，〈歲暮詩〉，頁1181

⑪宋敦茂倩輯《樂府詩集》卷45，里仁書局，民國69年12月，頁654

⑫清曹寅敕編《全唐詩》卷162，台北明倫出版社，民國63年12月，頁1682

⑬同⑫，卷128，頁1298

⑭同⑫，卷221，此詩詠夔州諸葛廟的古柏，雖詠物，但有弦外之音，而以「材大難為用」為浩歎。頁2334

⑮同⑫，卷436，頁4839

⑯同⑫，卷539，頁6168

⑰ 近人唐圭璋輯《全宋詞》姜夔，台北中央輿地出版社，民國59年7月，頁2181

⑱ 同⑰，蘇軾〈水調歌頭·丙辰中秋，歡飲達旦，大醉，作此篇，兼懷子由〉，頁280

⑲ 王忠林等編《中國文學史初稿》，第六編，〈元代文學〉，台北萬卷樓圖書公司，民國91年10月，頁775

⑳ 同⑲，頁780

㉑ 明馮夢龍輯《山歌》卷10，江蘇古籍出版社，1993年6月，頁102

㉒ 清華廣生輯《白雪遺音》，台北金楓出版社，1986年10月，頁24

㉓ 今人吳奔星編《中國新詩賞大辭典》，江蘇文藝出版社，頁374

㉔ 今人唐祈編《中國新詩名篇鑑賞辭典》，四川辭書出版社，頁586

㉕ 同㉓，頁1343

㉖ 同㉓，頁1132

㉗ 今人顧平旦等編《名聯鑑賞詞典》，安徽黃山書社，1988年5月，頁153

㉘ 同③，《詩經·桃夭》，頁96

㉙ 同⑰，蔣捷，頁3443

㉚ 近人王國維《人間詞話》卷一，台北三民書局，民國83年3月，頁39

㉛ 同㉚，頁170

詩歌的奧秘

　　我國向稱詩歌王國，詩歌藝術傳統深厚，源遠流長。自周秦以來，數千年間，作者如雲，名家輩出，他們辛勤創作，不斷推陳出新，寫下無數傳誦不絕的佳篇，有如群星燦爛，照亮了我國詩壇發展的道路，成為我國詩歌藝術高度成就的象徵。

　　在我國詩歌發展史上，有先秦的《詩經》、《楚辭》，漢魏南北朝的古詩、樂府，唐詩、宋詞、元曲，明清的時調曲，以及近代的新詩、現代詩。每一時代，有一時代的特色，就如同長江大河，滔滔奔流，每一處的水流不一，風光不同，春花秋月，各有姿態。今探討詩歌的奧秘如下，以明詩歌的特質，以為諸位教學之參考。

一、詩歌奧秘：詩情、詩意

　　構成詩歌的原動力，是詩情和詩意。詩歌是情感的花朵，思想的果實，從吟誦詩歌，進入詩中所涵蘊的情感和思想，體會詩人的情意世界。

　　詩情非一端，有親情，有友情，有愛情，有閒情，有去國之情、方外之情、民胞物與之情等，柔情千種，難以類別，然而喜怒哀樂之情，皆可入篇。如李白的〈送友人〉：

　　青山橫北郭，白水遶東城。此地一為別，孤蓬萬里征。
浮雲游子意，落日故人情。揮手自茲去，蕭蕭班馬鳴。

　　這是一首送友人遠行的詩，詩中含有濃厚的友情。首先點出
送別的地點，繼而為別後設想，「孤蓬」、「浮雲」、「落日」雖
寫景，以比喻遊子的心情，遊子的行跡，如浮雲難有定所；行客
遠行，如落日不可挽留。揮手一別，一道離人淚，卻說班馬鳴，
情景交融，深情已見。

　　詩意也非一種，包括詩人所要表達的哲理和思想，以及詩人
所開創的詩境。有寫實以警世，有詠史以託志，有詠物以寄興，
有寫景以寓意，有寓言以寄哲思，其中無論載道、遊仙或禪理，
皆可入篇，以表達詩歌美感的一面。如王維的〈終南別業〉：

　　中歲頗好道，晚家南山陲。興來每獨往，勝事空自知。
行到水窮處，坐看雲起時，偶然值林叟，談笑無還期。

　　這是一首寫隱居的意趣，極富禪機和理趣。首先說明隱居的
埋由，道出獨自入山的勝事，水窮雲起，暗示雖是終站，也是另
一個起站，有生機，有禪理。偶然遇到林叟，與他談笑，忘了回
家，表示無所牽掛，自由無礙的禪趣。此詩造意之妙，可與造物
相表裡。

　　詩歌的本業是抒情，它也可以兼及說理或敘事，就如嚴羽的
《滄浪詩話》所說「詩者吟詠性情」，也合〈詩大序〉所云：「詩
者，志之所之也，在心為志，發言為詩。」而孔子評《詩經》，
指為「思無邪」，便指出詩歌是真情的流露。在這方面近人王國

維的《人間詞話》探討得最為透澈，他說：

> 境非獨謂景物也，喜怒哀樂，亦人心中之一境界。故能寫
> 真景物、真感情者，謂之有境界，否則謂之無境界。

王國維的境界說，便認定詩歌要以真感情、真景物入篇，才是好
作品。

二、詩歌奧秘：詩語

　　詩歌的語言，是不同於散文的語言，詩歌的語言一方面要配
合音樂的節奏和旋律，一方面是精美的語言，濃縮的語言，又是
彎曲的語言。梵樂希（Paul Valery）比喻成：「詩是舞蹈，散文
是走路。」海德格（Heidegger）說：「凡是偉大的詩作，其特
性便是在思維的領域裡顫動。」顫動或許是一種舞蹈，表現詩人
智慧的狂喜。

　　在我國古典詩歌上，詩語的運用，較重形式化，如《詩經》
的四言，《楚辭》的長短句，其後雖有五言、七言、雜言，以及
長短句的變化，但它在語言的句法上仍有一定的結構。如四言是
二二句法，五言是二三句法，七言是四三句法，而長短句便是
三、四、五、七言的混合體，但句法的變化卻更自由。例如：

　　＊桃之／夭夭，灼灼／其華。
　　＊西北／有　高樓，上與／浮雲　齊。

＊葡萄　美酒／夜光　杯，欲飲　琵琶／馬上　催。
＊百歲　光陰／如　夢蝶，重　回首／往事　堪嗟。
＊昨日／春來，今朝／花謝，急罰／盞，夜闌／燈滅。

　　詩歌的語言，主要在於濃縮、倒裝、刪略，以達精美語言的效果。例如漢代民間樂府〈有所思〉其末段：

　　妃呼豨，秋風肅肅晨風颸，東方須臾高知之。

末句「東方須臾高知之」是「須臾，東方日高，兄嫂當知之」的濃縮、倒裝、刪略語。又如曹操的〈短歌行〉：

　　對酒當歌，人生幾何？譬如朝露，去日苦多。慨當以慷，
　　憂思難忘。何以解憂，唯有杜康。……

開端便用因果倒置法，如用「人生幾何？對酒當歌。」便平淡無其，缺乏驚人之筆。「譬如朝露，去日苦多。」用譬喻法，是詩歌彎曲的語言，「人生如朝露」如今是陳腔濫調，不足為奇，然而在東漢末葉，卻是很新的創作。「慨當以慷」更是詩語，它是「當以慷慨」的句式。就如同綠原的〈小時候〉：

　　小時候，
　　我不認識字，
　　媽媽就是圖書館，
　　我讀著媽媽

末兩句是詩歌的語言，換成散文，便是「媽媽博學得好比圖書館，我讀著媽媽圖書館裡的書」。詩歌的語言精巧而優美，古典詩如此，現代詩何嘗不是如此。

　　詩歌的語言，其中的奧妙，變化很大，詩人掌握瞬間的感受，利用瞬間的跳脫來超越現實的規範。其實詩人所處的時空是現實的環境，而實際上又必須藉由想像力來超越現實。如唐賀知章的〈回鄉偶書〉，便是寫瞬間的感受：

　　　少小離家老大回，鄉音無改鬢毛衰。
　　　兒童相見不相識，笑問客從何處來。

千年之後，仍然重現在今日的生活中。老兵還鄉，對這首詩倍感親切。

　　詩歌的語言是無形的生命，同時它具有意識的條件。因為語言表達了詩人的思考，思考來自於意識，意識必須化成外在化、聲音化的語言，才能使別人了解詩人的想法，傳達情意。語言的運用，要構成趣味，便須走「反常而合道」的路，才是詩趣。例如：

　　　是誰傳下詩人的行業，
　　　黃昏裡掛起一盞燈。——鄭愁予〈野店〉

　　　在風中讀你的詩，
　　　在雨中唸你的詩，

但最感人的，

在心中念你的名字！——童山〈天山明月〉

三、詩歌奧秘：詩樂

詩歌是音樂文學，因而詩的語言要跟音樂配合，形成詩的形式和格律。早期的詩，是詩樂合一；晚期的詩，是詩樂分流。早期的詩，來自民間，如《詩經》、樂府；晚期的詩，來自文人，除非是詞、曲，可以依曲調填詞，否則不容易合樂。不然便要特別加以作曲，使它跟音樂結合。

詩歌的音樂性，大致可分兩類：一種是可以配上曲調傳唱的詩，甚至於載歌載舞；另一種是詩句本身的節奏，構成詩的韻和律。但新詩或現代詩，雖然沒有一定的韻律，如果要配合曲調入樂，它在詩語上也有一定的形式。如劉半農的〈教我如何不想他〉、徐志摩的〈偶然〉，趙元任替它們作曲配樂，畢竟這些詩比較重格律，才能入樂，這也是散文和詩分野的地方。

詩和歌舞結合，使詩如虎添翼，傳誦久遠；詩、樂分離，畢竟魚是魚、水是水，缺乏詩歌的生命力。古代文人寫詩，往往模仿民歌，於是有文人樂府詩。在《詩經》時代，風、雅、頌的詩都可以歌、可以舞，所以《墨子·公孟篇》云：「誦詩三百，弦詩三百，歌詩三百，舞詩三百。」漢代的樂府詩，又稱「歌詩」，便是指合樂的詩。魏晉南北朝合樂的詩，有北歌，有吳歌、西曲、神弦曲，還有大量的文人樂府詩。隋唐可歌的詩稱聲詩，篇幅短小的近體詩也可入歌，以及唐詞、敦煌曲，都是可以詠歌的詩篇，難怪唐詩興盛，「行人南北盡歌謠，人來人去唱歌

行。」宋人的詞、元人的曲、明清的時調曲，也是可以唱的。民國以來的新詩、現代詩，走上詩、樂分道的現象，有心人也曾想為新詩譜以新曲，但並不普遍，反而流行歌曲，代替了詩歌的地位，也許數百年後，當前的流行歌曲反而代表了這一代的詩歌。因此詩樂合流，是詩歌的奧秘，也是詩歌的生命。

　　詩歌可愛，使心人靈顫動，詩歌的奧秘，如同隱藏在地層中的礦脈，開採不盡。它與散文不同，短短數語，涵蘊不盡的情意，就如嚴羽在詩話中所說的：「蓋言有盡而意無窮。」今年忙碌，不知不覺春已遠逝，不禁留下數語，作為此篇的結束：

　　　　去年暖冬，櫻花開得早些，
　　　　來不及上山，花已凋謝。
　　　　只好在二十一世紀，等你，
　　　　一同去看山、看花，
　　　　去聽草山的風、草山的春天。

　　　　　　──南一書局主編《新講台》第二期，1999 年 6 月 1 日

詩歌教學與應用

一、前言

在《莊子》的寓言中，有兩則學以致用的故事，一則是邯鄲學步，另一則是學屠龍之術。前則是指壽陵的鄉下人到趙國大都市邯鄲去學都市人的精神，結果把鄉下人的本色放棄，又沒有學到都市人的精神，以致效法不成，反而失去自我①。後則是指朱泙漫耗盡千金的家當，去學屠龍之技，三年學成，但天下沒有龍好殺，而無所用其巧，以致學不能致用②。

當今在大學中的中文系、中語系、應用中文系或應用中語系，這四類在學以致用上有何不同？大抵而言，四者都是以中國語言文學為領域的學系，但細分之下，冠上「應用」二字，是強調中國語言文學在應用上的效果。因應社會時代的需要，為學生畢業後就業的機會，因此在中文系的課程中，加入一些實用的課程，以達學以致用的目的。

今以詩歌教學在課程內涵上，與日常生活和就業的關係，做一簡要的探討。作為應用中語系擬訂課程的目標和綱要，以發展應用中語系更開闊的前程。

二、傳統詩學在應用上的功能

我國一向重視詩歌教學，在周、秦及漢時代便建立了興、觀、群、怨，溫柔敦厚的傳統詩教。在儒家的典籍上載道：

> 子曰：「詩三百，一言以蔽之，曰：『思無邪』。」《論語·為政》
>
> 子曰：「興於詩，立於禮，成於樂。」《論語·泰伯》
>
> 子曰：「不學詩，無以言。」《論語·季氏》
>
> 子曰：「小子何莫學夫詩，詩可以興、可以觀、可以群、可以怨，邇之事父，遠之事君，多識鳥獸草木之名。」
>
> 《論語·陽貨》③
>
> 「溫柔敦厚，詩教也。」《禮記·經解》④

詩歌最主要的功能，是在吟誦性情。就好比春天來了，鳥兒會叫，花兒會開一樣。人要寫詩、讀詩，這是很自然的生活，而儒家將詩學視為生活必具的功能。詩可以陶冶性情，結合群志，抒解憂怨，以達「發乎情、止乎禮」的敦厚性情；學詩可以授政，以增強外交辭令，可以行忠行孝，並增長「鳥獸草木之名」的常識。

在世界各國中，沒有將詩歌列為考試科舉的制度，在中國從漢代以來，便有考賦獻賦，或以詩賦取士的制度，因此詩歌不但可以陶冶情性，還可以獵取功名。

其次，從歷代選集，可知文體的分類，均重實用性，就以梁昭明太子所編的《昭明文選》，文體分三十八類，韻文部分，除

「賦」、「騷」外，其中「詩」一類，再細分為二十三類：

> 補亡、述德、勸勵、獻詩、公讌、祖餞、詠史、百一、遊
> 仙、招隱、反招隱、游覽、詠懷、哀傷、贈答、行旅、軍
> 旅、郊廟、樂府、挽歌、雜歌、雜詩、雜擬⑤

從《文選》詩歌的分類來看，只有「百一」和「樂府」是以形式
而分類，其餘都依詩歌的內容來分類。應璩作詩有一百十篇，取
百慮而有一失之意，名為「百一」。「樂府」則收錄漢無名氏之
民歌三首，其餘為魏晉南北朝文人仿製的文人樂府。其他類別的
詩，多為與人交往應酬日用的詩，例如「補亡」詩，因《詩經》
笙詩六首，有標題而無辭，晉束皙作新解以補佚。「述德」詩為
讚述祖先的功德。「獻詩」為曹植朝京都，上疏並獻詩於朝廷，
以示忠誠。「公讌」與「贈答」詩，為友人同儕應酬之作。「祖
餞」為祭禱神的詩，祈求旅途平安。「詠史」、「詩懷」詩，藉
史以抒憤，以史諷今，而詠懷詩是詩人常慮禍患，以詩排遣心懷
的詩。關於「遊仙」、「招隱」、「反招隱」為魏晉南北朝玄學盛
行，有遊仙、有歸隱及招隱士出仕等詩。「游覽」、「行旅」、
「軍旅」，則為旅途紀遊的詩。「哀傷」、「挽歌」為弔祭悲哀的
應用文。「郊廟」為祭祀的詩，其餘「雜歌」、「雜詩」「雜
擬」，所收錄的為古詩或樂府歌辭，主題不一，無法歸類，列於
此三類中。

　　由於傳統詩歌之作，除抒寫性情，獨抒性靈外，多為應世實
用的詩。或與祭祀有關，或與頌祖德，或與友人贈答，參與朝臣
公宴，或為弔祭挽詩。其後詩歌對於日常生活的應用日繁，唐以

後的詩歌選集，便少有如《文選》的歸類。

三、古典詩歌與應用

　　人生所追求的有三個層次，第一層次是物質生活，第二層次是精神生活，第三層次是宗教情懷。詩歌應用於人們的精神生活或宗教情懷中，最為普遍。當然寫實的詩歌，也在反映人們的真實生活。

　　古典詩歌應用於日常生活中，最常見的是春聯或楹聯。其次是將詩句題於壁上的題壁詩，題於畫上的題畫詩，以及題於器物上或商品上的題詩，以增商品的藝術性和價值。其次是用於碑、狀、誌、刻、喬遷祝壽，銘誄弔祭的詩篇。這些可列入應用文中，加以討論。

(一)春聯與楹聯

　　最早的一副春聯，是五代十國後蜀君主孟昶所作，後蜀歸宋的前一年（964）除夕，孟昶令學士辛寅遜撰句，認為所作不工，便親自作了一副春聯，寫在桃符板上，掛在寢宮門上，其聯語云：

　　　新年納餘慶，
　　　嘉節號長春。

誰知事出偶然，在新的一年（965），宋太祖趙匡胤卻統一了後蜀，將孟昶擄走，還派了一名呂餘慶任後蜀的都城——成都為地

方長官。宋太祖於建隆元年（960），將每年農曆二月十六日自己的生日，定名為「長春節」。但相信圖讖的古代，卻合乎春聯以祈福和應驗⑥。

春聯的應用至為普遍，每到農曆新年，隨處可看到春聯。如：

> 有天皆麗日，
> 無地不春風。

又如：

> 天增歲月人增壽，
> 春滿乾坤福滿門。

至於楹聯的應用，是世界上唯一的文藝特色，已普及到社會各階層，為傳統文化中獨特的異彩。無論過去的帝王、神祇、宮室、廊廟，以及今日尋常人家的門舍、棚園，或文人雅士的書齋庭院，或街市的店坊樓牌，名勝區的亭臺樓閣，無處不存在著楹聯的佳話。例如：清代書法家董其昌的杭州西湖冷泉亭楹聯：

> 泉自幾時冷起，
> 峰從何處飛來。⑦

又如寒山寺鐘樓的楹聯：

> 鐘聲明慧眼，
>
> 月色照禪心。⑧

又如清代袁枚書齋的集句楹聯：

> 此地有崇山峻嶺，茂林修竹；
>
> 是能讀三墳五典，八索九邱。

上聯用晉王羲之〈蘭亭集序〉的句子，下聯用《尚書》中的句子，有這麼大的隨園，有如此博通經典的學人，才敢掛這樣的楹聯。春聯和楹聯是中國文化中特有的藝術，包括聯語的內容和書寫的書法。

㈡將詩句題壁、題畫、題於器物或商品上

古典詩歌被人們用來品題於名勝古蹟或庭院園林，不僅經名家詩人題壁，倍增光彩，更增人文的價值。如唐人崔顥在黃鶴樓題壁的詩，王之渙在鸛雀樓題壁的詩，李白在金陵鳳凰臺題壁的詩，千年後仍膾炙人口，不必將全詩抄錄，你我都朗朗上口。

又如蘇州留園鄭板橋題壁：「曾三顏四，禹寸陶分。」這裡面大有學問，曾參「吾日三省吾身」，顏回一簞食，一瓢飲，在陋巷，人不堪其憂，回也不改其樂，此四事，孔子稱讚他：「賢哉回也。」以上均見《論語》，下句勸人愛惜光陰，典出《晉書·陶侃傳》：「大禹聖者，乃惜寸陰；至於眾人，當惜分陰。」凡到過留園，見過鄭板橋的題壁，當自我反省，安貧樂道，珍惜光陰，這已成修心養性的格言。十年前八月，筆者也到過蘇州拙

政園，曾抄錄一些楹語和題壁詩，如與誰同坐軒，有此佳句：

　　江山如有軒，華柳更無私。

當時還抄了一首題壁詩：

　　時到芬芳便過空，四時花草最無窮；
　　唯有山中蘭與竹，經春歷夏又秋冬。

可惜當時疏忽，沒將作者和詩題抄錄，只好留待他日重遊，再重予核對 ⑨。

　　至於題畫詩，自唐、宋以來，便已普遍，開始題畫詩是詩與畫分離，宋以後詩多直接題在畫上，詩畫互映，相得益彰。宋蘇軾主張，詩畫同源，詩是文字情意的美，畫是線條顏色之美。詩、畫、書法，他們各自表現的方式不同，然而對人生的感觀和體悟卻是一致的。他曾有〈論畫詩〉云：

　　論畫以形似，見與兒童鄰；
　　作詩必此詩，定知非詩人。

他認為詩、畫要見真性情，而且詩與畫要配合，才能相互輝映 ⑩。

　　蘇軾曾有一首題畫詩，題為〈書季世南所畫秋景〉：

　　野水參差落漲痕，疏林欹倒出霜根。

扁舟一櫂歸何處，家在江南黃葉村。

　　季世南所畫〈秋景圖〉，今已失傳，然蘇軾的題畫詩，卻被選入
《千家詩》，傳誦甚廣。

　　歷代寫題畫詩最多的，要算清高宗（乾隆）。他的《清高宗
御製詩文集》，錄有詩四萬一千七百五十首，其中題畫詩便有五
千七百二十一首。乾隆喜愛在畫卷、玉器、古器物上題詩，題字
或用印，明唐寅有〈品茶圖〉一副，掛在乾隆書齋三希堂中，乾
隆日日對此圖，先後品題二十首，其一為：

　　　　伯虎品茶掛壁間，飄蕭鬚鬢道人顏。

　　　　汲泉煮茗忽失笑，笑我安能似偭閒。⑪

　　古代文人以賣詩畫為生，如明代的唐寅，清代的鄭燮，至今
猶存有他們的詩畫，被視為世間的珍品，唐寅曾有詩云：

　　　　不煉金丹不坐禪，不為商賈不耕田。

　　　　閒來寫幅青山賣，不使人間造孽錢。

今見《中國美術全集‧清代繪畫下》收有鄭板橋的〈竹石圖〉，
並畫中有題詩云：

　　　　咬定青山不放鬆，立根原在亂崖中。

　　　　千磨萬擊還堅勁，任爾東西南北風。

「閒來寫幅青山賣，不使人間造孽錢。」詩、畫可以當藝術品來賣，文人可以鬻詩、畫為生。

其次將詩句題在器物或商品上，無形中增加器物或商品的藝術性和價值。例如在臉盆上題上「請用肥皂洗手」，這個臉盆一定賣不出去；相反地，題上「苟日新，日日新，又日新」，不但可以增加臉盆的美觀，使人能日去舊染之污，而日新又新，這樣的臉盆無形中增值不少。我們不妨從木器或陶瓷器上看，在茶壺或茶杯上經常可以看到：

> 一片冰心在玉壺。——唐・王昌齡詩句
> 明月松間照，清泉石上流。——唐・王維詩句

或：

> 寒夜客來茶當酒，
> 竹爐湯沸火初紅。——宋・杜耒詩句

在長沙馬王堆一號出土的耳杯，上面寫著：

> 君幸食。
> 君幸酒。

看了之後，古意盎然，雅致不已，這三個字，一看就懂，但無法翻譯。長沙窯出土的執壺，也有六十餘首唐人的詩，這是唐人的貿易陶瓷，今擇其頗富詩趣的茶壺詩如下：

> 歲歲常為客，年年不在家。
> 見他桃李樹，思憶後園花。⑫

自此唐人在陶瓷器上題詩，至為普遍，既成為茶酒器上的茶酒文化。而清高宗（乾隆）更喜歡在玉器上品題詩句，他的〈詠開合玉環〉便是例證。其詩曰：

> 合若天衣無縫，開若蟬翼相聯。
> 往腹難尋瑞尾，色形底是因緣。
> 乍看玉人琢器，不殊古德談禪。
> 霧蓋紅塵溫句，可思莫被情牽。⒀

這件玉器，名為玉蚩尤合璧連環，北京故宮博物院藏，乾隆盛讚玉工之巧，開合中體悟禪機，莫墮入紅塵，為情所困。

四、現代詩歌與應用

從古典詩歌到新詩、現代詩歌，是一脈相傳，詩歌、現代詩歌配合白話的流行，而所用的詩語是口語的。現代詩歌的應用，最常見的是用在廣告和文宣上，文案的設計，用精簡的語言，詩歌的語言，最具廣告的效果。其次，流行歌曲、電視電影劇本主題曲歌詞的創作，都與現代詩歌的應用有關。其次，配合資訊的時代，開展詩歌網路教學。

㈠廣告、文宣等文案設計

　　最古老的一首廣告歌，是漢代李延年擔任協律都尉時，用
〈北方有佳人〉這首歌，推薦他的妹妹給漢武帝，歌詞是：

> 北方有佳人，絕世而獨立。
> 一顧傾人城，再顧傾人國。
> 傾城復傾國，佳人難再得。⑭

漢武帝因而寵幸李延年的妹妹，是為李夫人。這是一首有效果的
廣告歌。

　　記得筆者在讀高中時代，一九四五年日本無條件投降之後，
上海的〈大公報〉有一則三五牌的香煙廣告，廣告詞是一則小
詩：

> 愛人結婚了，
> 新郎不是我，
> 抽香煙，抽香煙。

　　成長後，讀《詩經》，才發現這則廣告詩的靈感，原來來自
於《詩經・國風・召南・江有汜》：「江有汜，之子歸，不我
以，不我以，其後也悔。」共三章，僅錄其一章⑮。意謂江水有
歸宿，那個女子出嫁了，不跟我友好，不跟我友好，她以後一定
會後悔。詩歌是精美的語言，也是彎曲的語言，在廣告或文宣的
設計上，應用極為普遍。

　　二〇〇二年台北市文化局舉辦台北公車與捷運車廂上詩文比賽，其中現代詩組的首獎，是劉碧玲的〈給讀啟智班女兒的一首詩〉：

　　　媽媽要你學會三件事：刷卡方向要正確，按鈴動作要清
　　　楚，下車站牌要記住。將來有一天，媽媽會老去，公車和
　　　捷運，將帶著你繼續單飛，飛出屬於你自己的明天。
　　　到時候，請你們幫忙指正方向，讓她順利下車，幫忙拉
　　　鈴，如果孩子在車門口猶疑不決時，也請等個二、三秒，
　　　因為你們的二、三秒，是我要與她奮鬥二、三十年，才學
　　　會的動作。⑯

　　是一首很感人的短詩，對許多智障兒的家長來說，孩子學搭公車或捷運，是最難的部分，詩中字字都是慈母心。雖然這首詩不算是一則廣告，卻是一則很動人的公益廣告。
　　廣告文案的設計，要具備文字表達的基本能力，如果有文學的素養和詩歌的寫作專長，更能設計出出色的文宣廣告。

㈡流行歌曲、主題曲歌詞的創作

　　把詩歌融合於日常生活中，以增進生活品質，使國人生活有情趣並充滿活力。我們深信愛好詩歌是人類的天性，無論是小孩，未開化的民族，或未受過教育的農夫、村婦，沒有不愛聽與愛唱歌的。以前詩歌的創作，大都來自民間的民歌，自從資訊媒體普遍使用後，代之而起的是時調曲或流行歌曲。而應中系在詩歌教學上，對歌曲歌詞的創作，也是值得重視的導向。詩歌是音

樂文學，有曲有詞，作曲者具有音樂的素養，作詞者具有文學的素養，二者合而為一，是難得的人才，因此學文學的，多半在作詞上著力，二者兼具畢竟是少見。

　　歌詞的創作要配合音樂的節奏，與現代詩只重辭情而不注重聲情是不同的。文人作詞，可比照樂府民歌，作為仿作的對象。民歌拙樸自然，真情而又生活化。例如：

　　小路　　綏遠民歌
　　房前的大路，哎，卿卿你莫走！
　　房後邊走下，哎，卿卿一條小路。啊……

又如：

　　西北雨直直落　　台灣民歌
　　西北雨，直直落，鯽仔魚，欲娶某，鮐鮐兄，拍鑼鼓，
　　媒人婆仔，土虱嫂。日頭暗，尋無路，趕緊來，火金姑，
　　做好心，來照路，西北雨，直直落。……

〈小路〉是一首情歌，不著一字，盡得風流。〈西北雨〉是一首寓言，描寫漁村歡樂的景象。歌詞的創作，除了流行歌曲或藝術歌曲外，尚有電影或連續劇的主題曲，這些歌曲的市場很大，值得學音樂文學的人去開發。

(三)詩歌網路教學

　　愈來愈資訊化的 e 時代，網路教學，是未來教學的重點。詩

歌教學，必然要用遠距教學或網路教學。

　　詩歌網路教學的設計，包括古典詩和現代詩，古典詩、詞、曲的格律和用韻，平仄的變化，用韻的合韻或出韻，在習作時，都可以設計，以引導初學者在習作的過程中，走上正確的途徑。同時，詩詞曲的賞析和吟誦，都可以從儲存資料中顯示出來，以供學習者反複使用。現代詩則少格律和用韻的限制，沒有格律也是一種格律，但詩和散文是有區別的，它在語言藝術上有很大的差異，詩歌的語言是走反常而合道的途徑，散文的語言是走不反常的合道。現代詩著重賞析和朗誦。網路教學要靠團隊合作比較容易湊效，今天畢竟不是跑單幫的時代，團隊合作，群策群力，便是發揮愚公移山的精神。

五、應用中語系有關詩歌教學所擬開設的課程

　　依據上述詩歌教學與應用的目標和綱要，擬定下列有關應用中語系可開設的課程：

　　《應用古典詩》、《應用現代詩》、《樂府詩選》、《詩歌與廣告》、《詩歌網路教學》、《詩歌與人生》、《詩選與習作》等。

六、結論

　　中語系或應用中語系的師生，研習中國語言文學，一方面對中國語言文學的承傳與開展，盡一己之心力；另一方面，培植學生，在就業上有語文的專長，足以因應時代社會的需要，立足其

間。就如鳥類在飛行中尋找食物，同時在飛行中追求完美的飛
行。

——江蘇蘇州大學與元智大學主辦，

中文教學與應用學術研討會，2002 年 1 月 25 日

注 釋 ————————————————

①見《莊子‧秋水》：「且子獨不聞夫壽陵餘子之學行於邯鄲與？未得國
　能，又失其故行矣，直匍匐而歸耳？」邯鄲學步，比喻效法不成，反而
　失去本真。《莊子集釋》，台北蘭臺書局，1971 年 7 月，頁 207。

②見《莊子‧列禦寇》：「朱泙漫學屠龍於支離益，單千金之家，三年技
　成，而無所用其巧。」注：「單，同殫，盡也。」《莊子集釋》，頁 401

③《四書集註論語》，臺北世界書局，頁 6，頁 51，頁 117，頁 121

④《禮記‧經解》，臺北新文豐出版社《十三經註疏》，2001 年，頁 2107

⑤見《昭明文選》目錄，臺北藝文印書館，1955 年 4 月初版，頁 6-11

⑥見《宋史‧本紀第一》，開明書店，頁 4497。

⑦⑧⑨筆者於 1992 年 8 月 24 日—9 月 5 日曾遊蘇、杭時，所抄錄的楹語和
　題壁詩。

⑩見《中國畫論類編》東坡畫論，俞劍華編著，台灣中華書局，1989 年，
　頁 47-51

⑪見《清高宗御製詩三集》，臺北故宮博物院影印本，卷 42，頁 22。

⑫見湖南省文物考古研究所等合著《長沙窯》，北京紫禁城出版社，1996
　年 10 月，頁 152，圖 441

⑬見《清高宗御製詩三集》卷 30，頁 13

⑭見《玉臺新詠》梁徐陵編，臺北漢京文化事業公司出版，卷 1，頁 48

⑮ 見《詩經集註》，朱熹集註，臺北萬卷樓出版社，卷 1 ，頁 10

⑯ 見 2002 年 1 月 20 日，台北《自由時報》，台北焦點版，第 10 版

唐詩中的禪趣

一、詩與禪的關係

　　我國詩歌，向稱興盛，而詩歌中的趣味，歷代詩人都有所開拓。自佛教輸入中土，詩歌的領域，無形中又再次擴大。由於唐代詩歌，能含融各體，所以稱其博大，詩人之多，為百代之冠。唐代儒、道、佛三家思想融和，於是詩歌中，以禪入詩、以禪喻詩的現象，隨時可見。

　　今讀唐人詩論，其中多與佛門禪理有關，如皎然的《詩式》、齊己的《風騷旨格》、司空圖的《二十四詩品》，以及日人空海的《文鏡秘府論》，他們以佛學擅長於分析事理，用來分析詩學，說明了佛學對詩學的影響，開展了詩歌創作的領域和視野。

　　詩是屬於文學的，藝術的；禪是屬於哲學的、宗教的，二者本來是河水不犯井水，井水不犯河水，不甚關連。但實際上，河水的上漲，影響到井水的浮升，井水的清濁，也與河水有連鎖關係。文學需要哲學做底子，才顯得有深度；哲學也需要文學來文飾，才能更引人入勝，兩者相輔相成，相得益彰。就如金元好問〈答俊書記學詩〉上所說的：

　　詩為禪家添花錦，

　　　　禪是詩家切玉刀。

詩使佛家增添錦繡，而佛家的禪，也為詩帶來光澤，因此佛家的
介入詩歌，開拓了詩的境界。

二、禪的由來及其含義

　　禪的由來，來自禪宗。禪宗傳入中國，約在六世紀左右，相
當於梁武帝時代（502-549）。我國詩歌受禪學的影響，也在這個
時代以後。

　　所謂「禪」，是梵語Chan-na 的譯音，或譯為「禪那」，含有
靜慮、智慧、禪定等意義。教是佛語，禪是佛心，佛語以心為
宗，而禪學是導源於佛陀的正覺。後世用「禪」字，又可引申為
「佛」的代稱。

　　依據禪學的方法，是以心證心，不立文字，靠內心的修為，
體悟自性的絕對清淨，毫無妄念，以達佛教自證聖的境界。在
《指月錄》卷一上記載佛陀傳衣鉢的故事：

　　　　相傳世尊一日在靈山會上，拈花示眾，是時，眾皆默然，
　　　　唯迦葉尊者，破顏微笑。世尊曰：「吾有正法眼藏，涅槃
　　　　妙心，實相無相，微妙法門，不立文字，教外別傳，付囑
　　　　摩訶迦葉。」

後世禪宗衣鉢的傳授，多用偈頌。從佛陀傳與迦葉，再由迦葉二
十八傳至達摩。達摩東來中土，便成為中國禪宗的祖師。他曾為

梁武帝說禪，但武帝不解，然後居嵩山少林寺傳道，臨終時，傳
與慧可。其付法偈云：

> 吾本來茲土，傳法救迷情；
> 一花開五葉，結果自然成。

後慧可傳至慧能，到慧能時，才弘大禪宗的教義。慧能得禪宗五
祖弘忍大師的衣缽，也是以偈頌。當時五祖欲傳衣缽，令眾弟子
作偈以明本性。大弟子神秀便在廊壁書一偈云：

> 身是菩提樹，心如明鏡臺；
> 時時勤拂拭，莫遣有塵埃。

慧能也在其旁書一偈頌道：

> 菩提本非樹，明境亦非臺；
> 本來無一物，何假拂塵埃。

由於慧能的偈語，能顯示佛家空明的本質，於是弘忍大師便把衣
缽傳給慧能，是為禪宗六祖。

　　偈，原是印度文學韻文中的一體，也叫偈頌。佛教中使用偈
語，便是智慧了悟之言，表現禪心。在中國，禪宗流行之後，偈
頌也仿照中國古詩的形式來寫，含有絃外之音，類似哲理詩。唐
代佛教普遍流行，唐人寫詩，受佛教的影響，因此唐詩的內容，
滲入佛教的成分，造成詩趣的擴大，除原有的情趣、畫趣、諧

趣、理趣以外，又增添禪趣一項，也增長了唐詩的波瀾。

三、詩趣的類別與構成

詩重趣味，從詩大序已歸納出詩有賦、比、興的作法，便能構成佳趣。其後，歷代詩論中更明確地拈出「趣味」二字來論詩，唐人司空圖的「辨味」，宋人嚴羽主妙悟，重興趣，說明詩的特色，在於趣味。《滄浪詩話》詩辯云：

> 夫詩有別材，非關書也；詩有別趣，非關理也。然非多讀書窮理，則不能極其至。所謂不涉理路，不落言筌者上也。詩者，吟詠情性也，盛唐諸人，惟在興趣，羚羊掛角，無迹可求，故其妙處，透徹玲瓏，不可湊泊。如空中之音，相中之色，水中之月，鏡中之象，言有盡而意無窮。

詩歌趣味的發生，在於不直說，有絃外之音，而意象的使用，具有暗示或象徵的效果。

詩趣的類別，大抵有情趣、畫趣、諧趣、理趣和禪趣等項。有時一首詩中，同時具有多類的詩趣。例如孟浩然的〈春曉〉：

> 春眠不覺曉，處處聞啼鳥；
> 夜來風雨聲，花落知多少？

這是寫閑情之趣，詩人從春天的早晨寫起，聽到鳥叫，想到咋晚

一夜風雨，於是關心今朝不知花落多少。其間含有悲天憫人的懷
抱，其實，花落知多少，干卿何事？故有情趣。詩中的情趣，非
僅閑情之趣一端，在此僅舉一隅罷了。

又如岑參的〈白雪歌送武判官歸京〉，詩中有幾句寫景很
美，很富畫趣；

> 北風捲地白草折，胡天八月即飛雪。
> 忽如一夜春風來，千樹萬樹梨花開。……

用一夜春風，萬樹梨花開，來形容北風捲地，八月飛雪，有畫
趣。

又如張潮的〈江南行〉：

> 茨菰葉爛別西灣，蓮子花開猶未遠；
> 妾夢不離江水上，人傳郎在鳳凰山。

這首詩有諧趣，用諧音字帶來雙關語，「蓮子」諧「憐子」。沈
德潛云：「二句謂在水在山，俱難實指。」此解最妙，而山以鳳
凰名，以別有新歡，而效于飛之樂，因地名而生情，傳出思婦內
心的猜疑，多情而有妙趣。諧趣的種類很多，又稱俳優格，在此
僅舉一例而已。

又如李商隱的〈蟬〉，是詠物託興的詩：

> 本以高難飽，徒勞恨費聲。五更疏欲斷，一樹碧無情。
> 薄宦梗猶汎，故園蕪已平。煩君最相警，我亦舉家清。

前四句寫蟬，後四句寫自己，借詠蟬比喻自己的高潔、清苦，說明自己與禪的遭遇相同，不直說，具有理趣。

尋究詩趣的發生，是由於詩人運用才思，說些反常而合道理的話，構成趣味，使人讀後，產生會心的微笑。清人吳喬的《圍爐詩話》，引蘇東坡的說詩，剖析了詩趣產生的條件，比嚴羽「妙悟」的說法，更為具體。他說：

> 子瞻曰：「詩以奇趣為宗，反常合道為趣。」此語最善，無奇趣何以為詩？反常而不合道，是謂亂談，不反常而合道，則文章也。

詩人要寫一些反常的事而又要合乎道理，才有詩趣。如果寫一些反常而不合道理的事，那是亂寫，不能稱為詩；寫一些不反常而合道理的事，那是散文，也不能稱為詩。

至於詩中的禪趣，是把有關僧侶的生活，佛教的觀念、思想寫入詩中，又含有趣味，造成禪趣。例如《鶴林玉露》中記載女尼的一首悟道詩：

> 盡日尋春不見春，芒鞋踏遍嶺頭雲；
> 歸來偶把梅花嗅，春在枝頭已十分。

以尋春比喻參禪悟道，然詩中不提「悟道」二字，滿篇都含悟道之意，意在言外，所以高妙。又合乎反常而合道的原理，有詩趣，且為禪趣。如同辛棄疾的〈青玉案〉，「眾裡尋他千百度，

驀然回首，那人卻在燈火闌珊處。」同具佳趣。

四、唐詩中的禪趣

　　唐人寫詩，以禪入詩，最早是由一些與佛門有關的詩人，如寒山、拾得、王梵志、義淨、寶月等，寫些類似偈頌的詩，含有佛學哲理而近諧謔，欠雅正。其後詩僧不少，著名的如靈一、靈澈、護國、皎然、貫休、齊己諸人，已能將佛家思想融入詩境之中，且所寫詩，亦可與名家相垺。《全唐詩話》卷六引劉禹錫的話，讚譽僧侶們的詩：

> 詩僧多出江右，靈一導其源，護國襲之，清江揚其波，法振沿之。如絲絃孤韻，瞥入人耳，非大音之樂；獨吳興晝公，能備眾體，澈公承之。至如芙蓉園新寺詩曰：「經來白馬寺，僧到赤烏年。」謫汀州云：「青繩為弔客，黃犬寄家書。」可謂入作者閫域，豈獨雄于詩僧間耶！

同時，唐代著名的詩人，也與方外之士交接，酬唱吟詩，如王維、劉長卿、柳宗元、白居易、劉禹錫等，在他們的詩篇中，也含融了佛家思想，表現出詩中的禪趣和禪境，開拓了詩的新境界。

　　今就以禪入詩造成禪趣的現象，約可分為四類，加以說明：

　　㈠引用佛典、佛家語入詩，造成禪趣：這類的詩很容易被感受出來，他們使用佛家語來寫詩，不但豐富了詩歌的辭語，也擴大了詩歌的內涵。例如皎然的〈水月〉：

夜夜池上觀，禪身坐月邊。虛無色可取，皎潔意難傳。
若向空心了，長如影正圓。

詩中用佛家語寫水上的月色，暗示禪心悟道，虛無可取，空明難
傳。

又如劉長卿的〈尋南溪常山道人隱居〉：

一路經行處，莓苔見履痕。白雲依靜渚，春草閉閒門。
過雨看松色，隨山到水源。溪花與禪意，相對亦忘言。

前四句寫路上所見的景色，莓苔見履痕，點出「尋」字，白雲、
春草句，有閑靜之意。後四句尤具禪趣，寫劉長卿與常山道人晤
面，猶如溪花對禪意，好友相訪，以心相會，可以忘言。全詩佛
家語只用「禪意」一詞，適度使用佛家語，可增佳趣。

「過雨看松色，隨山到水源」一聯，極富生機，句中所含禪
趣，與王維的「行到水窮處，坐看雲起時」，陸游的「山重水複
疑無路，柳暗花明又一村」，同出機杼。

又「溪花與禪意，相對亦忘言」一聯，與李白的「相看兩不
厭，只有敬亭山」，辛棄疾的「我看青山多嫵媚，料青山看我亦
如是」，同具禪趣。

至於白居易的〈讀禪經〉：

須知諸相皆非相，若住無餘卻有餘。
言下忘言一時了，夢中說夢兩重虛。

> 空花豈得兼求果，陽燄如何更覓魚。
> 攝動是禪禪是動，不禪不動即如如。

每句都用佛家語，諸相皆非相，指人生所見皆虛相；無餘，指涅槃。夢中說夢，是說人生本來是一場大夢。陽燄，是海市蜃樓。如如，即真如。滿篇佛家語，雖說明人生所見皆虛相，進而能參禪悟道，得到真如。但這類的詩，畢竟缺乏詩趣，純粹是借詩闡揚佛理，類似偈頌。

　　㈡詩中吟佛跡，引來禪趣；所謂佛跡，包括僧侶、女尼、寺廟、佛塔、梵音等。凡與佛寺、佛門人士有關的詩，均屬此類。

　　唐代詩人與僧侶贈答的詩極多，就是送別，方外之別，也異於常人，不及於情。如劉長卿〈送靈澈〉：

> 蒼蒼竹林寺，杳杳鐘聲晚；荷笠帶斜陽，青山獨歸遠。

有蒼茫寂寞之境，而無悽愴黯然的別情。末兩句寫高僧獨歸春山中，有禪趣。

　　又如李翱的〈贈藥山高僧惟儼〉：

> 練得身形似鶴形，千株松下兩函經；
> 我來問道無餘說，雲在青霄水在瓶。

前兩句寫高僧修練，身形似鶴，松下讀經；後兩句問道，道之所在，有如雲在青霄，水在瓶。禪門常以雲在青霄水在瓶暗示道，不直說，意在言外，故有禪趣。

又如韓愈的〈寄禪師〉：

> 從無入有雲峰聚，已有還無電火銷；
> 銷聚本來皆是幻，世間閉口漫囂囂。

有無銷聚，皆是因緣偶合的虛相，佛說不可說，今勉強去說道，難怪要被譏為「閉口漫囂囂」；同樣地，詩中的禪趣，也是憑直觀去感受，如今強加分析，未免是世間閉口愛多嘴，有趣味。

至於寫寺廟、佛塔、梵音的詩而具有禪趣的，唐詩中極多，今僅舉一二例於後：

> 石門長老身如夢，旃檀成林手所種。坐來念念非昔人，萬遍蓮花為誰用。如今七十自忘機，貪愛都忘筋力微。莫向東軒春野望，花開日出雉皆飛。——柳宗元〈戲題石門長老東軒〉
> 禪思何妨在玉琴，真僧不見聽時心；秋堂境寂夜方半，雲去蒼梧湘水深。——劉禹錫〈聽僧彈琴〉

佛教的流行，禪院碑塔的聳立，釋家的生活情趣，增加詩人寫作的題材，因此詩趣擴及禪理，自有禪趣。

㈢寫生老病死無常的詩，引來禪趣：在佛門眼中，人生便是苦海，生老病死，喜嗔愛惡，皆是無常，因此詩人受佛教思想的感染，對人生的變幻特別敏銳，感慨特深，也能帶來禪趣。例如寒山子的詩：

　　　　生前大愚癡，不為今日悟；今日如許貧，總是前生做。

　　　　今生又不修，來生還如故。兩岸各無船，渺渺難濟渡。

詩中將人生分前生、今生、來生三生，今生不修道，猶如苦海無
舟，難以超渡。

　　又如劉希夷的〈白頭吟〉：

　　　　洛陽城東桃李花，飛來飛去落誰家。洛陽女兒惜顏色，行
　　　　逢落花長歎息。今年花落顏色改，明年花開復誰在？已見
　　　　松柏摧為薪，更聞桑田變成海。……宛轉蛾眉能幾時，須
　　　　臾白髮亂如絲。但看舊來歌舞地，惟有黃昏鳥雀悲。

這首白頭吟，說明了人生變幻的無常，這種興衰少老的對比，可
造成詩趣，又能配合佛教無常的說法，可視為禪趣。

　　本來佛教有小乘、大乘的分別。小乘的目的，在自利、自了
脫，其中心思想是無常、苦、無我、不淨。大乘是令一切眾生轉
迷成悟，離苦得樂。便如「心經」所說的：

　　　　渡吧，渡吧，

　　　　渡到彼岸，

　　　　大家一起渡到彼岸。

　　自己一個人渡到彼岸，得羅漢果，是小乘；能回頭普渡眾
生，大家一起渡到彼岸，是菩薩心腸，為大乘。王維的〈夏日過
青龍寺謁操禪師〉，便是讚操禪師知小乘教的病態，而欲得大乘

教的去燥熱而生涼風，其詩：

> 龍鍾一老翁，徐步謁禪宮。欲善義心義，遙知空病空。
> 山河天眼裡，世界法身中。莫怪銷炎熱，能生大地風。

空病空是小乘的病態，善義心義，是指向義之心所得的義，也是病態。不如擴大視野，使山河世界均在道眼法身之中，使燥熱銷散，大地生涼風。

　㈣寫禪境而具有禪趣：這是詩中抽象的審美觀念，以心證心，憑直觀的智慧，以達會心的妙悟。王漁洋〈鬿尾續文〉云：

> 捨筏登岸，禪家以為悟境，詩家以為化境，詩禪一致，等無差別。

又在《帶經常詩話》卷三中，列舉禪趣的詩句為證：

> 嚴滄浪以禪喻詩，余深契其說，而五言尤為近之。如王維輞川絕句，字字入禪。他如「雨中山果落，燈下草蟲鳴」；「明月松間照，清泉石上流」；及太白「卻下水精簾，玲瓏望秋月」；常建「松際露微月，清光猶為君」；浩然「樵字暗相失，草蟲寒不聞」；劉慎虛「時有落花至，遠隨流水香」，妙諦微言，與世尊拈花，迦葉微笑，等無差別。通其解者，可語上乘。

　由於以禪喻詩，在詩中造成禪境，不外是坐禪入定，進而與

萬化冥合，造空成靈、脫俗、忘我、入神、孤絕等詩境，引來無
限的智慧與生機，含有極高度的禪趣。在這方面的表現，王維的
詩，尤具特色。例如在他的詩中，愛用「空」、「淨」、「靜」、
「明月」、「白雲」等辭語，表達禪寂、空靈等意境。今引其詩句
如下：

> 薄暮空潭曲，安禪制毒龍。──〈過香積寺〉
> 人閑桂花落，夜靜春山空。──〈鳥鳴澗〉
> 明月松間照，清泉石上流。──〈山居秋暝〉
> 悠然遠山暮，獨向白雲歸。──〈歸輞川作〉
> 寂寞柴門人不到，空林獨與白雲期。──〈早秋山中作〉

空、靜、淨等都是佛家的精義所在，用詩來表現，既是文學的，
也是哲學的，是人類高度智慧、心靈世界的表徵。今舉二詩為
證：

> 吾心似秋月，碧潭清皎潔；
> 無物堪比倫，教我如何說。──〈寒山詩〉

> 中歲頗好道，晚家南山陲。
> 興來每獨往，勝事空自知。
> 行到水窮處，坐看雲起時。
> 偶然值林叟，談笑無還期。──王維〈終南別業〉

這類的詩自然脫俗，且富生機，「興來」一聯，獨參人間佳趣，

「行到」一聯，絕境逢生，啟示生機，結語談笑無還期，無牽無掛，自然無礙，真可以說是青山無礙白雲飛，雲在青霄水在瓶，詩趣無窮。

五、結語

　禪與詩的結合，增添了詩的波瀾，也擴展了詩的境界。尋繹詩中禪趣的發生，來自於聯想或想像，也就是古人所謂的「興」與「興趣」，都是使用彎曲的語言，以達言有盡而意無窮的效果，才有禪趣。

——第二屆古典文學研討會，1980 年 12 月

清代袁枚〈落花〉詩探微

一、前言

　　在文學中，描寫花的意象，除了它是植物的一部分外，它的美，映在人們的心目中，經過審美情感的聯想，已成為暗示或象徵女子的代稱。如《詩經·周南·桃夭》中的桃花，是暗示年少的新娘，同時桃花也代表春天、愛情、二月花等含義。在台灣民歌中有一首〈桃花過渡〉，那朵桃花，也是象徵年輕的女子，如果讓中年女子去坐渡船，那該是「黃花過渡」。因此，中外文學中，用花比喻女子，十分普遍，幾乎可以寫成一部《花的文學》。

　　清人袁枚的《小倉山房詩集》，共有詩四三三〇首，其中以花為題的詠物詩，有〈落花〉詩十五首，最引人注目；其他如〈楊花曲〉七首、〈折花詞〉四首、〈折梅〉、〈海棠詞〉六首、〈梅花塢〉、〈花下〉、〈楊花〉、〈花幔〉、〈晚菊和蔗泉觀察韻〉二首、〈乞花〉、〈折花〉、〈梅〉、〈花朝日戲諸姬〉、〈題桃樹〉、〈贈花詞為嚴子進作〉四首、〈海棠下作〉、〈木蓮花〉、〈女弟子陳淑蘭窗前開紅蘭一枝，遣其郎君鄧秀才來索詩〉三首，〈元日牡丹詩〉七首、〈蘆花〉、〈看梅〉四首等①，在詩的數量上而言，都不及〈落花〉詩數量多，在詩的內容而言，〈落花〉詩是詠物詩兼詠史詩，「落花」是個泛稱，涵意寬廣，

袁枚借落花詠古代紅顏女子，命運多坎坷，故有「春在東風原是夢，生非薄命不為花」的慨歎②。

二、袁枚〈落花〉詩創作的時間和地點

袁枚〈落花〉詩十五首，收錄在《小倉山房詩集》卷三，其創作年代為壬戌年到癸亥年③，也是乾隆七年到八年（1742-1743）之間的作品，這時袁枚二十七歲與二十八歲之間。如依《袁枚年譜》推算，袁枚（1716-1798），浙江錢塘人，乾隆四年，年二十四進士及第。在京都任翰林庶吉士。壬戌年，乾隆七年，散館，改任知縣，分發江南，始知溧水（今江蘇溧陽縣），後改知江浦、沭陽、江寧等縣④。則〈落花〉詩，當是乾隆七年，袁枚二十七歲那年春天，在溧水所作的詩，與詩中所述：「江南有客惜年華，三月憑闌日易斜」⑤，可以吻合。

三、袁枚〈落花〉意象的由來與轉化

意象一詞，始見於《周易·繫辭傳》：

　　聖人立象以盡意，設卦以盡情偽，繫辭焉以盡其言。⑥

文中的「意」，指人的情意、思想，「象」指物的形象、表象，而敘述意和象的媒介，便是「言」，即語言。魏王弼的《周易略例·明象》有進一步說明：

> 夫象者，出意者也；言也，明象者也。盡意莫若象，盡象
> 莫若言。

說明「象」、「意」、「言」三者的關係，人們見外界的景物形象，會產生情意，而語言可以用來描述物意。至於「意象」連用，始見於《文心雕龍‧神思》：

> 然後使玄靜之宰，尋聲律而定墨；獨照之匠，窺意象而運
> 斤，此蓋馭文之首術，謀篇之大端。⑦

這裡所說的意象，已是文藝創作的審美意象。作家就日常生活中的題材，經過感觸、想像所得的結果，使外界的物象與中心的情意結合，構成意象，以達暗示和象徵的效果。

「落花」入詩，由來已久，有文獻可考者，始見於戰國時代楚國的屈原（343-277 B.C.），他在〈離騷〉中，便有「朝飲木蘭之墜露兮，夕餐秋菊之落英」和「攬木根以結茝兮，貫薜荔之落蕊」的句子，「落英」、「落蕊」就是落花，尤其「墜露」與「落英」對偶，解釋為「落花」十分恰當。東漢王逸注云：「英，華也。言己旦飲香木之墜露，吸正陽之津液；暮食芳菊之落華，吞正陰之精蕊。」但宋洪興祖的《補注》謂「秋花無自落者」，意謂秋天的菊花枯萎了，還是連在枝上，不會凋落，於是「落英」指初生之花（見《爾雅》），可備一說⑧。屈原的「餐花飲露」、「攬茝貫蕊」，均表示身心高潔，與道家的「餐霞飲露」、「仙風道骨」的神仙生活不同。

袁枚的〈落花〉詩，是得自於唐人杜牧〈金谷園〉詩的啟

示，〈金谷園〉詩，從詠物詩到借物詠史，再引申為借史託諷。
杜牧的詩：

> 繁華事散逐香塵，流水無情草自春。
> 日暮東風怨啼鳥，落花猶是墜樓人。⑨

金谷園是晉代石崇的別墅，石崇寵愛綠珠，因得罪權貴，自知禍
將臨頭，綠珠因而先自殺，墜樓而死，其後石崇遭抄家滅門。唐
人杜牧詠〈金谷園〉，由「繁華事散」寫起，到綠珠的死，用
「落花」的意象，譬喻「墜樓人」，這則淒美的史事，透過詩人的
筆，使淒慘的真相，化作暮春落花飄零的聯想。歷代描寫「落
花」、或以「落花」為題的詩不少，但杜牧的「落花猶是墜樓
人」，給袁枚的十五首〈落花〉，帶來不少的啟示。袁枚對古代紅
顏女子不幸的下場，借落花的意象，表達無限的同情和感慨。讀
了〈落花〉詩，畢竟使人要問，難道女子的美是一種錯誤？美也
是一種不幸和罪過嗎？

四、袁枚〈落花〉詩主題與內容

袁枚〈落花〉詩十五首，為詠物的七言律詩，詠物詩除了詠
物之外，應有所寄托，才是好詩。誠如袁枚在《隨園詩話》中所
云：「詠物詩無寄托，便是兒童猜謎。讀史詩無新義，便成《廿
一史彈詞》。雖著議論，無雋永之味，又似史贊一派，俱非詩
也。」⑩以袁枚的詩論，析論袁枚自己所寫的詠物詩，可以知道
他的詩，能實踐他所持的詩論。同時袁枚的〈落花〉詩，也是組

詩,用同一標題,寫一連串的詩,在歷代的組詩中,第一首便是
全詩的序,以此慣例,袁枚的〈落花〉詩第一首,也不例外。

(一)袁枚〈落花〉詩第一首是全詩的序

> 江南有客惜年華,三月憑闌日易斜。
> 春在東風原是夢,生非薄命不為花。
> 仙雲影散留香雨,故國臺空剩館娃。
> 從古傾城好顏色,幾枝零落在天涯?(其一)

前四句袁枚寫〈落花〉詩的時間及地點,見暮春的落花引發
感觸,而「春在東風原是夢,生非薄命不為花」,成為十五首
〈落花〉的主題所在,意謂東風催花,花開花落,原是一場春
夢,自古「紅顏多薄命」生而為「花」者,難逃此命運。後四句
引西施為例,並感慨自古傾城好顏色的女子,能有幾人平平安安
地存活在民間?

全詩用落花為題,而詩中又帶出歷史上出色的女子,其下場
堪憐,是詠物而有所托,又具詠史的新義,所以讀來感性特強,
而清新雋永。

(二)歷史中的落花西施、蔡琰

> 小樓一夜聽潺潺,十二瑤臺解珮環。
> 有力尚能含細雨,無言獨自下春山。
> 空將西子沉吳沼,誰贖文姬返漢關?

且莫啼煙兼泣露，問渠何事到人間。（其四）

這首在詠歷史人物中的落花，前四句寫春雨打落花，一夜春雨，十二瑤臺神話仙境中的仙女們，都解除珮環而凋謝，能力強的花朵，尚可含細雨而不凋落，但環境惡劣時，也無法抗拒幻滅的命運。後四句用設問體，責問是誰將西施沉入吳沼，又是誰將蔡琰（字文姬）從胡地贖回，回到中原，又遭災厄。這兩位女子的悲劇，如同暮春中啼煙泣露的落花，請問她們為何要到人間來，遭此災難。

西施是春秋時代越國的絕色女子，據後漢趙曄撰的《吳越春秋‧勾踐陰謀外傳》記載，西施為浙江諸暨苧蘿山的賣柴女子，也稱先施、西子。在吳越之爭中，勾踐在會稽被吳王夫差打敗，范蠡把西子獻給夫差，夫差為其色所迷，終至亡國。吳亡後，夫差自刎，而西施的下場，《吳越春秋》及《越絕書》均未提及⑪。其後明梁辰魚的《浣紗記》認為吳亡後，范蠡將西施接走，與他同遊五湖而去，而袁枚詩中，認為吳亡後，西施被沉於吳江，故有「空將西子沉吳沼」的慨歎。

東漢建安時（196-220）董卓之亂，蔡邕（133-192）的女兒蔡琰（192-239）在亂兵中，被胡人劫走，蔡邕的朋友曹操，聽說蔡琰流落胡地，派使者將她贖回，蔡琰在胡十二年，生有二子，贖回時只自身返漢，後改嫁董祀，董祀犯法當死，又請曹操赦免，曹操答允，蔡琰因作〈悲憤詩〉。事見《後漢書‧列女傳‧董祀妻》⑫。

㈢〈落花〉詩中詠貴妃

也曾開向鳳凰池，去住無心鳥不知。
掃徑適當風定後，捲簾可惜客來時。
肯教香氣隨波盡？尚戀春光墜地遲。
莫訝旁人憐玉骨，此身原在最高枝。（其二）

風雨瀟瀟滿春林，翠波簾幕影沉沉。
清華曾荷東皇寵，飄泊原非上帝心。
舊日黃鸝渾欲別，天涯綠葉半成陰。
榮衰花是尋常事，轉為韶光恨不禁。（其三）

不受深閨兒女憐，自開自落自年年。
清天飛處還疑蝶，素月明時欲化煙。
空谷半枝隨影墜，闌干一角受風偏。
佳人已換三生骨，拾得花鈿更黯然。（其五）

后土難埋一瓣香，風前零落曉霞妝。
丹心枉自填溝壑，素手曾經捧太陽。
疏雨半樓人意懶，殘紅三月馬蹄忙。
莫嫌上苑遮留少，宰相由來鐵石腸。（其六）

袁枚的第二、三、五、六四首〈落花〉，借落花而詠唐代楊貴
妃，我們不妨從下列詩句去推測，例如：「莫訝旁人憐玉骨，此

身原在最高枝。」、「清華曾荷東皇寵,飄泊原非上帝心。」、
「佳人已換三生骨,拾得花鈿更黯然。」、「后土難埋一瓣香,風
前零落曉霞妝。丹心枉自填溝壑,素手曾經捧太陽。」、「莫嫌
上苑遮留少,宰相由來鐵石腸。」這些詩句,都與唐時,楊貴妃
的得寵,以及在馬嵬坡兵變被賜死和死後歸葬的史蹟,有所關
連。

　　有關唐玄宗和楊貴妃的故事,在歷代詩文中,最膾炙人口的
要推白居易的〈長恨歌〉和陳鴻的〈長恨歌傳〉,這兩篇詩文作
於元和元年(806),當時白居易在盩厔縣(今陝西周至)任縣
尉,他和友人陳鴻、王質夫同遊仙遊寺,有感於唐玄宗和楊貴妃
的故事而創作。

　　白居易的〈長恨歌〉雖借漢皇重色以諷唐室,但重視於楊貴
妃一生的描述,使人感動於唐玄宗與楊貴妃在天寶之亂中的愛情
悲劇,而忘懷詩中玄宗寵溺貴妃以致誤國的負面印象。因此「天
長地久有時盡,此恨綿綿無絕期」,便成了〈長恨歌〉的主題名
句。陳鴻的〈長恨歌傳〉,也是寫楊貴妃的一生,陳鴻從史學的
立場,對唐玄宗寵愛楊貴妃以致於誤國,留有譴責的語氣,而
「意者不但感其事,亦欲懲尤物,窒亂階,垂誡於將來者也」,便
成為〈長恨歌傳〉的主題所在⑬。

　　歷代以唐玄宗與楊貴妃的故事為題材而寫成的詩文不少,大
致可分為兩類,一以愛情為主題,同情帝王在離亂中連妻子都無
法保護,詩中多替她抱不平與同情;一是將玄宗和貴妃的沈耽宴
樂,視為動亂的禍首,且以楊貴妃為誤國亂源而有所警惕。今各
舉一些例證如下:

馬嵬 　唐·黃滔

錦江晴碧劍鋒奇，合有千年降聖時。

天意從來知幸蜀，不關胎禍自娥眉。

玄宗幸蜀是天意，而胎禍不出自貴妃。

馬嵬驛 　唐·于濆

……一從屠貴妃，生女愁傾國。是日芙蓉花，不如秋草

色，當時嫁匹夫，不妨得頭白。

楊貴妃如當時嫁與匹夫，則可與夫婿到白頭。正因生女有傾國
色，反而遭致殺身之禍。

又如杜甫在唐肅宗至德二載（757）閏八月所寫的〈北
征〉：

……不聞夏殷衰，中自誅褒妲。周漢獲再興，宣光果明

哲。

詩中充滿憂國憂民的情緒，並將貴妃比作禍國的褒姒、妲己。認
為貴妃是禍國之原，被誅理所當然⑭。

楊貴妃（719-756），字玉環，祖籍為弘農華陰（陝西華縣）
人，後徙籍蒲州，遂為永樂（山西永濟）人，父玄琰，為蜀州司
戶。開元七年，貴妃生於蜀，幼孤，養於叔父家。楊玉環於開元
二十三年（17歲）本為玄宗十八子壽王瑁之妃。開元二十八年
（740）玄宗幸溫泉宮，乃令妃為女道士，號太真，至天寶四載

（745），始立太真為貴妃，時貴妃年二十七，而玄宗當為六十一歲。天寶十五載（756），死於馬嵬坡兵變，年三十八。

楊貴妃的死，在〈長恨歌〉和〈長恨歌傳〉是這樣描寫的：

長恨歌

六軍不發無奈何，宛傳蛾眉馬前死。
花鈿委地無人收，翠翹金雀玉搔頭。
君王掩面救不得，回看血淚相和流。

又：

長恨歌傳

道次馬嵬亭，六軍徘徊，持戟不進，從官郎吏伏上馬前，請誅晁錯以謝天下。……上知不免，而不忍見其死，反掩面，使牽之而去。倉皇輾轉，竟就絕於尺組之下。

亂平後，唐明皇擬下詔改葬貴妃，朝中官員皆言不宜；事後，明皇秘密派宦官改葬貴妃，但屍骨已腐，香囊猶在，明皇睹物傷懷，思念不已。據《新唐書·列傳第一后妃上·楊貴妃》：

帝至自蜀，道過其所，使祭之，且詔改葬，禮部侍郎李揆曰：「龍武將士以國宗負上速亂，為天下紲之。今葬妃，恐反仄自疑。」帝乃止。密遣中使者具棺槨它葬焉。啟瘞，故香囊猶在，中人以獻，帝視之，悽感流涕，命工貌妃於別殿，朝夕往，必為鯁欷。⑮

　　袁枚〈落花〉中詠貴妃，是同情貴妃的遭遇，尤其著重在馬
嵬坡貴妃被賜死和後來改葬的情景來入詩，才有「莫訝旁人憐玉
骨，此身原在最高枝」、「佳人已換三生骨，拾得花鈿更黯然」、
「后土難埋一瓣香，風前寒落曉霞妝」等，憐惜落花的悽美而含
有無限憐香惜玉的悲劇情懷。

㈣琵琶聲中的王昭君

> 玉顏如此竟泥中，爭怪騷人唱惱公？
> 茵溷無心隨上下，尹邢避面各西東。
> 已含雲雨還三峽，猶抱琵琶泣六宮。
> 花總一般千樣落，人間何處問清風？（其八）

　　詩中有「已含雲雨還三峽，猶抱琵琶泣六宮」句，應是詠王
昭君。王昭君，本為王嬙，名一作牆，字昭君，南郡秭歸人，秭
歸是巫峽附近居山傍水的一個小縣，景色清麗，也是戰國時楚國
屈原的家鄉。王嬙被郡國舉而選入後宮，由於後宮佳麗多，未被
御幸。漢元帝竟寧元年（33B.C.），匈奴王虖韓邪單于來朝請
婚，元帝便遣後宮良家女王嬙賜給匈奴王，被尊為「寧胡閼
氏」。匈奴人稱皇后為閼氏⑯。唐吳兢《樂府古題要解》卷上王
昭君條謂：虖韓邪單于死，子復株絫單于欲以胡禮復妻昭君，昭
君乃吞藥而死。昭君一生含怨塞外，而「獨留青塚向黃昏」。今
內蒙古呼和浩特市有王昭君墓，相傳塞外草白，獨王昭君墓草
青，故名青塚。

　　梁蕭統《文選》和徐陵《玉臺新詠》均錄有晉石崇的〈王昭君詞并序〉，其序曰：「王明君者，本為王昭君，以觸文帝諱改焉。匈奴盛請婚於漢，元帝詔以後宮良家女子昭君配焉。昔公主嫁烏孫，令琵琶馬上作樂，以慰其道路之思，其送明君，亦必爾也。其新造曲，多哀聲，故敘之於紙云爾。」⑰從此詠王昭君的詩，便與「琵琶」相關連，成為王昭君的標誌。

　　袁枚〈落花〉中的王昭君，謂「玉顏如此竟泥中，爭怪騷人唱惱公」與石崇的〈王昭君詞〉有「昔為匣中玉，今為糞上英」，指王昭君本為樹上花竟如落英墜泥中，讓詩人感歎不已。並謂：「已含雲雨還三峽，猶抱琵琶泣六宮。」三峽為王昭君的故鄉，昭君和番時，猶抱琵琶，泣別漢宮。

㈤洞庭波冷弔湘君

> 不妨身世竟離群，開滿香心已十分。
> 小院來遲煙寂寂，深春坐久雪紛紛。
> 人間歌舞消清晝，天上神仙葬白雲。
> 飄落洞庭波欲冷，一枝玉笛弔湘君。（其九）

　　戰國時楚國屈原在《九歌》中，有〈湘君〉、〈湘夫人〉兩篇，湘君和湘夫人都是湘水之神。東漢王逸《楚辭章句》以為湘君是水神，湘夫人是舜的二妃。《史記·始皇本紀》及漢劉向《列女傳》都說湘君是堯之女，舜之妻，指娥皇、女英。宋洪興祖《楚辭補注》則說湘君為娥皇，湘夫人為女英⑱。

　　相傳舜南征三苗，不及，道死沅湘之間，葬於九嶷山，在今

湖南省寧遠縣南,舜的妻子娥皇、女英來到九嶷山,祭其丈夫,淚灑湘江,並投入湘水,是為湘水之神,今湘江一帶有斑竹,便是娥皇、女英的淚痕所致。

袁枚〈落花〉詩中有「人間歌舞消清晝,天上神仙葬白雲;飄落洞庭波欲冷,一枝玉笛弔湘君」詩句,寫暮春白花飄落,在天上猶如神仙葬於白雲中,在人間則是落花入洞庭,使人想起〈九歌〉中的湘君和湘夫人,因舜的死,娥皇、女英二妃投入湘水之中淒美的故事。

㈥梁氏新裝梁冀妻孫壽

> 裁紅暈碧意蹉跎,子野聞歌喚奈何。
> 早發瓊林驚海內,倦開江國厭風波。
> 漢宮裙解留仙少,梁苑妝成墮馬多。
> 天女亭亭無賴甚,苦將清影試維摩。(其九)

從詩中「漢宮裙解留仙少,梁苑妝成墮馬多」兩句,可知袁枚此詩在詠東漢和帝時梁冀的妻子,創流行時裝,她愛穿狐尾衣,京都婦女多效此裝束,稱之為「梁氏新裝」。同時新妝的式樣,如愁眉、啼妝、墮馬髻、折腰步,以及齲齒笑等。

梁冀為東漢質帝梁皇后之兄,任大將軍,淫侈兇暴,有奴隸數千人,質帝稱他為「跋扈將軍」。梁冀因而討厭質帝,遂毒殺質帝,而立桓帝。而梁冀的妻子孫壽,貌美且善於化妝,冀為大將軍,壽亦受封為襄城君。後冀敗,自殺。《後漢書‧梁統列傳‧玄孫冀》云:「壽色美而善為妖態,作愁眉、啼粧、墮馬

髻、折腰步、齲齒笑,以為媚惑。」⑲

　　袁枚詩前四句寫花開花落,後四句,詠漢宮崇尚游仙,《漢武帝內傳》曾有西王母降臨漢宮等故事,而梁苑中多仕女,其中孫壽更是漢質帝時的名女子,因梁冀外戚的驕縱,夫婦兩遭致悲慘的下場。然袁枚詩並未直接描述,反而結語是天女亭亭婀娜極了,且將清影去試維摩詰看了是否心動?

㈦開匣見珍珠,或恐是梅妃

> 紅燈張罷酒杯殘,不照笙歌月亦寒。
> 此去竟成千古恨,好春還待一年看。
> 金鈴繫處堤防苦,玉匣開時笑語難。
> 擬囑司風賢令史,也同修竹報平安。　(其十二)

　　梅妃,姓江名采蘋,蒲田人。開元初,高力士使閩越,選歸侍明皇,婉麗善屬文,以其愛梅,居所均植梅花,明皇戲名為「梅妃」。後楊貴妃入宮,梅妃失寵,迫遷上陽宮,帝常思念她,曾封珍珠一斛,密賜梅妃,不受,謝以詩曰:「柳葉雙眉久不描,殘妝和淚污紅綃。長門終日無梳洗,何必珍珠忍寂寥。」詞旨淒婉,帝命樂府譜以管弦,名為〈一斛珠〉。安祿山亂,上避亂入蜀,太真死,及東歸,尋梅妃所在,不可得⑳。依〈梅妃傳〉所云:

> 後上暑月晝寢,髣髴見妃隔竹間泣,含涕障袂,如花朦霧露狀。妃曰:「昔陛下蒙塵,妾死湯池側,有梅十餘株,

豈在是乎!」上自命駕令發視,纔數株,得屍,裹以錦
裀。……視其所傷,脅下有刀痕。上自製文誄之,以妃禮
易葬焉。

梅妃之死,死於兵災。〈梅妃傳〉為唐人傳奇小說,然梅妃一
生,也算是傳奇人物。

袁枚的第十二首〈落花〉,是否是詠梅妃,很難確定,本文
僅就其「玉匣開時笑語難」,推測此詩為詠唐梅妃的詩,然恐證
據薄弱,用「或恐是梅妃」,存疑。

㈧隋宮迷樓花自落

剪彩隋宮事莫論,天涯極目總消魂。
旗亭酒醒風千里,牧笛歌回水一村。
游子相逢終是別,美人有壽已無恩。
流年幾度殘春裡,潮落空江葉打門。(其十三)

有關隋宮舊事,相傳韓偓曾撰〈迷樓記〉、〈海山記〉、〈開
河記〉。在〈迷樓記〉中,有一段文字與袁枚的〈落花〉詩有些
關連:

大業九年(613),帝將再幸江都,有迷樓宮人抗聲夜歌
云:「河南楊花謝,河北李花榮。楊花飛去落何處?李花
結果自然成。」帝聞其歌,披衣起聽,召宮女問之云:
「孰使汝歌也?」宮女曰:「臣有弟在民間,因得此歌。

曰：道塗兒童多唱此歌。」帝默然久之曰：「天啟之也，
天啟之也。」㉑

世代興衰，隋煬帝的荒淫亡國，有如楊花落，李唐開國，猶如李
花開。袁枚第十三首〈落花〉，有感隋宮舊事而作，見暮春江南
酒旗水村的景物，想游子他鄉，美人無恩，在時光殘春裡一任江
潮打空門。

㈨泛寫暮春，借落英而傷春

似欲翻身入翠微，一番煙雨寸心違。
粗枝大葉無人賞，落月啼烏有夢歸。
垂釣絲輕飄水面，踏青風小上春衣。
勸君好認瑤臺去，十二湘簾莫亂飛（其七）

金光瑤草兩三莖，吹落紅塵我亦驚。
讓路忍將香雪踏，開窗權當美人迎。
蛛絲力弱留難住，羊角風狂數不清。
昨夜月明誰唱別？可憐費盡子規聲。　（其十一）

升沉何必感雲泥？到眼風光剪不齊。
愛惜每防鶯翅動，飄零只恨粉墻低。
高唐神女朝霞散，故國河山杜宇啼。
最是半生惆悵處，曲闌東畔畫堂西。　（其十四）

　　袁枚這三首〈落花〉，並無特指或暗喻何人，僅用擬人手法，寫眼前春花，吹落紅塵；因而感歎好花當到瑤臺去，別讓月下子規啼。每首的末聯，含有殘春的感傷和惜春的餘意在。

　　春花嬌媚，落花可惜，袁枚描寫落花，甚是細膩，無論花容、花貌、花色、花姿、花態、花氣、花香等，都能曲盡形態，如「金光瑤草兩三莖，吹落紅塵我亦驚」，寫花色、花態；繼而「讓路忍將香雪踏，開窗權當美人迎」，寫花香、花姿，落花滿徑，香雪怎忍踏過，推窗見花，猶如美人相迎。然而青春難久留，狂風凋碧樹，明月唱別曲，杜鵑聲中春離去。

㈩〈落花〉詩結語

> 怕過山村更水橋，休論鳳泊與鸞飄。
> 容顏未死心先謝，雨露雖輕淚不消。
> 小住色憑芳香借，長眠魂讓酒人招。
> 司勛最是傷春客，腸斷煙江咽暮潮。（其十五）

　　組詩開端為「序」，組詩的末首為「結語」，如同《文心雕龍》神思篇所說的，才能「首尾圓合」。袁枚自稱「江南客」，暮春過山村水橋，見落花無數，因而聯想到歷史中的紅顏薄命者，不是「鳳泊」，就是「鸞飄」，樹未凋而花先謝，春雨雖輕而花淚難消。袁枚自比司勛論功賞的傷春客，面對東風春夢，感「花總一般千樣落」，薄命如花，每人的遭遇或有不同，但凋零都是共同的命運，不免要憂傷滿懷而腸斷煙江，嗚咽暮潮了。

五、袁枚〈落花〉詩意象的運用與特色

　　袁枚本是性情中人,多情種子,喜愛美好的事物,關懷風月人情,面對暮春繁花的凋落,興感青春如逝水,因而用擬人格將歷史中的絕色佳麗,在不幸的遭遇中,用落花譬喻,引來無限的慨歎和同情。在十五首〈落花〉中,詠楊貴妃的詩最多,或許是唐明皇和楊貴妃的詩材資料多,詩歌意象豐富,容易入詩所致。

　　從《隨園詩話》中,袁枚對詩歌用典的看法,他說:

　　　余每作詠古、詠物詩,必將此題之書籍,無所不搜;及詩
　　　之成也,仍不用一典。嘗言:人有典而不用,猶之有權勢
　　　而不逞也。⑫

在〈落花〉詩中,袁枚依據他的詩論來寫詩,不用典,卻將典故化成詩中的意象,例如詠楊貴妃,他用「玉骨」、「身在最高枝」、「清華」、「東皇」、「花鈿」、「后土埋香」、「素手捧太陽」等意象,渲染楊貴妃的死,用落花暗示貴妃的不幸,以配合〈落花〉詩的主題。

　　在《小倉山房詩集》中,袁枚另有兩首詠〈玉環〉:

　　　五百袈裟回向寺,一枝玉尺有前因。
　　　緣何四海風塵日,錯怪楊家善女人。

又一首:

　　可憐雲容出地遲，不將謳語訴人知。

　　《唐書》新、舊分明在，那有金錢洗祿兒？㉓

認為安祿山之亂，楊貴妃並非禍首，與〈落花〉詩中的詠貴妃，含有無限憐香惜玉之情。

　　其次，〈落花〉詩中詠西施，詩中所用的是「館娃」、「傾城」、「零落」、「西子」、「吳沼」、「啼煙」、「泣露」等意象，已象徵悲劇的意涵，與落花互映，既詠物，又兼詠史，具有情景交融的效果。

　　袁枚也曾寫過以〈西施〉為題的詩二首：

　　吳王亡國為傾城，越女如花受重名。

　　妾自承恩人報怨，捧心常覺不分明。

又一首：

　　笙歌剛送采蓮舟，重捲珠簾倚畫樓。

　　生就蛾眉顰更好，美人只合一生愁。㉔

〈落花〉中的西施，用落花比喻西施的凋謝，而〈西施〉題中的西子，偏重在「捧心」、「蹙顰」的意象，以象徵西施。

　　此外尚有蔡琰、王嬙、娥皇、女英、孫壽、梅妃等紅顏佳麗，她們也如同落花般凋零，因此「花總一般千樣落」，春花嬌媚，然而凋落，卻有不同的命運。

　　今列舉〈落花〉詩意象運用的特色如下：

㈠袁枚的〈落花〉，以喻紅顏薄命的女子，詩中沒有專指何種花
　卉，卻有專指或暗示是何人。不像李白的〈清平調〉，以詠芍
　藥暗示楊貴妃得寵時的嬌媚；白居易用「玉顏寂寞淚闌干，梨
　花一枝春帶雨」比喻楊貴妃的哭貌。

㈡詩中用設問對答，將「花」比作紅顏，時見問花，愈見淒婉和
　無奈。例如：「從古傾城好顏色，幾枝零落在天涯？」、「且
　莫啼煙兼泣露，問渠何事到人間？」、「花總一般千樣落，人
　間何處問清風？」

㈢詠物詩兼具詠古、詠史，有弦外之音；且詩中不直接用典，但
　能全盤了解典故而活用它，加以比興。如「清華」、「上苑」、
　「館娃」、「琵琶」、「湘君」、「梁苑」、「墮馬」、「玉匣」等
　意象，使字面義外而可被解讀出來的意義，皆含有隱含義，留
　給讀者有探微的線索，讓人尋繹詩中的主題。

㈣袁枚〈落花〉詩中，對景物辭語的運用，至為巧妙，可達移情
　作用，情景交融的境界。因此詩中寫花容、花貌、花色、花
　姿、花態、花香、花情、花意等，跟歷史中的紅顏佳麗相疊
　合，用煙、霧、雨、露、泣、啼、淚等字眼，引來傷春淒美的
　意境。

㈤袁枚〈落花〉詩善用視覺意象或聽覺意象，以增詩歌的美感。
　例如：「小樓一夜聽潺潺，十二瑤臺解珮環。」、「讓路忍將
　香雪踏，開窗權當美人迎。」、「愛惜每防鶯翅動，飄寒只恨
　粉墻低。」、「司勛最是傷春客，腸斷煙江咽暮潮。」

六、結論

　　袁枚論詩以性靈為主，性靈說淵源於明代中葉李贄的童心說和晚明公安、竟陵諸家的詩文論，所謂「直據胸臆，如寫家書」，「獨抒性靈，不拘格套」，不外以率真、真性情來寫詩。他在《隨園詩話》中，主張詠物詩不止於詠物，要能托物寄興，而有弦外之音。其次，他主張詩中用典，要能活用，了解詠古、詠史的全盤典故而不用，才是好手法，換言之，便是詩歌的隱含性，運用意象以達暗示或象徵的效果。

　　古人云：「詩無定訓。」本文就袁枚〈落花〉詩，用擬人手法，詠及歷代凋零的紅顏女子，帶來的傷春感懷。由於袁枚《小倉山房集》至今尚無箋注，筆者僅能以猜測探微的方式，加以討論，至於所述能否成立，尚祈　方家，有以指教。

　　　　　　　——國立彰化師範大學，詩學研討會，2002年5月25日

注釋

①清人袁枚著《袁枚全集》，共八大冊，第一冊為《小倉山房詩集》，共收詩37卷，補遺2卷，有詩4330首，南京江蘇古籍出版社，1993年9月1版。

②見袁枚〈落花〉詩第一首詩句。其後文中所引〈落花〉詩，均出於此。《小倉山房詩集》卷3，頁35-36

③《小倉山房詩集》卷3，注有「壬戌、癸亥」字樣，是該卷詩創作的年代。

④《袁枚全集》第八冊附錄一《隨園先生年譜》，乾隆七年，壬戌，先生二十七歲，是年翰林散館。初試溧水知縣。乾隆八年，癸亥，先生二十八

歲，由溧水改知江浦，後從江浦改知沭陽，乾隆九年，甲子，先生二十九歲，知沭陽縣。乾隆十年，乙丑，先生三十歲，調江寧縣知縣。頁7-8。

⑤ 同②。

⑥《周易・繫辭傳上》，藝文印書館印行《十三經注疏》本，頁158。

⑦ 梁劉勰《文心雕龍・神思》，文光圖書公司，頁105。

⑧ 漢劉向編、東漢王逸注，宋洪興祖補注《楚辭章句補注》，台北世界書局，民國45年12月初版，頁7

⑨ 清曹寅等敕編《全唐詩》卷525，台北粹文堂影印大陸中華書局本，頁6013

⑩《袁枚全集》第三冊《隨園詩話》，卷三，第六十三則，頁57

⑪ 後漢趙曄《吳越春秋》卷九〈勾踐陰謀外傳〉，卷十〈勾踐伐吳外傳〉記載吳亡後，吳王伏劍自殺。又《越絕書》卷12記載，吳王接納越王所獻西施，後越興師伐吳，吳亡，擒夫差而戮太宰嚭與其妻子。商務印書館《四部叢刊初編本》，頁60-74，又頁51-52。

⑫ 南朝宋范曄《後漢書・列女傳・董祀妻》：「陳留董祀妻者，同郡蔡邕之女也。名琰，字文姬，……適河東衛仲道，夫亡無子，歸寧于家。興平中（193-194），天下喪亂，文姬為胡騎所獲，沒於南匈奴左賢王，在胡中十二年，生二子。曹操素與邕善，痛其無嗣，乃遣使者，以金璧贖之，而重嫁於祀，祀為屯田都尉，犯法當死，文姬詣曹操，請之。」台北開明書店《二十五史》本，頁895

⑬ 唐白居易《白氏長慶集》卷12，陳鴻〈長恨歌傳〉附錄於白氏集中，置於白居易〈長恨歌〉前，因陳鴻無專集，故此。陳鴻在〈長恨歌傳〉文後，記載了當時和白居易創作此兩篇的經過和動機：「元和元年冬十二月，太原白樂天自校書郎尉於盩厔，與琅邪王質夫家於是邑。暇日，相

攜遊仙遊寺，話及此事，相與感歎。質夫舉酒於樂天前曰：『夫希代之
事，非遇出世之才潤色之，則與時消沒，不聞於世。樂天深於詩，多於
情者也，試為歌之，如何？』樂天因為〈長恨歌〉。意者不但感其事，亦
欲懲尤物，窒亂階，垂誡於將來者也。歌既成，使鴻傳焉。」台北商務
印書館《四部叢刊本》，《白氏長慶集》，頁63

⑭唐黃滔〈馬嵬〉詩，唐于濆〈馬嵬驛〉詩，唐杜甫〈北征〉詩，均見於
《全唐詩》。

⑮見《新唐書·列傳第一后妃上·楊貴妃》，台北開明書店《二十五史》
本，頁3869

⑯《漢書·元帝紀》：「竟寧元年春正月，匈奴虖韓邪單于來朝。詔曰：
『匈奴郅支單于北叛禮義，既伏其辜，虖韓邪單于不忘恩德，鄉慕禮義，
復修朝賀之禮，願保塞，傳之無窮，邊垂長兵革之事，其改元為竟寧。
賜單于待詔掖庭王檣為閼氏。』」顏師古注「應劭曰：『郡國獻女未御
見，須命於掖庭，故曰待詔。王檣，王氏女，名檣，字昭君。』文穎
曰：『本南郡秭歸人。』蘇林曰：『閼氏，音焉支，如漢皇后也。』」台
北開明書店《二十五史》本，頁313。

⑰梁徐陵編《玉臺新詠》卷二，石崇〈王昭君詞〉一首并序，台北漢京文
化事業出版，頁122

⑱《楚辭章句補注》漢劉向輯，王逸注，宋洪興祖補注，〈九歌·湘君〉，
台北世界書局，民45年12月初版，頁38

⑲見《後漢書·梁統列傳·玄孫冀》卷64，開明書店《二十五史》，頁
772

⑳吳曾祺編《舊小說》第三冊，曹鄴〈梅妃傳〉，台北商務印書館，頁133-
134

㉑同⑳，《舊小說》第三冊，相傳韓偓撰〈迷樓記〉，頁96

㉒ 見《隨園詩話》卷一，頁19
㉓《小倉山房集》卷2，頁29
㉔《小倉山房集》卷2，頁27-28

主要參考書目：

一、清袁枚著《袁枚全集》共八冊，南京江蘇古籍出版社，
　　1993年9月

　　《小倉山房詩集》

　　《隨園詩話》

　　《隨園先生年譜》

二、錢仲聯主編《清詩紀事》、《乾隆朝卷》，南京江蘇古籍出版
　　社，1989年4月

三、清曹寅等編《全唐詩》，台北粹文堂影印中華書局本

四、十三經注疏本《周易》，台北藝文印書館，民國78年1月

五、漢劉向編，王逸注，洪興祖補注《楚辭章句補注》，台北世
　　界書局，民國45年12月

六、漢趙曄《吳越春秋》，台北商務印書館《四部叢書刊初編本》

七、劉煦等撰《舊唐書》，台北開明書店，民國23年9月

八、歐陽修，宋祁撰《新唐書》，台北開明書店，民國23年9月

九、夏之放《文學意象論》，汕頭大學出版社，1993年12月

十、吳曾祺編《舊小說》，台北商務印書館，民國54年11月

十一、王汝濤編校《全唐小說》，山東文藝出版社，1993年3月

十二、拙著《中國歷代故事詩》，三民文庫，三民書局，民國58
　　　年4月

唐代宮廷樂歌

唐代宮廷所用的樂曲，開始沿隋朝舊制，為九部樂，及清商樂、西涼樂、天竺樂、高麗樂、胡旋舞、龜茲樂、安國樂、疏勒樂、康國樂。太宗時又增加高昌樂，是為十部樂，統稱為「燕樂」。所謂燕樂，乃俗樂之總稱，是朝廷公讌遊樂、節日、皇上壽誕所用的樂曲，與宗廟郊祀所用的「雅樂」相對待，同屬太常寺所管轄。

其後，又分立坐兩部：立伎部是站在堂下演唱的，演唱的歌曲有：安舞、太平樂、破陣樂、慶善樂、大定樂、上元樂、聖壽樂、光聖樂。破陣樂以下，還雜以龜茲樂、西涼樂等胡樂。坐伎部是坐在堂上演唱的，技藝高於立伎部的樂工，演唱的歌曲有：燕樂、長壽樂、天授樂、萬歲樂、龍池樂、小破陣樂。長壽樂以下，皆用龜茲舞，龍池樂則用雅樂。小破陣樂則為玄宗所做的樂曲。

太宗時，長孫無忌製傾盃曲，魏徵製樂社樂曲，虞世南製英雄樂曲，又命樂工製黃驄疊曲。高宗時，呂才作琴歌、白雪等曲。

玄宗時，宮廷聲樂最盛。玄宗是喜愛音樂的帝王，特選坐伎部子弟三百人，教於梨園，號皇帝梨園弟子。開元間，並下詔令謂：「太常禮司，不宜典俳優雜伎。」又設置『教坊』，專掌俗樂雜伎的演出。教坊之始義，指教習的場所，教宮人習書、算、

眾藝，而以伎樂為主。教坊的人數，據《新唐書·百官志》『大樂署』條注：「散樂三百八十二人，仗內散樂一千人，音聲人一萬二十七人。」可知玄宗時，長安教坊人員多達萬人。陳暘《樂書》云：

> 唐明皇開元中，宜春院妓女謂之「內人」，雲韶院謂之「宮人」，平人女選入者，謂之「搊彈家」。內人帶魚，宮人則否。每勤政樓大會，樓下出隊，宜春人少，則以雲韶足之。

又王建〈宮詞〉：

> 青樓小婦砑裙長，總被鈔名入教坊。
> 春設殿前多隊伍，朋頭各自請衣裳。

故每遇節日，如上元燈節，端午泛舟鬥草，七夕乞巧，以及皇上妃子的華誕，都大肆鋪張，懸燈結綵，歌舞隊出，熱鬧異常。

至天寶亂後，樂工散失，宮廷舞樂稍衰，樂曲亦多亡佚，然教坊之設，依然存在。晚唐風俗華靡，王孫宦者，家中多蓄有聲伎，聲樂普遍。宮廷用樂，除楚漢舊聲外，多雜以胡樂，顯示大唐的博大和文化的融合·故唐代宮廷聲歌之盛，非前朝可比。今就唐代宮廷中，宴樂所用的歌舞曲，分別介紹如下：

一、節日的歌舞

　　唐自太宗高宗作三大舞，〈七德舞〉本名〈秦王破陣樂〉，以為武舞，此曲調相當於唐朝的國歌；其次〈九功舞〉，本名〈功成慶善樂〉，以為文舞，皆太宗所作。〈上元舞〉，是高宗時所作。這三大舞曲，雜用於燕樂，其他諸曲，也多出於當時人所作。

　　〈慶善樂〉：《舊唐書‧音樂志》云：「麟德二年七月，制曰，國家平定天下，革命創制，紀功旌德，久被樂章，今郊祀四懸，猶用干戚之舞，先朝作樂，韜而未伸，其享宴等，文舞宜用功成慶善之樂，皆著履執拂，衣舊服袴褶，童子冠。」此為雅樂，亦用於宴享之樂。

　　〈上元樂〉：高宗時所作的大曲，比照太宗時的〈破陣樂〉，用以宴群臣的舞曲。《舊唐書‧音樂志》：「〈上元樂〉，高宗所造，舞者百八十人，畫雲衣，備五色，以象元氣，故名。」又〈上元子〉，應出於〈上元樂〉大曲。

　　〈慶雲樂〉：為〈上元樂〉的末遍。〈上元樂〉包含十二舞曲，其末為〈慶雲樂〉。唐代大曲每每有數遍，配以舞蹈，然民間往往摘取其中一遍，另定曲調名，故〈慶雲樂〉便是摘取〈上元樂〉中最精彩的一章。

　　〈落梅花〉：正月十五元宵燈節所唱的歌，不但流行宮中，也流行於民間。蘇味道〈上元詩〉：「遊妓皆穠李，行歌盡落梅。」郭利貞〈上元詩〉：「更逢清管發，處處落梅花。」

　　〈回波樂〉：三月三日上巳，曲水流觴的歌。歌詞為六言四句的詩，其後勸酒的酒令，也多為六言詩句。〈回波樂〉，創調

甚早，《北史·爾朱榮傳》記載榮「與左右連手踏地唱〈回波樂〉」。唐代，入為大曲，教坊記載有此調，然未見本辭。唐孟棨〈本事詩〉云：

> 沈佺期以罪謫，遇恩復官秩，朱紱未復。嘗內宴，群臣皆歌〈回波樂〉，撰詞起舞，因是多求遷擢。佺期曰：「回波爾似佺期，流向嶺外生歸；身名已蒙齒錄，袍笏未復牙緋。」中宗即以緋魚賜之。

又李景伯作〈回波樂〉，其詞為：

> 回波爾時酒卮，微臣職在箴規。侍宴既過三爵，諠譁竊恐非儀。

可知此調以『回波爾』為發端，是勸酒的歌。《朝野僉載》云，中宗時，長寧公主曾設流杯池，安樂公主曾設九曲流杯池。除〈回波樂〉外，尚有〈祓禊曲〉、〈上行杯〉、〈下水船〉等曲調，皆為上巳的歌。

〈鬥百草〉：〈鬥百草〉和〈泛龍舟〉都是端午節的歌。端午划龍船、鬥百草之戲，由來已久。梁·宗懍《荊楚歲時記》云：

> 五月五日，四民並踏百草，又有鬥百草之戲。

唐代鬥百草與泛龍舟，皆原於隋煬帝令白明達所製之曲。唐韋絢的《嘉話錄》，記中宗時，安樂公主鬥草，亦在端午。崔顥少婦

詩：「閑來鬥百草，度日不成妝。」又貫休〈春野詩〉：「牛兒
小，牛女少，拋牛沙上鬥百草。」故〈鬥百草〉之戲，不僅行於
宮中，也流行於民間。今敦煌曲中有大曲〈鬥百草〉：

> 第一
> 建寺祈長生，花林摘浮郎。有情離合花，無風獨搖草。喜
> 去喜去覓草，色數莫令少。
> 第二
> 佳麗重名城，簪花競鬥新，不怕西山日，惟須東海平。喜
> 去喜去覓草，覺走鬥花先。
> 第三
> 望春希長樂，南樓對北華。但看結李草，何時憐頡花。喜
> 去喜去覓草，鬥罷且歸家。
> 第四
> 庭前一株花，芬芳獨自好。欲攃問旁人，兩兩相捻笑。喜
> 去喜去覓草，灼灼其花報。

可知宮中所唱的〈鬥百草〉是四遍的大曲，歌詞的內容，借鬥草
之戲，以表達小兒女的愛情，且多暗示、雙關意的手法，如「花
林摘浮郎」句，浮郎，指輕薄郎。「有情離合花，無風獨搖
草」，「庭前一株花，芬芳獨自好」，詞句中的「花」，都用以比
喻「女子」，像六朝吳歌，寫豔情，清新明麗，但有些句子俚俗
不易解。而民間摘其中精彩的一遍，徒歌且作鬥草之戲，兼用以
道情。

　　在所有的節日中，歌舞最盛、最熱鬧的節日，莫過於八月五

日的「千秋節」。千秋節是唐明皇誕生的節日，宮廷中是日大宴百僚，萬方同樂，舉國騰歡。《新唐書‧禮樂志》云：

> 唐之盛時，凡樂人、音聲人、太常雜戶子弟，隸太常及鼓吹者，皆番上總號，音聲人至數萬人。玄宗又嘗以馬百匹，盛飾，分左右，施三重榻舞，傾盃數十曲，壯士舉榻馬不動。樂工少年姿秀者十數人，衣黃衫，文玉帶，立左右。每千秋節，舞於勤政樓下，後賜宴設酺，亦會勤政樓。其日未明，金吾引駕騎北衙四軍，陳仗列旗幟，被金甲，短後繡袍，太常卿引雅樂，奏〈小破陣樂〉，歲以為常。玄宗以八月五日生，因以其日名節，而君臣共為荒樂，當時流俗多傳其事以為盛。

唐代有舞馬之事，類今馬戲團的馬舞，張說有〈舞馬詞〉凡六章，且有送聲，可知舞馬之盛，且歌且舞。其中一章的歌詞是：

> 綵旄八佾成行，時龍五色因方，屈膝銜杯赴節，傾心獻壽無疆。四海和平樂。

這是獻壽的馬舞，末句以「四海和平樂」作送聲，是歌謠中熱鬧的場面。宮廷設宴款待百僚使臣，故又有〈大酺樂〉。《樂苑》曰：「〈大酺樂〉，商調曲，唐張文收造。」今《樂府詩集》卷八十所收〈大酺樂〉一首，觀歌詞，恐非本辭。其詞曰：

> 淚滴珠難盡，容殘玉易銷。儻隨明月去，莫道夢魂遙。

歌詞與祝壽無關，已是民間的雜曲，類似餞別之歌。

又有〈傾杯曲〉，此曲由太宗命長孫無忌始創，繼作者亦頗有人，大曲、雜曲均備。高宗龍朔前，以此調為六言體的豔歌。其後，《樂府雜錄》謂宣宗喜吹蘆管，其標題作〈新傾杯樂〉，已非舊曲。《敦煌曲校錄》收有傾懷樂兩首，已是青樓宴飲的豔詞，亦非宮廷祝壽之歌。其一為：

> 憶昔笄年，未省離合，生長深閨院。閑人王石凭著繡床，
> 時拈金針，擬貌舞鳳飛鸞，對妝臺重整嬉忿面。自身兒算
> 料，豈教人見。又被良媒，苦出言詞相誘炫。　每道說水
> 際鴛鴦，惟指梁間雙燕。被父母將兒匹配，便認多生宿姻
> 眷。一旦娉得狂夫，攻書業拋妾求名宦。縱然選得，一時
> 朝要，榮華爭穩便。

在千秋節中，也演唱〈小破陣樂〉，〈破陣樂〉本舞曲，唐太宗所造。玄宗又作〈小破陣樂〉，亦舞曲。《樂府詩集》卷八十有〈破陣樂小歌〉：

> 秋來四面足風沙，塞外征人暫別家；
> 千里不辭行路遠，時光早晚到天涯。

〈破陣子〉本為征戰的民歌，玄宗時的〈小破陣樂〉，也是征人征戰的歌，用於宮廷作舞曲，以示武勇。

千秋節的主題樂是〈千秋樂〉，可惜〈千秋樂〉的本辭已不

傳。今所見的，有張祜的〈千秋樂〉：

> 八月平時花萼樓，萬方同樂奏千秋；
> 傾城人看長竿出，一伎初成趙解愁。

又張祜的〈大酺樂〉云：

> 東駕東來值太平，大酺三日洛陽城；
> 小兒一伎竿頭絕，天下傳呼萬歲聲。

從這些詩中，描寫千秋節時，宮中除了宴飲、歌舞之外，還有百戲、雜伎的表演，一連歡樂三天，是一年中最大的節日。據《唐會要》記載唐代祝壽的歌舞曲，還有〈長壽樂〉、〈無疆壽〉、〈萬壽樂〉、〈獻壽曲〉、〈天長寶壽〉、〈聖壽樂〉等曲。《全唐詩》「樂章」收錄有〈賀勝歡〉一首，也是慶賀節日的歌，歌詞是：

> 四海皇風被，千年德水清。戎衣更不著，今日告功成。

又有君臣〈同慶樂〉：

> 主聖開昌歷，臣忠奉大猷。君臣偶革後，便是太平秋。

都是歌功頌德的歌，在太平盛世，人民歡樂，除了唱頌歌外，哀愁怨苦之聲自然少了。

二、娛樂的歌舞

　　朝廷宴樂歌舞，無日無之，唐代帝王，素好音樂的有太宗、高宗、玄宗、文宗、宣宗、懿宗等，且唐室諸王多習音聲倡優雜戲，故樂工歌伎多匯集於京洛一帶，可謂一時之選，以供帝王諸王歡樂歌舞之用。民歌的創始，本非用於娛樂，然傳入宮中，便成了娛樂品。唐室宴樂有九部曲，清樂除六朝舊曲外，多近代曲辭，即唐人所創的俗樂，其他多為四方的胡樂，以西涼樂和龜茲樂為最多。《舊唐書・音樂志》有云：

> 　　自長安已後，朝廷不重古曲，工伎轉缺，能合於管絃者，唯〈明君〉、〈楊伴〉、〈驍壺〉、〈春歌〉、〈秋歌〉、〈白雪〉、〈堂堂〉、〈春江花月夜〉等八曲。舊樂章多或數百言。……自周隋已來，管絃雜曲，將數百曲，多用西涼樂，鼓舞曲，多用龜茲樂，其曲度皆時俗所知也。

　　至於胡樂之由來，是由胡人使者所貢，不然便是都護、節度使所獻。有些經樂工增飾，成胡樂清樂混和的「法曲」。民間所流行的歌謠，多為小令雜曲，但宮廷所用的曲調，便與舞曲混合，並且歌詞多至數遍，便成了「大曲」。今就宮廷著名娛樂的歌舞，略舉數首，以見一斑：

　　〈拋毬樂〉：《唐音癸籤》云：「〈拋毬樂〉，酒筵中拋毬為令，其所唱之詞也。」是唐人勸酒的歌，並配合拋毬的遊戲。所拋的毬是「香毬」，大約是一種繡金的小毬，上

繫紅綃帶。夜筵在燭下，晝筵在花下，先由伎歌舞，飛毬
入席。席上方傳遞花枝，有中毬者，則分數定。掌酒令的
便記下籌碼，以旗發令，客人按律引杯，是一項挺熱鬧的
酒令。劉禹錫有〈拋毬樂詩〉：

> 五色繡團圓，登君玳瑁筵。最宜紅燭下，偏稱落花前。上
> 客如先起，應須贈一船。

又云：

> 幸有拋毬樂，一杯君莫辭。

〈拋毬樂〉詩拋毬樂起於盛唐，教坊記有此曲，當時如何拋毬行
酒令，唐人未曾詳記，想是美人勸酒的另一方式，用拋香毬催
酒，故張祜〈夜讌〉有云：「亞身催蠟燭，斜眼送香毬。」
　敦煌曲有〈拋球樂〉兩首：

> 珠淚紛紛濕綺羅，少年公子負恩多。當初姊妹分明道，
> 莫把真心過與他。子細思量著，淡薄知聞解好麼。

> 寶髻釵橫墜鬢斜，殊容絕勝上陽家。峨眉不掃天生綠，
> 蓮臉能勻似早霞。無端略入後園看，羞殺庭中數樹花。

這已是道情的小令，與拋香毬，行酒令之戲已無關係。宋人填
詞，更變化此曲調，有雙調的〈攤破拋毬樂〉。所謂「攤破」便

是將整句破開加字，成為較短的兩句。《宋史・樂志》：「女弟子舞隊，三曰〈拋毬樂〉。」由唐人的小令變為舞曲。詞譜有云：「此調三十字者，始於劉禹錫詞，四十字者，始於馮延巳詞，因詞有且莫思歸去句，或名莫思歸，然皆五七言小律詩體。至宋柳永則借舊曲名，別倚新聲，始有兩段一百八十七字體。」

〈荔枝香〉：楊貴妃生日所進的新曲。《新唐書・禮樂志》：「帝幸驪山，楊貴妃生日，命小部張樂長生殿，因奏新曲，未有名，會南方進荔枝，因名曰〈荔枝香〉。」

由於唐玄宗寵幸楊貴妃，加以他們都喜愛音樂，於是後宮娛樂性的新曲，增加不少，像〈荔枝香〉、〈清平調〉、〈霓裳羽衣曲〉等，都是富傳奇性的歌舞。玄宗設皇帝梨園子弟，便是配合宮廷作樂的樂隊，全部約三百人。有時只抽調一小部份樂伎，作小型的演出，便是《禮樂志》所謂的「小部」。因楊貴妃愛吃荔枝，杜牧詩有云：「一騎紅塵妃子笑，無人知是荔枝來。」用騎騎送荔枝，近於諷矣。故當時宮中有荔枝香的曲調。

〈清平調〉：宮中行樂的新歌。宋樂史《李翰林別集》序云：「天寶中，李白供奉翰林，時禁中初種木芍藥，移植興慶池沈香亭前。會花開，上賞之，太真妃從，上曰：『賞名花，對妃子，焉用舊樂詞為？』命李龜年持金花牋，宣賜白，為〈清平樂曲〉三章。」可知李白的〈清平調〉三首是新詞以配舊曲，宋王灼的《碧雞漫志》也記載此事，於是詩壇傳為佳話。〈清平調〉詞云：

雲想衣裳花想容，春風拂檻露華濃。
若非群玉山頭見，會向瑤臺月下逢。

一枝紅豔露凝香，雲雨巫山枉斷腸。

借問漢宮誰得似，可憐飛燕倚新妝。

名花傾國兩相歡，常得君王帶笑看。

解識春風無限恨，沈香亭北倚闌干。

這是借芍藥花以比喻貴妃之美，辭成，帝命梨園弟子撫絲竹，李龜年歌之。玄宗親調玉笛以倚曲，每曲遍將換，則遲其聲以媚之。太真以頗梨七寶杯，酌西涼葡萄酒笑飲。事見《唐詩紀事》。

唐人七言絕句可唱，除旗亭酒會諸絕句外，此又一例證。

在唐朝宮廷中最著名的歌舞曲，要算〈霓裳羽衣曲〉。考其最稱著的原因：一為歌舞場面大，音調優美；一為民間盛傳唐明皇與楊貴妃的故事，而此曲作為代表，提到楊貴妃，便連帶提到〈霓裳曲〉。

〈霓裳羽衣曲〉是大曲，《唐書》載有十二遍，是為大曲無疑。又白居易《新樂府・法曲》云：「法曲法曲舞霓裳，政和世理音洋洋，開元之人樂且康。」〈霓裳羽衣曲〉，簡稱〈霓裳〉，又是法曲。所謂「法曲」，是梨園中設有「法曲部」，即梨園的小部，取佛曲與胡曲混和的歌曲作為法曲部演奏的曲子。

〈霓裳羽衣曲〉的由來，眾說紛紜，小說家筆下所記的，往往近乎神話傳奇，謂唐明皇遊月宮時，所聽得的仙樂，如王灼《碧雞漫志》所載的兩則：

開元六年，上皇與申天師，中秋夜同遊月中。見一大宮府，牓曰「廣寒清虛之府」。兵衛守門不得入。天師引上皇躍超煙霧中，下視玉城，仙人道士，乘雲駕鶴，往來其間。素女十餘人，舞笑於廣庭大樹下。音樂吵雜清麗。上皇歸，編律成音，製霓裳羽衣曲。〈異人錄〉

開元正月望夜，帝欲與葉天師觀廣陵。俄，虹橋起殿前。師奏請行，但無回顧。帝步上，高力士樂官從。頃之，到廣陵。士女仰望曰：「仙人現。」師請令樂官奏〈霓裳羽衣〉，乃回。後廣陵奏：上元夜，仙人乘雲而來，臨孝感寺，奏〈霓裳羽衣曲〉而回。上大悅。〈幽怪錄〉

甚至，詩人筆下所述的〈霓裳羽衣曲〉，也被視為仙樂，白居易〈長恨歌〉
云：

風吹仙袂飄飄舉，猶似〈霓裳羽衣舞〉。

又鄭嵎〈津陽門詩〉：

蓬萊池上望秋月，無雲萬里懸清輝。上皇夜半月中去，三十六宮愁不歸。月中秘樂天半間，丁璫玉石和塤箎。宸聰聽覽未終曲，卻到人間迷是非。

該詩注云：「葉法善引上入月宮時，秋已深，上苦淒寒，不

能久留。歸於天半，尚聞仙樂，及上歸，且記憶其半，遂於笛中
寫之。會西涼都督楊敬述進〈婆羅門曲〉，與其聲調相符，遂以
月中所聞，為之散序，用敬述所進曲，作其腔，而名〈霓裳羽衣
法曲〉。」

〈霓裳羽衣曲〉，又名〈婆羅門曲〉。《唐會要》卷三十三亦
載此事：

> 天寶十三載七月十日，太常署供奉曲名及改諸樂名。……
> 〈婆羅門〉改為〈霓裳羽衣〉。

據王灼的《碧雞漫志》所考訂，認為〈霓裳羽衣曲〉創始於
西涼，玄宗加以潤色，並更換美名。唐代胡樂，多為都護、節度
使所獻，〈霓裳羽衣曲〉便是河西節度使楊敬述（《新唐書·禮
樂志》作楊敬忠）所獻。《新唐書·禮樂志》云：

> 其後，河西節度使楊敬忠獻〈霓裳羽衣曲〉十二遍，凡曲
> 終必遽，唯〈霓裳羽衣曲〉將畢，引聲益緩。

又王灼《碧雞漫志》云：

> 〈霓裳羽衣曲〉，說者多異，予斷之曰：西涼創作，明皇潤
> 色，又為易美名，其他飾似神怪者，皆不足信也。

《漫志》中的說法，是合理可信的。婆羅門，係梵語之譯音，則
此曲蓋來自印度之佛曲。王建〈霓裳辭〉云：「中管五絃初半

開，遙教合上隔簾聽。一聲聲向天邊落，效得仙人夜唱經。」〈婆羅門〉本印度佛曲，由西涼（即今新疆）傳入中國，玄宗時加以增飾，改名為〈霓裳羽衣曲〉。其所用舞衣，不著人間俗衣服。《唐語林》卷七，記宣宗時的〈霓裳舞〉云：

> 率皆執幡節，披羽服，飄有翔雲飛鶴之勢，如是者數十曲。教坊樂工遂寫其曲，奏於外，往往傳於人間。

　　據《國文月刊》陰法魯〈霓裳羽衣曲考證〉，認為：「全曲可分三大段：㈠散序，六遍。㈡中序，未言遍數。㈢破，十二遍。中序雖未言遍數，而至少應有一遍，然則全曲至少應具備十九遍矣。」而《唐書》所云十二遍，當是〈霓裳曲〉終的十二遍，且曲終時，引聲緩慢，與他曲加快收結不同。可惜〈霓裳羽衣曲〉的歌詞已佚，否則，當可知其內容，以增今人對該曲的瞭解程度。

　　其他如〈涼州曲〉、〈伊州〉、〈甘州〉，都是以邊地為名的樂曲。均是胡樂而傳入中土的，王灼《碧雞漫志》亦有考訂。

　　在唐代除了霓裳羽衣曲是有名的舞曲外，其次，便要算〈劍器〉了。

　　〈劍器〉，又稱〈西河劍器〉，曲用西涼樂，當為西北民間的綵帛舞，傳入中原後，作為宮廷娛樂的歌舞。杜甫有〈觀公孫大娘弟子舞劍器行〉詩，寫公孫大娘舞劍器的舞姿為：

> 昔有佳人公孫氏，一舞劍器動四方。觀者如山色沮喪，天地為之久低昂。爉如羿射九日落，矯如群帝驂龍翔。來

如雷霆收震怒，罷如江海凝清光。

〈劍器〉之舞，初唐已有。宋陳暘《樂書》云：「唐自天后末年，劍器入渾脫，是為犯聲之始。〈劍器〉，宮調，渾脫，角調。」所謂犯聲，便是離開原宮調，改入他宮調之聲。又《樂書》云：「樂人孫楚秀，善吹笛，好作犯聲，時人以為新意而效之，因有犯調。蓋〈劍器〉宮聲，而入渾脫之角調，故謂犯。」教坊記大曲名內，雖未列〈劍器〉，但雜曲名內，有〈西河劍器〉、〈劍器子〉。

此外，〈菩薩蠻〉也是一首很有名氣的胡樂。至於〈菩薩蠻〉的的創調時代，依任二北的《教坊記箋訂》云，其始義共有四種解釋：

甲、《杜陽雜編》與《南部新書》說，以為宣宗時，女蠻國入貢之人作菩薩裝，乃有此名。此說僅與後來懿宗朝李可及所做菩薩蠻隊舞之情形相合，於他方面不能該括。

乙、日人中村久四郎說，認三字為阿剌伯語內稱回教徒之音，並有「木速蠻」「鋪速滿」「普速完」「鋪述蠻」諸異譯。此乃宋、元時事，於唐無涉。盛唐間，回教尚未大行。

丙、近人楊憲益說，三字乃驃苴蠻或符詔蠻之異譯，其調乃古緬甸樂，開、天間傳入中國，李白有辭。此說可取。

丁、唐許棠《奇男子傳》及《太平廣記》「吳保安」條引

紀聞，皆述天寶十二載，郭仲翔從南詔之菩薩蠻洞逃
歸，足證唐之〈菩薩蠻曲〉屬佛教，不屬回教，已可
以斷。

由上四說，知〈菩薩蠻〉創始於盛唐，本為古緬甸樂，由南
詔傳入中國。前人對〈菩薩蠻〉的由來，多從王灼的《碧雞漫志》
的說法，認為《杜陽雜編》所說的：「大中初，女蠻國入貢，危
髻金冠，纓絡被體，號菩薩蠻隊，遂製此曲。」大中是唐宣宗的
年號，即西元八四七至八五九年。去開元、天寶（713-755）約
百餘年，因此不敢相信李白或盛唐人有菩薩蠻的作品，今依楊憲
益的說法，盛唐時已有此調，是《教坊記》也載有此曲調，便可
證明李白作〈菩薩蠻〉是有可能，李白原為氐人，小時習過此
調，開元十三年，李白二十五歲，曾流落襄漢間，於湖南鼎州滄
水驛樓，題此曲辭，其辭曰：

平林漠漠煙如織，寒山一帶傷心碧。暝色入高樓，有人樓
上愁。　　玉階空佇立，宿鳥歸飛急。何處是回程，長亭
接短亭。

今敦煌曲有無名氏的〈菩薩蠻〉十首，其一為：

枕前發盡千般願，要休且待青山爛。水面上秤錘浮，直待
黃河徹底枯。　　白日參辰現，北斗迴南面，休即未能
休，且待三更見日頭。

任二北《敦煌曲校錄》謂:「此辭可能寫於天寶元年,而作為開
元間。就現有資料言:可能為歷史上最古之菩薩蠻。」又:

> 敦煌古往出神將,感得諸蕃遙欽仰。劲節望龍庭,麟臺早
> 有名。　　　只恨隔蕃部,情懇難申吐。早晚滅狼蕃,一齊
> 拜聖顏。

《敦煌曲校錄》謂:「此首可能為德宗建中出之作,亦甚
早。」敦煌曲中的〈菩薩蠻〉,其詞已非宮廷中娛樂用的歌舞,
它以反映社會民間的意識,如「枕前發盡千般願」,純然是一首
民間的情歌。後一首「敦煌古往出神將」,則是西北邊境之民,
渴望唐室如盛唐之強盛,免受吐蕃之侵凌。

三、宮人的怨歌

唐代宮怨的詩不少,其中以王建、張祜的宮詞最為出色。但
發自宮人所唱出的怨歌必然不少,不外歡不得承恩,不然便感嘆
虛度青春,深守深宮的哀怨。由於唐代詩風的盛行,宮女也能寫
詩作歌,相傳在玄宗時,宮人縫在戰袍中的詩歌,用以傳達心
願。《唐詩紀事》卷七十八云:

> 開元中,賜邊軍纊衣,製於宮中。有兵士於短袍中得詩
> 曰:沙場征戍客,寒苦若為眠!戰袍經手作,知落阿誰
> 邊?蓄意多添線,含情更著綿。今生已過也,重結後生
> 緣。兵士以詩白帥,帥進呈。玄宗以詩遍示六宮曰:作者

勿隱，不汝罪也。有一宮人自言萬死。上深憫之，遂以嫁
得詩者，仍請曰：吾與汝結今生緣。邊人皆感泣。

其他如落葉題詩，隨流水流出宮外，亦見《唐詩紀事》卷七十
八：

天寶末，以楊妃、虢國寵盛，宮娥衰悴，不願備宮掖。有
落葉題詩隨御水而流，云：舊寵悲秋扇，新恩寄早春。聊
題一片葉，將寄接流人。顧況聞而和之云：愁見鶯啼柳絮
飛，上陽宮女斷腸時。君恩不禁東流水，葉上題詩寄與
誰？既達宸聰，由是遣出禁中者不少，或有五使之號焉。

又：

宣宗朝，又有題紅葉隨流者，為盧渥得之。詩曰：水流何
太急，深宮盡日閒。殷勤謝紅葉，好去到人間。

這些詩歌，都是無名氏的宮女所詠唱的，他們幽居深宮，不得恩
寵，又不得出嫁，只好借詩歌以宣洩內中的怨情，故好詞意情
切，情款而意綿了。

　　在唐代宮廷的怨歌，最負盛名的，當是〈何滿子〉這個調
子。關於這個調子的本事，宋·尤袤《全唐詩話》曾有記載：

祜所做宮詞，傳入宮禁。武宗疾篤，目孟才人曰：「吾即
不諱，爾何為哉？」才人指笙囊泣曰：「請以此就縊。」

上惻然。復曰：「妾嘗藝歌，請對歌一曲以泄其憤。」上
許，乃歌一聲〈何滿子〉，氣亟立殞。上令醫候之，曰：
「脈尚溫而腸已斷。」

這段記事，近乎傳奇，不外形容〈何滿子〉的聲調哀戚，聽了令
人斷腸。從這則本事，知道當時宮中流行〈何滿子〉的曲調，而
張祜作的〈何滿子〉可唱，且作了宮女的代言人，其詞為：

故國三千里，深宮二十年。一聲何滿子，雙淚落君前。

又敦煌曲中，也有大曲的〈何滿子〉：

第一
半夜秋風凜凜高，長城俠客逞雄豪。
手執鋼刀利霜雪，腰間恆掛可吹毛。
第二
秋水澄澄深復深，喻如賤妾歲寒心。
江頭寂寞無音信，薄暮惟聞塞鳥吟。
第三
城傍獵騎各翩翩，側坐金鞍調馬鞭。
胡言漢語真難會，聽取胡歌甚可憐。
第四
金河一去路千千，欲到天邊更有天。
馬上不知時曆變，回來未半早經年。

此四首是征人的怨歌,與宮怨不同。又王灼《碧雞漫志》考〈何
滿子〉的本事,以為何滿子是犯人,唱此哀歌求赦,然終不得
免:

> 何滿子,白樂天詩云:「世傳滿子是人名,臨就刑時曲始
> 成;一曲四詞歌八疊,從頭便是斷腸聲。」自注云:「開
> 元中,滄州歌者姓名,臨刑進此曲以贖死,上竟不免。」

〈何滿子〉是盛唐時出自宮廷的怨歌,〈教坊記〉載有此調。據
白居易云,創此調者,是滄州的歌者何滿子,至於他為何犯法,
被判死刑,史料不足,無從考證。由於〈何滿子〉聲調哀苦,傳
於宮中,便成了宮人的怨歌。

在唐人的樂府中,尚有宮怨、宮人怨、婕妤怨、長信怨、玉
階怨、峨眉怨等,並同此旨。

——潘石禪先生九秩華誕敦煌學特刊,1996 年 9 月

六朝吳歌西曲分布區域的探述

一、前言

　　「六朝」和「魏晉南北朝」，在歷史上所指的時間是相同的，都是指曹丕建魏（220）到南朝陳國滅亡（589）止，凡三百六十九年。但在文學史上，六朝是指建都於建業（今南京市）的六個朝代，即三國中的東吳、東晉、宋、齊、梁、陳等六朝，版圖所及，以長江流域為主體的江左，其間往往排除掉三國中的魏、蜀，西晉，以及北朝等黃河流域的地區。因此，就年代而言，「六朝」和「魏晉南北朝」是相同的；就地區而言，「六朝」是指江左，即長江流域的中、下流地區，而「魏晉南北朝」則涵蓋了黃河、長江流域和整個中國。

　　本篇論題以「六朝吳歌西曲分布區域的探述」為題。題中冠以六朝，是因〈吳歌〉〈西曲〉發生的區域，大抵以長江流域為主，也是繼楚辭之後，南音的代表。本論文主要在探討〈吳歌〉〈西曲〉發生的地點，以及其流傳分布的情形，以便了解六朝民歌所反映的語言、音樂、民情、風俗等生活方式，以及地理環境的不同，所表現在文學風格上的差異。

二、〈吳歌〉〈西曲〉各自標明發生的地點

〈吳歌〉〈西曲〉最早出現在史籍上，要推梁沈約等編的《宋書·樂志一》：

> 〈吳歌〉雜曲，並出江東，晉宋以來，稍有增廣。

又云：

> 又有西傖羌胡雜舞，隨王誕在襄陽造〈襄陽樂〉，南平穆王為豫州，造〈壽陽樂〉。荊州刺史沈攸之又造〈西烏飛歌曲〉。並列於樂官，歌詞多淫哇，不典正。

其後，唐房玄齡等編《晉書》，在〈樂志下〉云：

> 〈吳歌〉雜曲，並出江南，東晉以來，稍有增廣。

在《晉書》中只提到〈吳歌〉，未提及〈西曲〉，可知〈西曲〉產生的時代要比〈吳歌〉晚些。《宋書》中指出〈吳歌〉的產地在江東，也就是長江下游，以及太湖一帶古吳地的所在地。早在晉宋以前已有，開始只是徒歌，後被樂官收入樂府，被以管弦。

〈西曲〉的名稱，《宋書》只說「西傖羌胡雜舞」，因為〈西曲〉中舞曲居多，梁沈約指為西傖雜舞。「西傖」一辭，在南北朝時，吳人稱南渡的人士為「傖人」，稱楚地的人士為「傖楚」、「西傖」。《一切經音義》引《晉陽秋》云：「吳人謂中州（指西

晉）人為傖人，俗又謂江淮間雜楚為傖人。」所以「西傖雜舞」
應是吳人稱荊楚一帶所編製的歌舞，便是〈西曲〉。〈西曲〉是
東晉以後的產物，發生的地區在西方荊、楚一帶，也就是長江中
流和漢水之間的地方。

　　〈吳歌〉和〈西曲〉的辭彙，最早出現在歌辭裡，有宋人鮑
照的《鮑氏集》，在卷七中收有〈吳歌〉兩首。《樂府詩集》卷
四十四〈吳聲歌曲〉部分，首先收錄鮑照的〈吳歌〉三首，比原
集多一首。其中的一首為：

　　　　夏口樊城岸，魯公卻月樓；觀見流水還，識是儂淚流。

　　夏口，即漢口。樊城，在今湖北襄陽的對岸。魯公，指魯肅
的兒子魯淑。鮑照的三首〈吳歌〉，依歌詞的內容來看，是屬於
西曲的，但當時人認為〈吳歌〉可以包括〈西曲〉，於是將〈西
曲〉也稱為〈吳歌〉。

　　「西曲」一詞出現於歌詞中，有〈西曲〉〈青驄白馬歌〉：

　　　　問君可憐六萌車，迎取宛窈西曲娘。

　　〈青驄白馬歌〉產生的時代已不可考，但在南朝時，流行在
荊、楚一帶的歌謠，已有「西曲」的稱謂，指善歌荊楚歌謠的女
子為「西曲娘」。

　　陳沙門智匠的《古今樂錄》，曾列舉〈吳歌〉〈西曲〉的曲
目，達數十種之多。《古今樂錄》一書已亡佚，多被引錄於《樂
府詩集》中。宋郭茂倩的《樂府詩集》也是以地域的不同，分別

收集〈吳聲歌曲〉和〈西曲歌〉,在題辭上並加以說明:

> 蓋自永嘉渡江之後,下及梁陳,咸都建業,〈吳聲歌
> 曲〉,起於此也。(卷四十四)

> 〈西曲歌〉出於荊、郢、樊、鄧之間,而其聲節送和,與
> 〈吳歌〉亦異,故其方俗而謂之〈西曲〉云。(卷四十七)

〈吳歌〉,便是江南吳地的歌謠,包括了長江下游和淮水之間
的民歌。當時六朝的京都建業,也就是今日的南京市,便成為
〈吳歌〉主要的傳播中心。而〈西曲〉便是荊楚西聲,發生的地
點在長江中游與漢水之間,以江陵、襄陽兩地為中心,相當於今
日的湖北省江陵縣和襄樊市,這兩處是南朝在荊楚一帶政治、文
化、商業的中心,於是它成為〈西曲〉的傳播中心。

從東晉開始,一般文人士大夫喜愛南方的民歌,他們也開始
仿作民歌,而有大量的文人樂府傳世。有的是因事制歌,記錄下
不少的地名,保留在歌題或歌辭中。這些地名,雖然不甚完整,
有的也不明所在,但多少總留下些蛛絲馬跡,供後人研究它發生
的地點和流傳分布的情形。

三、〈吳歌〉在歌題中所提到的地名

在〈吳歌〉中,以地名作為歌題的,有這些曲目:〈前溪
歌〉,〈華山畿〉,〈臨春樂〉,〈三閣詞〉,〈江陵女歌〉。

(1)〈前溪歌〉:產生的地點在前溪。前溪是溪名,在今浙江

省武康縣南。宋樂史《太平寰宇記》卷九十四湖州武康縣記載：

> 前溪，在縣西一百步。前溪者，古永安縣前之溪也。今德
> 清縣有後溪。晉時邑人沈充家於此溪，樂府有前溪曲，則
> 充之所製。其詞云：「當曙與未曙，百鳥啼忿忿。」後
> 宋少帝續為七曲。其一曲曰：「憂思出門戶，逢郎前溪
> 渡；莫作流水心，引新多捨故。」

從這節記載，可知沈充家居前溪，他便依前溪一帶的民歌，改編
為〈前溪歌〉。

　　⑵〈華山畿〉：華山畿，便是華山傍。華山，在今江蘇省句
容縣境內的一座山名。《古今樂錄》云：「少帝時，南徐一士
子，從華山畿往雲陽。」據《宋書‧州郡志一》，句容縣在揚
州，雲陽即曲阿縣（即今丹陽縣）。在南徐州，兩地相近。

　　在歌辭中云：「相送勞勞渚，長江不應滿，是儂淚成許。」
勞勞渚，當在今南京市漢西門外，勞勞亭下的渚名。《景定建康
志》云：「勞勞亭在城南十五里，古送別之所，吳置亭在勞勞山
上。」勞勞亭又名新亭。《六朝事跡編類》樓臺門新亭：「宋孝
武即位於新亭，僕射王僧達改為中興亭，城南十五里，俯近江
渚。楊修有詩云：『滿目江山異洛陽，北人懷土淚千行；不如亡
國中書令，歸老新亭是故鄉。』」李白亦有詩云：「天下傷心
處，勞勞送客亭。」所以〈華山畿〉是流行建業一帶的民歌。

　　⑶〈臨春樂〉：因臨春閣而得名。臨春閣是陳後主至德二
年，在建業京城中所建的寢殿名。陳後主以寢殿名作為樂曲名。
《六朝事跡編類》樓臺門三閣：「陳後主至德二年，於光昭殿前

起臨春、結綺、望仙三閣，高數十丈，並數十間，其惚牖戶壁欄檻之類，皆沈檀為之。……後主自居臨春閣，張麗華居結綺閣，龔孔二貴妃居望仙閣，並複道交相往來。」

　　(4)〈三閣詞〉：今無本辭，僅存唐人仿作四首。三閣，便是陳後主所建的宮殿名，包括臨春閣、結綺閣、望仙閣，在建業。見《六朝事跡編類》樓臺門三閣條。

　　(5)〈江陵女歌〉：《樂府詩集》卷四十七云：「黃竹子歌，江陵女歌，皆今時吳歌也。」江陵，當在湖北省江陵縣。如從歌題來看，是屬於〈西曲〉，不屬於〈吳歌〉，郭茂倩《樂府詩集》將它收在〈吳歌〉中，並說是唐代的民歌。但前人稱〈西曲〉，亦稱為〈吳歌〉的。

四、〈吳歌〉在歌辭中所提到的地名

　　〈吳歌〉〈西曲〉在歌辭中提到的地名不少，在〈吳歌〉中的有：

　　(1)〈子夜歌〉：歌辭云：「攡門不安橫，無復相關意。」

　　攡門，當作攡門，攡與「籬」通。建業京邑，舊有籬門五十六所，作為京邑通往郊區的竹籬門。《太平御覽》一九七引《南朝宮苑記》：「建康（即建康）籬門，舊南北兩岸籬門五十六所，蓋京邑之郊門也。……江左初立，並用籬為之，故曰籬門。」

　　(2)〈上聲歌〉：歌辭云：「三鼓染烏頭，聞鼓白門裡。」

　　白門，建業京城的西門。《宋書明帝紀》：「宣陽門，民間謂之白門。」胡三省《通鑑》註：「白門，建康城西門也。西方

色白，故以為稱。」

(3)〈歡聞變歌〉：歌辭云：「駃風何曜曜，帆上牛渚磯。」

牛渚磯，在今安徽省當塗縣西北，長江的磯石名。《江南通志》：「牛渚山下有磯，曰牛渚磯，與采石磯相屬，亦名燃犀浦。」《太平寰宇記》一○五：「牛渚山，在當塗縣北三十五里，突出江中，謂為牛渚，古所津渡處也。」

(4)〈丁督護歌〉：歌辭云：「洛陽數千里，孟津流無極。」又云：「督護北征去，相送落星墟。」又云：「聞歡去北征，相送直瀆浦。」

洛陽、孟津，都在今河南省。所以歌辭中說：洛陽去這兒數千里，孟津城外的黃河流到很遠的地方去。落星墟和直瀆浦都在建業。落星墟是三國吳時所建的落星樓的廢墟。《六朝事跡編類》樓臺門落星樓：「《圖經》：在縣東北臨沂縣，前吳大帝時，山上置三層樓，樓高以此為名。左太沖〈吳都賦〉云：『饗戎旅乎落星之樓』是也。今石步相去一里半，有落星墩。里俗相傳即當時建樓處，今去城四十里。」又《六朝事跡編類》江河門直瀆：「吳後主孫皓所開，隸鍾山鄉，去縣三十五里，西至霸埄，東北接竹港，流入大江。……輿地志曰：『白下城西南蟹浦，浦西北有直瀆。』」

(5)〈團扇郎歌〉：歌辭云：「御路薄不行，窈窕決橫塘。」

御路，京都內天子行駕之大道。《建康實錄》卷九：「按地圖，朱雀門北對宣陽門，相去六里，名為御道。」橫塘，三國吳時所築，在今南京市西南。《六朝事跡編類》江河門橫塘：「吳大帝時，自江口沿淮築堤，謂之橫塘。」

(6)〈長史變〉：歌辭云：「出偎吳昌門，清水綠碧色。」

吳昌門，即吳縣閶門。在今江蘇省吳縣城的西北門。《吳越春秋・闔閭內傳》：「閶門者，以象天門，通閶闔風也。」《太平寰宇記》九十一：「吳城西門也，春申君改為昌門。」

(7)〈桃葉歌〉：歌辭云：「桃葉復桃葉，渡江不用檝。」

桃葉渡，在今南京市秦淮河口。桃葉是晉王獻之的妾名，此處人名與地名雙關。《六朝事跡編類》江河門桃葉渡：「《圖經》云：『在縣南一里，秦淮口。』桃葉者，晉王獻之之愛妾名也。其妹曰桃根。獻之詩曰：『桃葉復桃葉，渡江不用楫。但渡無所苦，我自迎接汝。』不用楫者，謂橫波急也。嘗臨此渡頭歌送之。」

(8)〈懊憹歌〉：第一首是晉石崇為綠珠所作的。歌辭云：「絲布澀難縫，令儂十指穿；黃牛細犢車，遊戲出孟津。」孟津，在河南省孟津縣，臨黃河邊，去洛陽不遠。可知南方民歌，流入北方的痕跡。其餘十三首，是江南的民歌。

歌辭云：「江陵去揚州，三千三百里。」江陵在今湖北省江陵縣，沿長江乘船而下，可抵吳地揚州，也就是今日的南京市。可知長江中游到下游，到處有人唱〈懊憹歌〉。

歌辭又云：「暫薄牛渚磯，歡不下廷板。」牛渚磯，在今安徽省當塗縣西北。

(9)〈讀曲歌〉：歌辭云：「白門前，烏帽白帽來。」又云：「暫出白門前，楊柳可藏烏。」白門，即建業城西門——宣陽門。

從以上所提到的地點，〈吳歌〉大抵分佈在長江下游的地方，包括了今日的安徽、江蘇、浙江一帶，而以當時的京都——建業為中心。所以歌詞中，常出現京畿附近的地名。例如：建業

京畿的郊門──籬門，京城西門──白門，京都西南的橫塘，秦淮河口的桃葉渡，京畿附近的落星墟，直瀆浦，勞勞渚。京城內的三閣，建業附近的華山、雲陽等地。其他，如江蘇吳縣的閶門，浙江武康縣南的前溪，安徽當塗縣西北的牛渚磯。以上這些地名，與《晉書樂志》上所說的：「〈吳歌〉雜曲，並出江南，東晉已來，稍有增廣，其始皆徒歌，既而被之管弦。蓋自永嘉渡江之後，下及梁陳，咸都建業，〈吳聲歌曲〉，起於此也。」是可相配合的。

五、〈西曲〉在歌題中所提到的地名

在〈西曲〉中以地名為歌題的更多，代表各地特有的樂曲。如：〈石城樂〉，〈襄陽樂〉，〈壽陽業〉，〈三洲歌〉，〈襄陽蹋銅蹄〉，〈江陵樂〉，〈那呵灘〉，〈尋陽樂〉，〈常林歡〉。今分別敘述於下：

(1)〈石城樂〉：本來是竟陵的民謠，經宋臧質的改作，成為舞曲。石城，為竟陵郡治。即今湖北縣鍾祥縣。《水經注》沔水宜城縣：「沔水又南逕石城西，城因山為固，晉太傅羊祜鎮荊州立。晉惠帝元康九年，分江夏西部，置竟陵郡，治此。」

歌辭中又有：「聞歡遠行去，相送方山亭；風吹黃蘗藩，惡聞苦離聲。」

方山亭，在東陽郡郭外，屬揚州。《太平廣記》引《幽明錄》：「東陽丁譁出郭，於方山亭宿。」《宋書‧謝方明傳》：「方明於上虞載母妹奔東陽，由黃蘗嶠出鄱陽。」可知方山亭和黃蘗嶠均在東陽，屬建業京畿附近的地方，似不應在〈西曲〉

中，但〈石城樂〉，不僅流行於荊楚一帶，還流行到吳地京畿一帶，民歌傳播久遠後，自然會被增飾，加入各地風光，所以在〈西曲〉，也出現京畿附近的地名，並不足為奇。

(2)〈襄陽樂〉：本是漢水上流襄陽一帶的民歌，經宋隨王劉誕改成舞曲。襄陽，在今湖北省襄陽縣，位於漢水上游，漢水入長江。襄陽為南朝時西方的重鎮。讀杜甫〈聞官軍收河南河北詩〉：「即從巴峽穿巫峽，便下襄陽向洛陽。」可知襄陽是中古時荊楚間到洛陽長安一帶去必經的要地。

歌辭中又云：「朝發襄陽城，暮至大堤宿；大堤諸女兒，花豔驚郎目。」又梁簡文帝的〈大堤曲〉云：「宜城斷中道，行旅極留連。出妻工織素，妖姬慣數錢。炊彫留吐客，賈酒逐神仙。」可知大堤是一般宦達商旅所留連的地方，這兒的歌女、妖姬和醇酒是出名的。大堤，本是長堤，供停泊轉運的碼頭，亦供商旅歇腳的地方，離襄陽城不遠，坐船一天可到，我懷疑便是宜城附近。宜城，在湖北省襄陽縣南，產酒出名。《清史稿・地理志》「湖北，襄陽府，縣六：宜城。」

此外歌辭中又提到江陵和揚州。江陵，今湖北省江陵縣。揚州，在江東，也就是六朝的京都建業。江陵坐船可抵揚州，是得長江水利之便，也是南朝時東西交通的兩座起訖站。

(3)〈壽陽樂〉：是宋南平穆王劉鑠為豫州刺史時所作的樂曲。豫州郡治在壽陽，即今安徽省壽縣，在淮河的中游，所以歌辭中有「長淮河爛漫」句。歌辭中又提到八公山、長瀨橋，都在壽陽境內。

(4)〈三洲歌〉：是湖南岳陽附近商旅的民歌。《古今樂錄》說：「商客數遊巴陵三江口往還，因共作此歌。」巴陵，即今湖

南省岳陽縣。三江口，在岳陽縣北，洞庭湖流入長江的交會處。《水經‧湘水注》：「巴陵西對長洲，其洲南麼湘浦，北屆大江，故曰三江也。三水所會，亦或謂之三江口矣。」《元和志》：「巴陵城，對三江口，岷江為西北，澧江為中江，湘江為南江。」讀范仲淹〈岳陽樓記〉：「然則北通巫峽，南極瀟湘，遷客騷人，多會於此。」可知巴陵三江口是東西商旅停泊留連的地方。

歌辭中云又：「送歡板橋彎，相待三山頭。」板橋、三山，都在建業附近。《建康實錄》卷四：「吳後主聞晉師將至，甚懼，乃自選羽林精甲以配沈瑩、孫振等，屯於板橋。晉龍驤將軍王濬總蜀兵沿流直上建業，瑯琊王司馬伷帥六軍濟自三山，遣周浚張喬等破吳軍於板橋。瑩等皆遇害。」〈西曲〉中雜有吳地名，是民歌流傳各地，歌詞被增飾所致。

(5)〈襄陽蹋銅蹄〉：此曲調是梁武帝在雍州時，有童謠云：「襄陽白銅蹄，反縛揚州兒。」後武帝即位後，利用此調更造的新歌。沈約也仿製了三首。其一云：

分手桃林岸，望別峴山頭；若欲寄音信，漢水向東流。

桃林，在襄陽附近。《舊唐書‧音樂志二》：「桃林在漢水上。」峴山，在湖北省襄陽縣南。晉羊祜鎮襄陽，常觴詠於此，上有墮淚碑。《晉書‧羊祜傳》：「祜樂山水，每覽風景，必造峴山。」襄陽在漢水上游，漢水東南流至夏口流入長江。

(6)〈江陵樂〉：是江陵一帶的民歌。江陵，古荊州之地，為六朝重鎮。即今湖北省江陵縣。《通典》：「江陵，古荊州之

域，春秋時，楚之郢地，秦置南郡，晉為荊州，東晉、宋、齊以為重鎮，梁元帝都之，有紀南城楚渚宮在焉。」

(7)〈那呵灘〉：江陵一帶的民歌。那呵，灘名，為險灘，在江陵的南方。船夫用牽纜引船上行，所以歌辭中云：「沿江引百丈，一濡多一艇；上水郎檐篙，何時至江陵。」歌辭又云：「聞歡下揚州，相送江津彎；願得篙櫓折，交郎到頭還。」江津，在湖北省江陵縣南，又名奉城。《晉書·安帝紀》：「義熙元年，劉毅次于馬頭，桓振挾帝，出屯江津。」船要下行到揚州，出江津，便是那呵灘，水急灘險，篙櫓容易折斷，那麼「交郎」（即情郎）只好倒頭回來。

(8)〈尋陽樂〉：潯陽一帶的民歌。潯陽，即今江西省九江，在鄱陽湖入長江口。

(9)〈常林歡〉：常林，即長林，在今湖北省荊門縣北。《讀史方輿紀要》安陸府荊門州：「長林城，在州西三十里。晉隆安中，分編縣地，置長林縣，屬武寧郡。」《舊唐書·音樂志二》：「常林歡疑是宋梁間曲。宋梁世，荊雍為南方重鎮，皆皇子為之牧。江左辭詠，莫不稱之，以為樂土。故隨王作襄陽之歌，齊武追樊鄧。梁簡文樂府歌云：『分手桃林岸，送別峴山頭，若欲寄音信，漢水向東流。』又曰：『宜城投（音豆）酒今行熟，停鞍繫馬暫棲宿。』桃林在漢水上，宜城在荊州北，荊州有長林縣。江南謂情人為『歡』，『常』『長』聲相近，蓋樂人誤謂長為常。」

六、〈西曲〉的歌辭中所提到的地名

在〈西曲〉：的歌辭中，提到各地的地名的也不少，今逐次說明於下：

(1)〈烏夜啼〉：歌辭云：「巴陵三江口，蘆荻齊如麻。」

巴陵、三江口，在今湖南省岳陽縣，見〈三洲歌〉所云。〈烏夜啼〉本為豫章一帶的民歌。豫章，郡名，郡治即今江西省南昌縣。

(2)〈莫愁樂〉：歌辭云：「莫愁在何處？莫愁石城西。」又云：「聞歡下揚州，相送楚山頭。」石城，為竟陵郡治，即今湖北鍾祥縣。楚山，泛指楚地一帶的山，今湖南湖北一帶為古楚地。

(3)〈估客樂〉：歌辭云：「昔經樊鄧役，阻潮梅根渚。」樊、鄧，樊即今湖北襄陽樊城一帶。鄧，今河南鄧縣。梅根渚，在梅根河內的渚名，在今安徽省貴池縣東。《讀史方輿紀要‧池州府‧貴池縣》：「梅根河，府東四十五里，其源一出九華山。」《古今樂錄》云：「估客樂者，齊武帝之製也。帝布衣時，嘗遊樊鄧，登祚以後，追憶往事而作歌。」

(4)〈女兒子〉：歌辭云：「巴東三峽猿鳴悲，夜鳴三聲淚沾衣。」又云：「我欲上蜀蜀水難，蹋蹀珂頭腰環環。」

巴東，在湖北省秭歸縣西之巴東縣，已近四川。巴東以西，有巫峽、瞿塘峽，巴東以東，有西陵峽，長江三峽，以水流湍急峻險稱著，所以有「我欲上蜀蜀水難」的句子。〈女兒子〉，為巴東一帶的民歌。

(5)〈孟珠〉：歌辭云：「揚州石榴花，摘插雙襟中。」又

云：「可憐景陽山，苕苕百尺樓；上有明天子，麟鳳戲中遊。」

　　揚州，府治建業。景陽山，在建業，山上有景陽樓。《六朝事跡編類》樓臺門景陽樓：「輿地志云：宋元嘉二十二年築，至孝武大明中，紫雲出景陽樓，因名之。今法寶寺西南，遺址尚存。」《南史·宋文帝紀》：「元嘉二十三年，興景陽山於華林園。」後陳後主在城北玄武湖畔，築景陽殿。又有景陽井，隋滅陳，後主與張、孔二妃匿井中，被獲，因又名辱井。孟珠，《玉臺新詠》作〈丹陽孟珠歌〉，不編列在〈西曲〉中，《樂府詩集》編在〈西曲〉中，如依歌辭中所稱引地名來看，當屬〈吳歌〉。

　　(6)〈拔蒲〉：歌辭云：「與君同舟去，拔蒲五湖中。」五湖，吳地，即今江蘇太湖附近的湖沼地。

　　(7)〈楊叛兒〉：歌辭云：「暫出白門前，楊柳可藏烏。」又云：「聞歡遠行去，送歡至新亭。」又云：「楊叛西隨曲，柳花經東陰。」白門，建業京城西門名。新亭，在建業城南，又名勞勞亭。《晉書·王導傳》：「過江人士，每至暇日，相要出新亭飲宴。」西隨，在今湖北省安陸隨縣一帶。《南齊書·州郡志下》：「司州東隨安左郡：西隨、高城、牢山。」李兆洛《歷代地理志韻編今釋·卷二》：「按當在湖北德安府境。」

　　〈楊叛兒〉：本是西隨一帶的民歌，因此歌辭中有「楊叛西隨曲」的句子。後齊隆昌間，以此歌謠的和聲：「楊婆兒，共戲來所歡。」附會蕭齊宮闈的事，指楊旻與何后有染。於是〈楊叛兒〉，便流行於建業一帶，而歌辭中，自然也加入京畿一帶的風光了。

　　(8)〈西烏夜飛〉：據本事云，是宋荊州刺史沈攸之所作。荊州郡治在江陵，此歌必流行於江陵一帶。

　　以上〈西曲〉中所提到的地名，要比〈吳歌〉的複雜而地域廣闊了。〈西曲〉多半是商旅別離的情歌。從南朝京都的建業沿長江西上，到荊州郡治江陵，沿江各大商埠，只要商旅所到，便有人歌唱。在歌辭中，無意間把各地的地名保留下，歸納起來，包括了湖北、湖南、安徽、江西、河南等地，而以荊州的江陵，雍州的襄陽為中心。所以歌題或歌辭中，提到湖北江陵和襄陽附近的地方最多，在江陵附近的，有巴東、江津、那呵灘、三峽等地方，在襄陽附近的，有大堤、宜城、桃林、峴山、石城、樊城等地。此外，尚有西隨、長林，也在今日的湖北省。在湖南省一帶的，有巴陵、三江口。在安徽省一帶的，有壽陽、淮河、梅根渚。在江西省一帶的，有潯陽、豫章。在河南省一帶的，有鄧縣。這些地方，與《樂府詩集》中所說的：〈西曲歌〉出於荊、郢、樊、鄧之間。」是可相信的。

七、結語

　　〈吳歌〉發生在江東吳地，以六朝的京都建業為中心。換句話說，在今日的江蘇浙江一帶，以南京為中心。建業歷吳、東晉、宋、齊、梁、陳六朝，文物之盛，衣冠官蓋相屬，秦淮河的商女，聲歌不輟，加以江南的富庶，山川的秀麗，男女的多情，無形中助長了吳地民歌的發展，形成了六朝人所矚目的〈吳歌〉。

　　民間詩人見春景之美，自然有「春林花多媚，春鳥意多哀」的句子；見江水浮舟，自然有「布帆百餘幅，環環在江津」的句子；被戀情所困，自然有「天下人何限，慊慊只為汝」的情思，

表現在歌謠中。古人所謂「地留孤嶼小，天入五湖深」，在長江五湖水澤深處，不知蘊藏了多少歌聲，於是壟頭採桑，便有〈採桑歌〉，澤畔採蓮弄舟，便有〈採蓮曲〉、〈江南弄〉，溪頭留連，接送愛人，便有〈前溪歌〉、〈桃葉歌〉，男女情歌互答，傾吐衷情，便有〈懊憹曲〉、〈讀曲歌〉，江南尚鬼神，便有夜半鬼歌〈子夜歌〉，更有南徐、建業一帶歌人神之戀故事的〈華山畿〉、〈青溪小姑曲〉。各地的民俗和民情，都會反映在歌謠中。

〈西曲〉發生在荊郢樊鄧一帶，以雍州的襄陽、荊州的江陵為中心。〈西曲〉是受〈吳歌〉影響的西方民歌，長江的水流，把下江的歌聲傳到上流，由於南朝的政治商業的關係，人們往來於建業及江陵、襄陽間，於是〈西曲〉便成了商旅、遊宦的別歌。

本來荊楚的民歌就很流行，所謂「楚聲」，加上南朝派往鎮守荊雍的宗室諸王，他們在吳地聽慣了〈吳歌〉，於是他們駐節西方，便利用當地的歌謠，編寫成歌舞曲，作為豪門高第的娛樂品。像宋臧質的〈石城樂〉，宋隨王劉誕的〈襄陽樂〉，齊武帝的〈估客樂〉等便是。〈西曲〉中有些便以它們的產地做標幟，如潯陽的〈潯陽樂〉，壽陽的〈壽陽樂〉，採桑的〈採桑度〉，常林的〈常林歡〉，巴陵三江口的〈三洲歌〉，這些都標示著各地的地名，反映出各地特有的風土民俗。

——國立成功大學，魏晉南北朝文學與思想研討會

詩與地下出土卷

從唐三彩看唐詩世界

一、前言

從西元六一八年李淵的開國,到西元九〇七年李柷的失國,其間共歷兩百八十九年;也就是自七世紀初葉,到十世紀初葉,史稱「唐朝」。

唐朝是個強盛的時代,無論文治和武功,都有著輝煌的成就,尤其對世界文化的貢獻,更是駕凌其他各國之上。當七世紀到十世紀之間,歐洲正值「黑暗時代」的末期,東羅馬帝國漸次建立起基督教的文化;在西亞,阿拉伯人在新興回教的熱情下,建立大食帝國,它承襲了古西亞、埃及、波斯等文化,還吸取我國不少的文化,形成了回教文化,但仍不及我國隋唐文化之發達。在日本,還停留在奴隸制度的社會形態,是屬於飛鳥、奈良和平安的時代。於是唐代文化,影響所及,是當時世界上任何一國的文化,都不能望其項背的。

唐代不僅文學興盛,同時,其他各種藝術,也有著連鎖性的發展。舉凡建築、繪畫、雕塑、音樂、舞蹈、戲劇等,都得到全面發展的新階段。例如:長安的建築,敦煌的壁畫,王維、韓幹、吳道子的畫,千佛崖的石刻,唐三彩的陶雕,歐陽詢、柳公權的書法,教坊梨園的熱戲,驪宮的服飾,以及〈洛陽春〉、〈霓裳羽衣曲〉等舞樂,都表現了唐人藝術的富盛,反映出唐人

的智慧和東方民族的異彩。

　　然而，唐代文學，尤為出色。唐詩、古文、傳奇小說、敦煌變文、敦煌曲子詞（即唐人民歌）等，都是照耀寰宇而傳誦千古的作品。探討唐代文學繁榮的原因，與當時的政治、文教、經濟、社會、宗教、風俗等有關，加以胡漢民族的融和，東西交通的頻繁，外來文化的衝激，造成唐代文學壯麗的波瀾。

　　就以唐詩而言，便可冠冕百代。清康熙年間（1707）所敕編的《全唐詩》，距唐朝有七百年之久，仍能收錄唐代詩人多達兩千兩百餘家，其中包括帝王、后妃、官員、文士、商旅、農夫、隱士、和尚、尼姑、宮女、樂伎等各階層人士；所收錄的詩，約有四萬八千餘首，比起西周到南北朝所有詩篇的總和，還要超出好幾倍，真是富盛極了。

　　唐朝是我國詩歌的黃金時代。唐詩反映唐人的生活面和社會面，非常遼闊。詩人注重不同思想的表現，心靈世界的開拓，在不同體裁下，表現不同的風俗，浪漫如李白，寫實如杜甫，平易如白居易，典麗如李商隱，有如春塢花開，各盡其態。同時，他們注意聲律的運用，表現技巧的革新，以及詩語的創造，語言的活用，發揮了中國語言文字最高的效用。唐詩中的絕律，用字的精確，含義的深遠，聲調的優美，不論在詩情、詩意、詩境的呈現，或是情韻、詩趣、化境的塑造，都能做到意在言外，言有盡而意無窮的境地。

　　除了唐詩以外，您或許看過唐人的陶雕——唐三彩吧！唐三彩是唐人陪葬用的「明器」，它在陶瓷器的發展過程中，正是陶瓷器的分界嶺。也就是由陶器進入瓷器的橋梁。

　　本來唐詩是用抽象的意象，來表現唐人情意的生活，而唐三

彩陶雕，是用具體的形象，展示唐人真實的生活；儘管詩和陶雕為兩種不同形態的藝術，但從藝術的共通性來看，二者所反映的，都是唐人的真實世界和多重性的心靈世界。今人利用新近出土的唐代文物，來研究唐詩，更有助於我們瞭解唐人生活的面面觀，以及唐人的文化和獨特的精神。

二、唐三彩的品類與神態

所謂「唐三彩」，是指唐人殉葬用的三彩陶器。這類陶器，上面塗有三種不同顏色的彩釉，包括黃、綠、褐（咖啡色）三色，故稱為唐三彩。其實，唐三彩不只是三種顏色，應加上陶土本身的白色。況且古人對色彩的觀念，往往把青、綠、藍三種視為一色，因此，唐三彩決不止於三種顏色。

從陶瓷的發展史來看，我國陶器上「釉」的使用，早在殷周時代便有「灰釉」，戰國時更有「鉛釉」的發明，此二者便成我國陶釉的兩大系統。灰釉陶在一千兩百度左右燒製而成，其中含有長石和鐵的成分，在高溫中，因缺乏氧，使鐵質還原成一氧化鐵，顏色便呈黃綠色或青綠色。鉛釉陶鎔點較低，約在八百度左右燒製而成，鉛釉鎔化後呈褐色。後人更用銅附在陶土上，亦於低溫中鎔化而呈綠色。至於釉藥中加鈷，便呈藍色。隋唐間的陶器，大量使用黃釉和白釉，到盛唐時，便配合三彩釉，造成三彩陶的流行。

唐三彩可分為兩大類：一類是用未曾加釉的白陶土燒製而成的陶器，然後再加上朱、墨、金色等顏色，成為繪彩陶；另一類是上三彩釉燒製而成的三彩陶。繪彩陶器的年代較早，三彩陶器

要到盛唐才流行。

唐三彩是八百度左右低鎔度燒成的陶器，多作明器之用。其塑造的形態，有文官俑、武官俑、樂伎俑、舞女俑、守墓俑、胡俑、座俑等人物；有馬匹、駱駝、禽畜、雙角獸、獨角飛獸等動物；還有騎在馬上或駱駝上的男女，以及日常應用的器具，如盂、甕、花瓶、碾磑、碁盤、香鑪、燈臺、層樓之類，真是品類繁多，無所不備。

這些神態自然，雕塑精美的三彩陶，在陶雕藝術上，有其極高的藝術價值。唐代陶工們，使頑冥不靈的陶土，賦予它真實的情感和思想，從各種形象中，流露出唐人的智慧和想像力；同時，也展現了唐人的生活和心靈的意願。

從「文官俑」的造型來看，可以看出唐代文人的模樣，論體格，結實魁梧；論容貌，雍和端正，合乎文質彬彬，風流儒雅的體態，現示唐代文人開朗胸襟，決不是宋以後重文輕武的風氣，造成一付文弱書生的模樣。唐代文人的衣著，頭上著儒冠，冠上有鳥飾，長袖儒服，袖緣有刺繡的花彩，猶如李白的〈古意〉所云：「月落西上陽，餘輝半城樓，衣冠照雲日，朝下散皇州。」彷彿看到長安御道上，罷朝後文士往來的情景。所以唐三彩的發現，實有助於今人瞭解唐人的文化。

三、殉葬習俗的小故事

陶器的使用，最初是用來做盛器，為日常生活中不可或缺的器具。當它用來做擺設品或殉葬的禮器時，已被視為藝術品了。

中國古代便有殉葬的習俗，最早用泥做的車子，叫做「塗

車」，用草紮的人馬，叫做「芻靈」，拿這些東西來殉葬，這類陪葬的器物，稱為「明器」。後來，有些富貴人家，把殉葬品的範圍擴大，他們把多餘的財富和死者心愛的東西，一起埋葬，希望死者仍能像生前一樣，繼續享受榮華富貴的生活。殷周時代，已有用陶俑和木俑，或一些銅器來殉葬，甚至周末的帝王諸侯，以及秦始皇的墓中，還有用活人來殉葬的。

一般殉葬的內容，死者的家屬和親人往往十分「保密」，以免引起他人的非議和窺伺，以致遭到盜墳的後果。但後人無意間發現這些古墳時，又把這項秘密公開了。像西漢古墳之一——「長沙馬王堆一號墳」，墳中便有一份請死者查收的殉葬品「清單」，上面所開列的品類，種類繁多，幾乎跟死者在生前所享用的一樣富足。這些古器物的出土，也使被埋葬了的文化，再被人發現，被人瞭解。

殉葬本來是一種孝思的表現，但有時也構成了淒美的故事。下面三則，便是殉葬習俗所發生的小故事：

(一)結草報恩

春秋時，晉侯魏武子生病時，告訴他的兒子魏顆：「我不起後，讓愛姬改嫁。」病重時，又對他兒子說：「把愛姬一道兒殉葬吧！」後來，魏顆並沒有遵照他父親臨終的遺言，反而依照他父親初病時所交代的話去做，把他父親的愛妾改嫁了。

在輔氏的戰役中，魏顆捕獲了秦國的勇將杜回。在這戰役中，魏顆發現有個老者在前面結草，暗中幫助他，使杜回的馬絆倒而被他捕獲。那晚，魏顆夢見那結草的老人向他託夢說：「我就是您所改嫁的那婦人的父親，您沒有把我的女兒殉葬，我特地

來結草報恩的。」（見《左傳・宣公十五年》）

㈡始作俑者

孔子見到早先的人，都是用泥塑的車子和草紮的人馬來殉葬。最近一些諸侯和大夫去世，竟流行用木俑或陶俑來送葬。雖然那些是木頭、陶土做的人，但畢竟太像人了，容易使人感覺到那就是人。於是孔子搖頭感慨地說：「第一個做木偶人來殉葬的，大概要絕子絕孫。」（見《孟子・梁惠王上》）

㈢何滿子

唐武帝病重，對侍奉他的孟才人說：「我就要不行了，你有甚麼要求，儘管說吧！」孟才人指著旁邊笙囊的帶子哭著道：「讓我用這帶子，先自縊好了。」武帝聽了，心裡也很難過（因為武帝死後，孟才人可能會被殉葬）。接著她又說：「我從小就學過伎藝，讓我唱一首歌來寬慰皇上。」武宗點頭。沒想到她才唱了一聲〈何滿子〉，便難過得立即斷氣。皇上趕緊請御醫替她診看。御醫說：「她的脈搏尚溫，只是柔腸已斷。」（見尤袤《全唐詩話》）

這三則小故事，都反映了殉葬的制度和人性的醒覺。結草報恩是一則極富人情味的故事，魏顆的做法，畢竟得到人們的讚賞。第二則小故事，說明孔子反對用木俑來殉葬，因為木俑製作得太像人；況且以「人」（指木俑）來殉葬，違背人道，有損人類的尊嚴。孟才人的暴卒，反映了唐代宮女的悲劇，皇上要死，才人不敢不死，這真是一則淒美的故事。

「何滿子」本是唐代 名滄州歌者的姓名，她製作了一首宮

怨的歌，用「何滿子」三字來做和聲，故名。〈何滿子〉的曲調哀苦，是唐代流行於宮女口中的歌曲，今曲調和原辭已亡佚。晚唐張祜的那首仿作，詩句是：

故國三千里，深宮二十年；一聲何滿子，雙淚落君前。

這是一首深宮怨的詩，唐代詩人寫閨怨、春思之類題材的詩不算少，稱為「宮詞」，可謂替宮女、閨閣中的女子做了抒怨的代言人。唐代詩人中，寫這類詩最稱著的要算王建了，他有宮詞一百首；其次，王昌齡也寫了不少這類的好詩，例如他的〈閨怨〉：

閨中少婦不知愁，春日凝妝上翠樓；
忽見陌頭楊柳色，悔教夫婿覓封侯。

儘管孔子反對用木俑或陶俑來殉葬，但後世依然有人冒著「絕子絕孫」的危險，製作一些俑人供人陪葬。其實這些越製越精巧的木俑和陶俑，有損人性的尊嚴，卻也拯救了不少人的生命，使他們免於無謂地從主人於地下。

四、揭開唐人殉葬的秘密

唐人沿舊俗，保留有殉葬的習俗，而富貴人家陪葬的明器豐富，尤其是帝王家，公主太子的墳，幾乎是一座地下的城。於是民間也染上殉葬的風氣，那怕陪葬下去的財物是一種浪費，他們的親人也願意盡這份心意。就如孟雲卿〈古挽歌〉所吟的：

草草閭巷喧,塗車儼成位;

冥寂何所須?盡我生人意。

　　唐三彩的發現,無形中也就揭開了唐人殉葬的秘密。最早發現唐三彩,是在清光緒三十一年(1905),當時由於汴洛鐵路的開築,從河南開封到洛陽,鐵路通過洛陽城北的北邙山,於是許多漢唐的古墳被破壞了,其中唐人殉葬用的陶俑——唐三彩,便大量的被發掘出來。

　　北邙山在洛陽城北,漢唐時著名的墳場。相傳東漢光武帝的原陵,便在其間。唐朝更多的王公貴族和庶民,葬身於此,從漢唐人的詩句中,可以得知:

驅車上東門(洛陽城北門名),遙望郭北墓。白楊何蕭蕭,松柏夾廣路。下有陳死人,杳杳即長暮。——漢〈古詩十九首之一〉

北邙山頭少閒土,盡是洛陽人舊墓;舊墓人家歸葬多,堆著黃金無置處。——唐·王建〈北邙行〉

孟郊死葬北邙山,從此風雲得暫閒;天恐文章渾斷絕,更生賈島著人間。——唐·韓愈〈贈賈島〉

洛陽北門北邙山,喪車轔轔入秋草。——唐·張籍〈北邙行〉

　　人死回大自然，不分貴賤賢愚，都沒有差別。就如崔湜〈秦州薛都督挽詞〉所詠的：

　　　隴樹煙含夕，山間日照秋；
　　　古來鐘鼎盛，共盡一萬丘。

所不同的，只是出殯的儀式和殉葬品上的排場罷了。詩人看到北邙山上的丘墳纍纍，不禁作了許多浩歎，人們對死亡的恐懼，想借詩句來抗拒死亡，用詩歌來推開永恆之門。

　　唐三彩第二次大量地出土，是在民國十七年，如今臺北市國立歷史博物館所收藏的唐三彩，大部分是這次出土的。原本為河南博物館所收藏，民國三十八年遷運來臺。

　　新近大陸在洛陽長安一帶發掘隋唐時大型的墓，又發現大量的唐三彩和墓中壁畫。其中尤以民國六十年（1971）到六十一年（1972）間所發掘的永泰公主墓、章懷太子墓、懿德太子墓，其中出土的文物殉葬品尤為豐富。此外尚有隋薄命皇女李靜訓墓、唐李爽墓、執失奉節墓、韋洞墓、薛莫及其妻史氏墓、馮播州墓、蘇思勗墓、雷府君夫人宋氏墓、高元珪墓、高克從墓、萬泉縣主薛氏墓、張去奢墓等，其中殉葬品包括華麗的三彩俑、三彩動物、白磁、金銀器、玉器、白銅鏡，以及石刻、壁畫等，可知唐代皇室王族厚葬的風俗。

五、唐三彩有盛唐氣象

在民國元年左右，北平琉璃廠一帶賣古董的，出售唐三彩，大約七八塊銀元，可以買到好幾個十公分高的小陶俑。那時，我國人對於殉葬過的東西，都有所避諱，不太喜歡收藏這類的東西，倒是日本人和歐美人士購買了不少。於是有些唐三彩陶器，便流落到國外去。目前收藏唐三彩較多的要算在臺北的國立歷史博物館，大小約七八十件，而國立故宮博物館只收藏兩件，一件是陶馬，高七十一公分，為日本人坂本五郎捐贈的；另一件是文官俑，高九十五公分，為日本人大野萬里所捐贈的，這兩件都是很精美的陶雕。

據西元一九七五年四月號的「讀者文摘」上報導，一九七四年香港蘇富比行曾拍賣一件高七十四公分，長七十三公分的唐三彩陶馬，售價為兩萬九千鎊；幾乎平均每吋一千鎊，真是可算是世界珍品之一。蘇富比行編定貨品目錄時，要是他們認為某件陶器是唐朝出品，便在貨品目錄上標明「陶馬，唐朝」，唐朝兩字用英文斜體註明。要是有一隻年代不明的陶馬，但可能是唐朝製品，便寫明「唐代陶馬」。要是有一隻陶馬，顯然是後世模仿唐代製品造成的，便寫明是「裝飾用的陶馬」。賣古董確是一門有趣而具有專門學問的行業，連貨品目錄的標籤，也有這麼大的區別。在臺北的街頭，賣飾品店裡，只要花新臺幣兩三千元，便可買到一件「裝飾用的陶馬」，當然那是唐三彩陶馬的複製品。真品和贋品，在形態、色澤、精神和價格上，都有很大的差別。

在我國陶瓷史上，唐人的陶雕，有其藝術上的成就。依據出

土明器的證明，漢魏南北朝的陶器，沒有上彩釉，只是用陶土燒製而成，然後再繪上朱、墨、棕色等顏料，是為繪彩陶器。這些造形拙樸，體積不大，線條不甚明顯，衣摺腰帶和面目鬚眉，都無法分辨。反觀唐三彩，上有三彩釉，體積大者高達一百多公分，無論人像駝馬器物的塑造，細致傳神，且有博大開闊的氣象，具有盛世恢闊的氣質。

唐朝也有繪彩陶器，如「繪彩陶馬」、「繪彩女騎士」、「繪彩獨角獸」等，從造形上來看，比前朝的要細膩而傳神。例如國立歷史博物館所藏的那件「繪彩女騎士」，高三十二公分，長二十五公分，一位成熟的仕女，著寬大的羅衫，腰繫玉帶，騎在奔馳的馬上，衣袂隨風飄舉，雙手執韁繩伸向空中，姿態優美，頭上雲鬟高聳，回首燦笑，狀至愉悅嫵媚，而馬首高仰，四腳騰飛，龍驤磊落，真像一匹「照夜白」、「龍媒」之類的好馬。從那件繪彩女騎士，便可聯想到花蕊夫人的〈宮詞〉：

羅衫玉帶最風流，斜插銀篦慢裏頭；
閑向殿前騎御馬，揮鞭橫過小紅樓。

其次，又有一件「三彩少女騎士」。這是盛唐時期寫實的三彩陶雕，一位圓渾的少女騎於馬上，手執韁索，身著開襟薄衫，袖口筒狀，絹織長袴，頭梳宮樣雙髻，狀至優雅，充滿了健康的氣息。可知唐代是個開放性的社會，女子有騎馬的習慣。就如杜甫〈麗人行〉所詠的：

三月三日天氣新，長安水邊多麗人。態濃意遠淑且真，肌

理細膩骨肉勻。繡羅衣裳照暮春，蹙金孔雀銀麒麟。頭上
何所有？翠微匐葉垂鬢脣。背後何所見？珠壓腰衱穩稱
身。……

三彩陶少女騎士跟長安上巳仕女春遊衣著不同，但羅衣腰衱的神
態是相仿的。一般唐代的仕女圖，在上衣上多加一條披肩。如再
參看章懷太子墓（在陝西乾縣，章懷太子為武則天的次子，
1971 年 7 月-1972 年 2 月發掘。）前室西壁北側壁畫「舞蹈圖」，
則可更明瞭唐代仕女的服飾。

隋朝與初唐，尚無三彩陶的燒造，一般的陶器，大都以白釉
和黃白釉為主。到了盛唐，才是三彩陶器大量燒造的時期。據
《唐書·職官志》的記載，唐朝設有「將作監」的機構，其下更
有「甄官署」，職掌為：

　　甄官署，掌供琢石，陶土之事。凡石磬、碑碣、石人、獸
　　馬、碾磑、磚瓦、瓶缶之器，喪葬明器，皆供之。

甄官署是專為皇帝陵墓製石人、石獸、墓碑，或墓中用的磚瓦、
陶瓶、陶俑、陶馬等殉葬品。朝中大臣死去，皇帝也拿這些作為
賜賚。因此，唐三彩大致是「甄官署」所燒造的；同時，民間的
陶窯也有燒製，但品質不及甄官署的那麼精美。

唐天寶末，經安史之亂後，唐室元氣大傷，朝廷的貴族也由
盛而衰，於是唐三彩陶雕也隨著衰微。到了宋代，瓷器已取代了
陶器的地位，從此三彩陶也就不時興了，終於遭到淘汰。

六、唐詩唐三彩中的唐人生活

　　從唐三彩來看唐詩，這是一項很有趣的問題，只是利用出土的器物，來引證唐詩的內容而已。因為唐三彩和唐詩，二者沒有直接的關連性，它們是兩種不同形態的藝術：一種是使用陶土，表現形象的陶雕藝術；另一種是使用文字，表現意象的文學作品。現在，我們不妨從藝術的共通性，來探討二者的間接關係，那就是它們都反映了唐人的「現實世界」和「心靈世界」。

　　一切藝術品，都具有反映人們真實生活的功能；同時，也記錄下他們在創作時的心靈活動和意識的傾向。那些真實生活的寫照，便是「現實世界」的反映，而心靈的活動和意識的傾向，便是多重性「心靈世界」的反映。

　　唐朝隨著國力的強大，疆土日益拓展，東西交通的頻繁，胡漢民族的融和，使唐人的生活領域不斷地擴大，而藝術的境界，也隨著生活的方式起了變化。譬如早期的陶器沒有彩釉，造形拙樸，唐以前只有少數的白釉和黃釉陶器，或是用白陶土燒造後，再畫上一些彩色的繪彩陶雕。例如民國四十八年（1995），在河南安陽所發掘的隋代張盛夫婦的墓。張盛為隋代征虜將軍、中散大夫，開皇十四年（595）卒，翌年其妻亡，合葬於安陽。其墓中陪葬品，有白磁黑彩俑，以及各種提捧燈、盤、壺、枕、香爐、持畚箕、鏟子等工作女陶俑，可作為研究唐以前的磁器或陶器的重要資料。

　　唐人重視色彩上的感官，於是繪彩陶雕也變得更精緻了。同時，更有三彩陶雕的產生，使唐代的陶器，進入彩釉的時代。相同的，在詩歌方面，由拙樸的古詩、樂府詩，擴展為多彩多姿的

近體詩，歌行體詩，於是繁絃雜管，絲竹互陳，使唐詩進入全面
繁盛的新階段。今舉唐三彩為佐證，以明唐詩所反映的「現實世
界」。

(一)繁華的都市

唐朝是個富盛的朝代，民生樂利，經濟繁華，於是繁華的都
市應運而生。都市是富貴者行樂、居住的地方，大戶人家，自然
不乏車馬僕役供其差使；達官豪門，更是下人、侍者環立，隨應
左右。那些「三彩胡俑」、「三彩童立俑」、「三彩文官俑」和
「武官俑」等，沒有一件是坐著的，全是站立的陶俑。足證唐代
的富貴者，生前有足夠的「僕役」、「秘書」、「副官」等在身邊
侍候；死後更不能沒有跟隨在左右的「立俑」來陪葬，在所有的
「三彩文官俑」中，以日人大野萬里捐贈給國立故宮博物館那
件，最為「斯文」，眉目清秀，衣冠整齊，雙手拱立，一派書生
相，沒有絲毫「傖俗」的感覺。

唐代的都市，就以京都而言，盛唐時的長安，居民多達三十
餘萬戶，外來的胡商使者，尚不在其數。長安以外的大都市，如
洛陽、益州、揚州、涼州、廣州等處，都是商旅湊輻、人文薈萃
的地方。洛陽距長安不遠，是古代的「東都」，唐朝仕宦顯貴，
多設籍於此。

劉希夷〈白頭吟〉云：「洛陽城東桃李花，飛來飛去落誰
家？……公子王孫芳樹下，清歌妙舞落花前。……」又王維〈洛
陽女兒行〉：「洛陽女兒對門居，纔可容顏十五餘。良人玉勒乘
驄馬，侍女金盤膾鯉魚。畫閣朱樓盡相望，桃紅綠柳垂簷向。…
…城中相識盡繁華，日夜經過趙李家。……」詩中都是描寫洛陽

女兒嫁人後,過著繁華的日子,也反映了洛陽皇親國戚如趙李家的富貴生活。

唐人鹽鐵諺有云:「揚一益二。」揚州和益州,是唐朝數一數二的大都市。揚州在今江蘇江都,是天下鹽商聚集的地方,吳鹽幾乎無人不曉,李白〈梁園吟〉有「吳鹽如花皎白雪」之句。益州,即四川成都,是蜀錦和鹽麻的集散地,故有「蜀麻吳鹽自古通」的美譽。

其他如涼州,在今甘肅武威,為唐時通往西域、印度、中東的要鎮,是「絲道」必經之地。廣州,即今廣東廣州,為南方海運新興的都會。

唐人詠都會的詩,時有可見。如李頎的〈送魏萬之京〉:「莫是長安行樂處,空令歲月易蹉跎。」李白的〈行路難〉:「大道如青天,我獨不得出。」杜甫的〈秋興〉八首:「回首可憐歌舞地,秦中自古帝王州。」白居易的〈鹽商婦〉:「本是揚州小家女,嫁得西江大商客。」而堪稱「都市詩人」的,只有杜牧吧!他有幾首膾炙人口的詩,例如:

煙籠寒水月籠沙,夜泊秦淮近酒家;

商女不知亡國恨,隔江猶唱後庭花。——〈泊秦淮〉

青山隱隱水迢迢,秋盡江南草未凋;

二十四橋明月夜,玉人何處教吹簫?——〈寄揚州韓綽判官〉

(二)笙歌的社會

在現存的唐三彩中，國立歷史博物館收藏有「黃釉座俑」、「黃釉樂俑」、「繪彩舞女俑」等，都是十公分高的樂伎俑，約七八座，女樂伎梳兩鬢高聳的髮型，跪坐地上，長裾覆地，手持琵琶、簫管、鼓、鈸等樂器；另外「繪彩舞女俑」，高二十公分，舞衣翩然，朱脣微啟作輕歌狀，臉團團，體渾圓，就像敦煌壁畫中的女菩薩，滿臉「福相」。看到這些陶俑，使人想見唐朝宮庭中，「坐伎部」演出的情形，以及「玉樓天半起笙歌，風送宮嬪笑語和」(顧況〈宮詞〉)的熱鬧場面。

唐代歌舞、雜技、百戲最盛。尤其在玄宗開元天寶時代(713-755)，朝廷宴樂不已，民間也歌舞不絕，真是充滿笙歌的社會。詩歌和音樂能使人振奮，朝氣蓬勃，同時也能美化人生。開元二年(714)，朝廷擴大「教坊」的組織，網羅天下歌舞、伎藝的人才。朝中凡是祭祀、大朝會，用「太常」的雅樂，其餘宮廷作樂，節日宴饗，便用「教坊」的俗樂。《宋史·樂志記》載前朝典樂的事：

> 教坊自唐武德以來，置署在禁門內。開元後，其人寖多。凡祭祀、大朝會，則用太常雅樂，歲時宴饗，則用教坊諸部樂。前代有宴樂、清樂、散樂，本隸太常，後稍歸教坊，有立、坐二部。

太常署是掌宗廟祭祀或大典禮的雅樂，而教坊是演唱民間俗樂或演出雜技、百戲的機構，以供宮庭娛樂之用。教坊有坐伎部

和立伎部。坐伎部是坐著演奏的，以琵琶絃索為主樂。難怪白居易〈琵琶行〉中所描寫的琵琶女，自誇她是教坊裡第一把琵琶手。詩云：

> 十三學得琵琶成，名屬教坊第一部。

立伎部是站著演奏的，以簫管、羯鼓、雜技為主。白居易〈新樂府〉有立伎部，可從詩中明瞭當時立伎部演出的情形。詩云：

> 立部伎，鼓笛誼；舞雙劍，跳七九。嫋巨索，掉長竿。太常部伎有等級，堂上者坐堂下立。堂上坐部笙歌清，堂下立者鼓笛鳴。笙歌一聲眾側耳，鼓笛萬曲無人聽。……

在宮庭中，坐伎部較為人重視，而立伎部卻鼓笛萬曲無人聽賞。

唐代的教坊，人員究竟有多少？雖無明確記載，然《新唐書·百官志》「大樂署」條注云：

> 舞郎一百四十人，散樂二百八十二人，仗內散樂一千人，音聲人一萬二十七人。

這是龐大的數字，未必可信，然長安教坊中曾容納樂工、音聲人達數千人，或許可信。

據唐人崔令欽《教坊記》著錄的教坊曲，多達三百四十三種曲。這些樂曲，包括前朝的舊曲、盛唐時新興的俗樂，以及外國輸入的胡樂，樂工增飾過的法曲、大曲等。法曲是胡樂和清樂混

合的歌曲,大曲是經文人樂工編製的歌舞曲,可吟唱數遍,並配合舞蹈。從以上所述的文獻中和唐人的畫冊中,可想見當時笙歌的鼎盛。

在民間,由於「上有所好,下必效之」的心理,歌謠雜舞也特別風行。唐代的社會,是個普遍重視詩歌的時代,唐人喜歡歌唱,從詩歌中,他們表現了活耀的生命力,從歌聲中,他們抒唱出熱情和願望。清光緒二十五年(1899)初夏,敦煌藏經室的發現,其中有不少唐人民歌的卷子,是為「敦煌曲子詞」。可知唐代的民歌,大抵來自民間的酒令、俚歌、謠曲,或採自四方的夷歌胡樂而配以新詞,也有摘取「法曲」或「大曲」中的精華,稱為「摘遍」。歌詞中充滿了活潑、樂觀、熱情的情調。例如敦煌曲子詞中的〈菩薩蠻〉:

> 枕前發盡千般願,要休且待青山爛;水面上秤錘浮,直待黃河徹底枯。　　白日參辰現,北斗迴南面,休即未能休,且待三更見日頭。

這是男女「誓言」的情歌,表示彼此永愛不渝。在枕前發願,如果要休,不來往,除非是青山爛,秤錘浮,黃河枯,參辰白天出現,北斗南迴,三更見日頭,這六件事,純然是不可能出現的,以表示愛情的永固。與漢代的民歌〈上邪〉,極為相似:

> 上邪!我欲與君相知,長命無絕衰。山無陵,江水為竭,冬雷震震夏雨雪,天地合,乃敢與君絕。

這都是民歌中的上品，發自於真摯的心。

唐代的民歌，在任二北所輯的《敦煌曲校錄》中，共收有五十六種曲調，歌詞五百四十五首。其次，宋郭茂倩《樂府詩集》中，在「近代曲辭」和「雜歌謠辭」裡，也收錄有唐代的民歌，文人仿製的歌詞也合在一起，這些都是保存唐朝民歌最珍貴的主要資料。

敦煌曲子詞〈望遠行〉云：「行人南北盡歌謠。」劉禹錫〈竹枝詞〉云：「人來人去唱歌行。」可知唐人在口頭傳唱的歌謠著實不少。白居易〈楊柳枝〉云：「六么水調家家唱，白雪梅花處處吹。」像〈竹枝詞〉、〈楊柳枝〉之類的歌曲，是唐人市井街陌的情歌；〈水調歌頭〉、〈浪淘沙〉是水鄉傳唱的工作歌；〈回波樂〉、〈拋毬樂〉、〈玉樓春〉等，是宴席間勸酒的酒令；〈六么〉（一名綠腰）、〈菩薩蠻〉、〈西河劍器〉、〈霓裳羽衣曲〉，是傳唱民間的胡歌舞曲。

杜甫在〈閣夜詩〉曾感慨地說：「野哭千家聞戰伐，夷歌數處起漁樵。」儘管中原遭受突厥胡人入侵之苦，但到處依然聽得漁樵們在唱「夷歌」，足見夷歌胡樂在民間普遍流行的現象。

由此可知，唐代社會，朝野笙歌不輟，這正是唐詩興盛的主要原動力。一般人提到唐詩，多指文人的詩篇而忽略了民間的歌謠；其實，民間無名氏的歌謠，才是一股無比的力量，支持著唐詩的繁榮。

㈢民間的節日

在唐詩中，記錄下唐人許多重要的節日。其中較重大的節日，有正月初一——新年；正月十五的「上元節」；二月初一的

「中和節」；三月三日的「上巳」，曲水流觴，飲酒祓禊；五月五
日的「端午節」；八月五日的「千秋節」，唐明皇生日，也稱
「誕節」；九月九日的「重陽節」；十二月卅日過年。唐代昇平
時，人們特重視節日，其中尤以千秋節為盛，舉國騰歡數日，熱
鬧極了。

　　從唐人詩句中，可以瞭解各個節日的風尚。例如〈上元樂〉
是高宗時所作的大曲，用以宴群臣時的舞曲。〈落梅花〉是正月
十五燈節時所唱的歌，不僅流行宮中，民間也在傳唱。蘇味道
〈上元詩〉云：「遊妓皆穠李，行歌盡落梅。」郭利貞〈上元詩〉
云：「更逢清管發，處處落梅花。」

　　上巳祓禊日，曲水流觴除災求福。長安的豪貴們，更是珍惜
這春天的節日，在曲江或樂遊原宴飲的情景。杜甫的〈麗人行〉
描寫得很詳盡：「三月三日天氣新，長安水邊多麗人。……黃門
飛鞚不動塵，御廚絡繹送八珍。簫鼓哀吟感鬼神，賓從雜遝實要
津。……」記述楊貴妃的兄弟姊妹在郊野宴樂，太監忙著送菜，
樂伎在旁演奏，陪從的賓客，個個是當朝的要員。他們一邊喝
酒，一邊行酒令，唱〈回波樂〉、〈上行杯〉、〈下水船〉之類的
歌。

　　唐人在端午節時，泛龍舟，鬥百草，這種民俗，由來已久。
同時也有泛龍舟和鬥百草的歌。梁·宗懍《荊楚歲時記》云：
「五月五日，四民並踏百草，又有鬥百草之戲。」唐·韋絢的
《嘉話錄》，記載中宗時，安樂公主在端午節鬥草。民間更是流行
鬥草的遊戲，如崔顥〈少婦詩〉：「閑來鬥百草，度日不成妝。」
貫休〈春野詩〉：「牛兒小，牛女少，拋牛沙上鬥百草。」小孩
們在草地上擇草根或草莖比勝負，這是童年的歡樂時光，唐代的

孩童，也不例外。

在所有的節日中，最熱鬧的，莫過於八月五日的「千秋節」。這天是唐明皇的華誕，宮中在勤政樓大宴百官，在花萼樓前張燈結彩，舞馬笙歌，表演雜技；民間萬方同樂，舉國騰歡。文士詞臣，也多賦詩記載節日的活動。《新唐書·禮樂志》記載：

> 唐之盛時，凡樂人、音聲人、太常雜戶子弟，隸太常及鼓吹署，皆番上總號，音聲人至數萬人。玄宗又嘗以馬百匹，盛飾，分左右，施三重榻舞。……每千秋節，舞於勤政樓下，後賜宴設酺，亦會勤政樓。……玄宗以八月五日生，因以其日名節，而君臣共為荒樂，當時流俗多傳其事以為盛。

晚唐時，依然保有這個節日。張祜〈千秋樂〉云：「八月平時花萼樓，萬方同樂奏千秋。傾城人看長竿出，一伎初成趙解愁。」又〈大酺樂〉云：「車駕東來值太平，大酺三日洛陽城；小兒一伎竿頭絕，天下傳呼萬歲聲。」在千秋節中，設宴歌舞，表演百戲雜技，一連歡樂三天，他們喝酒歡宴，唱〈千秋樂〉、〈無疆壽〉、〈獻壽曲〉、〈聖壽樂〉等祝壽歌。

九月九日重陽登高，又是個歡樂的日子，民俗有插茱萸，飲菊花酒的習俗，以消災厄。王維的〈九月九日憶山東兄弟〉，最為膾炙人口：

> 獨在異鄉為異客，每逢佳節倍思親；

遙知兄弟登高處，遍插茱萸少一人。

唐代臣子「應制」的詩最多，尤其是重九應制，應皇帝的詔令寫的，寫好了給皇上看，可以展現自己的才華，表示登高能詩。例如蘇瓌〈九日應制〉：「清切絲桐會，縱橫文雅飛。」李嶠〈九日應制〉：「御氣雲霄近，乘高宇宙寬。」楊廉〈九日侍宴應制〉：「既開黃菊酒，還降紫微星。」都是一些頌揚的詩句，皇帝看得自然開心，於是「有賞」。

明胡震亨《唐詩談叢》卷三，對唐人節日的慶祝活動，也有詳盡的記載：

> 唐時風習豪奢，如上元山棚，誕節舞馬、賜酺，縱觀萬眾同樂，更民閒愛重節序，好修故事，綵縷達於王公，粗粖不廢俚賤，文人紀賞年華，概入歌詠。……遇逢諸節，尤以晦日、上巳、重陽為重，後改晦日立二月朔為中和節，並稱三大節。……凡此三節，百官游讌，多是長安、萬年兩縣，有司供設，或徑賜金錢給費，選妓攜酒，幄幕雲合，綺羅雜沓，車馬駢闐，飄香墮翠，盈滿於路。朝士詞人有賦，翼日即流傳京師。當時倡酬之多，詩篇之盛，此亦其一助也。

由此可知，唐人的節日風光，也助長了唐詩的發展。

㈣養伎的風氣

從上述的各種樂伎群俑，便可聯想到唐朝士大夫家，有養伎

的風氣。唐人門第的觀念，沿六朝舊俗，劉禹錫〈金陵五題〉中有「舊時王謝堂前燕，飛入尋常百姓家。」舊門第已沒落，而唐朝新貴、新門第又建立，如趙李楊崔張五大姓的聯婚，不納異姓，豪門相親，婚姻也講門戶相當。於是在元稹的《會真記》，白行簡的《李娃傳》也隱約提到唐人的門第觀念。

　　唐朝的帝王、諸侯王，都有「教坊」、「梨園子弟」等官家樂伎，而仕宦之家，也蓄養私家歌伎。一般士大夫或詩人，當他們寫好一首詩，便藉家伎、愛妾、樂工來吟唱，以快耳目，以廣流傳。他們生前如此，死後，家屬親人也比照過去的生活方式，用樂伎俑來送葬，希望他們在「九泉」地下，仍可享聲歌吟唱的樂趣。

　　「司空見慣」一辭，今人用以比喻平時常見的事，不足為奇。但該成語的本事，便顯示唐人有養伎的習俗。指司空李紳因仰慕蘇州刺史劉禹錫的詩名，便邀他到家裡來，並遣家伎唱詩勸酒。席間，劉禹錫很賞識李司空家的歌伎，便寫下〈贈李司空伎〉詩一首：

　　　　高髻雲鬟宮樣妝，春風一曲杜韋娘；
　　　　司空見慣渾閒事，斷盡蘇州刺史腸。

李紳讀罷，便把這名家伎慷慨地送給劉禹錫。唐人把家伎送人，也是「司空見慣」的韻事。

　　劉禹錫另有〈泰娘歌〉一首，詠韋尚書家歌伎泰娘一生的遭遇。泰娘本是吳郡昌門（今江蘇蘇州）人，被韋武所羅致，教她歌舞新聲，便成了韋家的歌伎。不久，被帶往長安，經常在豪貴

們宴遊時，出來唱歌，名著京都。韋尚書卒後，她便流落民間賣唱。又被蘄州（今湖北）刺史張愻所賞識，又成了張家的樂伎。張愻被貶謫到武陵（今湖南常德），她又被帶到武陵，不幸張愻去世，她便旅居客地，終日抱琵琶哀泣。元和年間，劉禹錫被降職到朗州（今湖南常德），一日，聽到泰娘的歌聲，才知道她的身世淒涼，便為她寫了這首〈泰娘歌〉。泰娘的遭遇，也是唐代一般家伎的寫照。

據孟棨《本事詩》的記載，白居易家也有歌女樊素、小蠻兩人，樊素善歌，小蠻善舞，所以白居易詩有「櫻桃樊素口，楊柳小蠻腰」的句子。此外，白居易〈燕子樓詩〉寫徐州張尚書家有愛姬盼盼，善歌舞。張尚書死後，盼盼念舊情，獨居燕子樓十餘年而不嫁，故白居易詩云：「滿窗明月滿簾霜，被冷燈殘拂臥床；燕子樓中霜月苦，秋來只為一人長。……今春有客洛陽回，曾到尚書家上來；見語白楊堪作柱，爭教紅粉不成灰。」使人讀後，也為她的身世悲涼而感傷。

杜牧有〈張好好詩〉，記敘吏部尚書沈傳師出為江西觀察使，張好好才十三歲，便以善歌而入沈家為家伎。沈死後，好好落為洛陽酒店當壚賣酒的女子。杜牧另有〈杜秋娘詩〉，記述杜秋本是金陵女子，十五歲作了李錡的妾，後錡犯罪，被滅籍，杜秋入宮，穆宗命她為皇子褓姆，後漳王廢，賜歸故里，晚景困頓。今有〈金縷衣〉傳世：

　　勸君莫惜金縷衣，勸君惜取少年時；
　　花開堪折直須折，莫待無花空折枝。

這是一首可唱的「聲詩」，之田點《樂府詩集》視為李錡作，《全唐詩》列為無名氏的作品，蘅塘退士孫洙將此詩收在《唐詩三百首》最後一首，視為杜秋娘所作。讀其詩，想望其人，定是個敏慧的女子，難怪唐人羅隱〈金陵思古〉詩云：「杜秋在時花解語，杜秋死後花更繁。」

像泰娘、盼盼、好好、杜秋等女子，都是遭到悲劇性的下場，令人同情。當然也有遭遇很好的，不然，為甚麼有人願意走上這條路呢？唐人蓄伎，已是很普遍的現象，這與當時的社會風氣有關，由於當時的進士浮華，藝伎和宴樂，已成中唐晚唐士子生活的一部分，如孫棨的《北里志》便多記載此事。

㈤陶馬和駱駝

在唐三彩中，最唯妙唯肖，也最引人注目的是陶馬和駱駝。漢人的「塗車」，有銅鑄的車馬和人物，到了唐朝，唐人改為陶馬在殉葬。但在體積上，陶馬要比銅鑄的馬匹增大兩三倍。就以國立歷史博物館所收藏的「陶馬」來看，便有兩種：一種是沒上彩釉的；另一種是上三彩釉的。沒上彩釉的陶馬，必是繪上朱墨，成為「繪彩陶馬」，且配有層層雕鏤的華鞍，表層黏有斑剝的紅土，越發增加幾分古意盎然的感覺。無論三彩馬或繪彩馬，馬尾的部分都曾修剪且束成短尾，從陝西乾縣所發掘的唐章懷太墓墓道口東壁壁畫的出行圖，其中的馬尾也束剪成短尾，可知當時宮庭中所用的馬，馬尾是經過修剪的。

有些陶馬背上騎有武士、獵士、馬弁，如唐懿德太子墓所出土的繪彩陶馬或三彩陶馬便是，其中繪彩馬首，尚塗上金色，更是金碧輝煌，色彩豔麗。底下是一匹繪彩陶馬，馬背上騎著一位

赤膊的馬弁，從他向外擴張的鬍鬚，如同刺蝟的毛，爽朗健壯的
造形，倒有幾分幽燕俠客的模樣，使人聯想起李頎筆下的〈古意〉
所塑造的人物，詩句是這樣：

> 男兒事長征，少小幽燕客。賭勝馬蹄下，由來輕七尺；殺
> 人莫敢前，鬚如蝟毛磔。黃雲隴底白雪飛，未得報恩不能
> 歸。遼東小婦年十五，慣彈琵琶解歌舞，今為羌笛出塞
> 聲，使我三軍淚如雨。

北人騎馬，南人乘船，這是地理環境使然。北人銀鞍雕彩，
南人畫舫飄旌，都表現了華麗生活的情趣。馬是北方主要的交通
工具，良驥日行千里，所以北人愛馬，良馬出於塞外，故有「胡
馬」之稱。馬是征戰時所不可或缺的工具，稱戰馬、戎馬。馬到
成功、汗馬功勞，說明了古代馬的重要性。唐人愛馬成性，上自
帝王，下至庶民，無一例外。就如同今人喜愛轎車，講究名貴的
牌子，考究款式和年代，是同樣的心理。如唐太宗的「拳毛
騧」，玄宗的「玉花驄」、「照夜白」，郭子儀的「師子花」，算是
名貴一時的千里馬。陳鴻的〈東城老父傳〉描寫十三歲的賈昌，
因善於鬥雞走馬，被玄宗所寵愛，當時民間還編一首歌謠來譏
諷。歌詞是：

> 生兒不用識文字，鬥雞走馬勝讀書。賈家小兒年十三，富
> 貴榮華代下如。……

唐人陪葬的三彩陶馬，造形最為華麗。國立歷史博物館的那

件棕色花馬，高七十四公分，長七十公分，綠色的雕鞍，氣概昂然。另一件純棕黃色的陶馬，白色的頭部，微綠色的蹄，高六十九公分，長六十五公分，配有鞍轡，形態壯觀。這些是民國十七年，在廣武和洛陽等地出土的。

唐人的陶馬，臀部顯得格外渾圓肥大，看上去似乎有不成比例之感。其實這是唐人藝術的特徵，無論從建築、塑像、繪畫、陶馬，以及文學，都重視色澤的鮮麗，氣象的蓬勃。譬如唐朝的廟宇，線條單純，屋宇尾端微翹，但視野開闊，帶有雍穆的氣氛。敦煌的佛像、人物，有金碧輝煌、華貴富麗的餘味。三彩陶馬的肥臀壯格，跟唐人畫馬的風格相同。今國立故宮博物館存有唐韓幹的「牧馬圖」，所畫的馬，是同類的造形。杜甫〈丹青引贈曹霸將軍詩〉，曾批評韓幹的馬畫得太肥，詩句是：

> 弟子韓幹早入室，亦能畫馬窮殊相。幹惟畫肉不畫骨，忍使驊騮氣凋喪。……

韓幹是曹霸的學生，但他們師生畫馬的風格各自不同。因杜甫不欣賞「畫肉」的馬，他認為「畫骨」的馬才有精神，所以才有這樣的批評。其實肥大型的馬，才是大宛馬，性馴健行；「畫肉」的馬與三彩馬的造形相似，合乎唐人寫實、審美的觀念。

唐人詠馬的詩，隨處可見。如張仲素〈天馬〉詩：「天馬初從渥水（今甘肅安西）來，郊歌習唱得龍媒。」說明「天馬」「龍媒」等千里馬，大抵產自西域各國，唐人稱之為「大宛馬」。又韓翃〈觀調馬〉詩：

鴛鴦赫白齒新齊，晚日花車放碧蹄；

玉勒乍迴初噴沫，金鞭欲下不成嘶。

詠騎師訓練新花馬的情景。唐宮庭中設有調馬的官員，稱為「中官」，故韓偓〈苑中〉詩有「中官過馬不教嘶」的句子。其他如走馬、跨馬、放馬，寫以馬代步的詩句，更是常見。如「跨馬出郊時極目」（杜甫〈野望〉）、「棚前走馬人傳語」（王建〈宮詞〉）、「村樓西路雪初晴，雲暖沙乾馬足輕」（李郢〈送劉谷詩〉）等便是。

駱駝和馬，都是來自西域，產於沙塞之間，合稱駝馬。駝馬為我國西北的主要交通工具。唐人與西方的交通，是通過「河西走廊」，經張掖、酒泉、安西、敦煌等地，進入西域，通往中東、印度、歐洲等地。我國以產絲稱著，而這條東西的交通線，便稱為「絲道」。唐玄奘往印度取經，便是循此路線前往，在沙漠中所見到的海市蜃樓，以及通過世界最炎熱的地區吐魯番，便成了明代吳承恩《西遊記》中的妖魔鬼怪，牛魔王和火炎山等志怪故事。

唐朝國力強大，四境夷邦，稱臣納貢。於是京洛一帶，胡使胡商往來其間，西域的特產如玉和酒、馬匹和駱駝，也被帶到中原來。唐人以陶馬、三彩駱駝為殉葬品，可知京洛一帶，除了馬匹以外，駱駝也是唐人所習用的交通工具。今國立歷史博物館收藏有「三彩駱駝」、「三彩駱駝騎士」數件，都是雙峰駱駝。就以「三彩駱駝騎士」而言，高七十九公分，長五十公分，騎者為一胡人，跨坐在雙峰間的墊鞍上，神態自若，駱駝昂首張口，舌齒可見。

　　駝馬是沙塞間的交通工具，也是征戰時所不可缺少的利器，塞上飛馬奔駝，守關拒寇，啟開了唐代邊塞詩的新天地。

　　唐朝一些年輕的愛國詩人，經常出入於沙漠和關塞間，把邊塞的風光和豪情寫入詩中，於是邊塞詩便成為唐詩中的另一特色，著名的詩人有高適、王昌齡、王之渙、岑參、李頎、盧綸等。他們把青年保國的熱情和沙塞的景色結合，使生活的視野拓寬，那亙古如一的沙漠，逶迤的長城，胡人的出沒，塞外的苦寒酷熱，以及壯士思鄉、出塞立功的豪情，生與死的搏鬥，一一寫入詩篇，造成邊塞詩悲壯的詩境。例如，王翰〈古長城吟〉：「麒麟前殿拜天子，走馬西擊長城胡。」高適〈燕歌行〉：「校尉羽書飛瀚海，單于獵火照狼山。」這是寫豪壯的一面；又如陳陶〈隴西行〉：「可憐無定河邊骨，猶是春閨夢裡人。」王瀚〈涼州詞〉：「醉臥沙場君莫笑，古來征戰幾人回？」這是寫悲涼的一面。同時，他們也寫下心中的願望，如王昌齡的〈出塞〉：

　　　秦時明月漢時關，萬里長征人未還；
　　　但使龍城飛將在，不教胡馬渡陰山。

這是一首上上品的邊塞詩，被後人視為唐人絕句的壓卷好詩。詩中抒願，願國家有良將鎮邊，從此邊境寧靜，不再有烽火出塞的事發生。而王之渙的〈出塞〉：

　　　黃河遠上白雲間，一片孤城萬仞山；
　　　羌笛何須怨楊柳，春風不渡玉門關。

首句亦作「黃沙直上白雲間」，全首寫塞外之景，末以塞外無春作結，孤高荒涼，塑景真美。

　　唐人以馬入詩較為常見，但以駱駝入詩，便不多見。如杜甫的〈麗人行〉：「紫駝之峰出翠釜，水精之盤行素鱗。」寫駝峰為八珍之一。又〈哀王孫〉：「昨夜東風吹血腥，東來橐駝滿舊都。」《舊唐書・史思明傳》云：「自祿山陷兩京，常以駱駝運御府珍寶於范陽。」寫駱駝為胡人所用的交通工具。至於杜牧的〈過清華宮〉：「一騎紅塵妃子笑，無人知是荔枝來。」詠驛馬本是用作軍情的「限時專送」，如今竟用來替楊貴妃送荔枝，合乎詩人「溫柔敦厚」諷諭的效果。

　　《唐詩紀事》還有一段記載「以妾換馬」的故事：白居易曾向裴度求馬，裴度隨口吟了兩句詩，向他開玩笑：「君若有心求逸足，我還留意在名姝。」要白居易帶妾來換馬。白居易也回答以詩：

　　　　安石風流無奈何？欲將赤驥換青娥；
　　　　不辭便送東山去，臨老何人與唱歌？

白居易怎捨得呢？便說：如果不拒絕，把愛姬送給老朋友，但自己年老了，又有誰會唱歌給他聽呢？其實，裴度又何嘗願奪人之美？後來還不是無條件把馬送給白居易。比起李白的〈將進酒〉：

　　　　五花馬，千金裘，呼兒將出換美酒，與爾同銷萬古愁！

「以馬換酒」來招待賓客,這種豪情,比起白居易來,李白要曠放灑脫多了

㈥唐人的服飾

在唐人的詩句中,經常提到唐人的服飾。如杜秋娘的〈金縷衣〉:

> 勸君莫惜金縷衣,勸君惜取少年時。
> 花開堪折直須折,莫待無花空折枝。

又李商隱的〈為有〉:

> 為有雲屏無限嬌,鳳城寒盡怕春霄。
> 無端嫁得金龜婿,辜負香衾事早朝。

詩中的金縷衣和金龜,都是指富貴者的服飾。金縷衣是用金線織成的衣裳,喻華麗的衣服。「金龜婿」,是旨佩金龜作官的夫婿。唐代三品以上的官員,著朝服,並佩有金線魚形或龜形的袋子。《舊唐書・輿服志》云:「天授元年(690),改內外所佩魚皆為龜,三品以上龜袋用金飾。」唐代史籍中,經常記載某些大臣受皇上的恩寵,賜緋袍魚袋,是指授紅色袍和繡有金線的魚形或龜形的袋子,這是象徵榮寵有加的意思。

唐朝的服飾是很複雜的,由於胡漢民族的融和,版圖的遼闊,衣服和裝飾,往往隨地而異。然官員的輿服卻有一定,從

《唐書・輿服志》中可得其梗概。民間的服飾，則南北寒暑有
異，從唐人的畫中，可直接看出唐人的服飾，而且用圖片表明，
比用文字說明容易瞭解。況唐三彩陶俑裡，文官俑和武官俑的服
飾便大有差別；樂伎俑和唐畫中的仕女衣裝，亦有不同。至於侍
者、僕役、胡人的服飾亦有差異。我國向稱衣冠上國，歷代服飾
的變化，也代表了文化的遷移。在國立故宮博物院藏有唐太宗的
畫像，從這幅畫中，可知皇帝的龍袍是一襲黃色的長衫，腰間有
一束帶，胸口繡有金線龍紋。其他如懿德太子墓的儀仗、列戟的
壁畫圖，亦可以看出文武百官士卒的衣裝。

　　從唐人衣服的顏色，也可以區別貴賤。大抵五六品的官著青
綠色的衣衫，如戶曹參軍、州郡司馬之類；三四品的官員，著緋
袍並佩有魚袋，如刺史、侍郎之類；一二品的官員，則著紫袍，
俗稱「紅得發紫」，乃紫色衣服最為高貴，如丞相、宰佐、秘書
監、太子少傅等。皇帝則黃袍。清趙翼《甌北詩話》舉白居易衣
著為例，並引詩為證：

　　　香山詩不惟記體，兼記品服。初為校書郎，至江州司馬，
　　　皆衣青綠。有〈春去〉詩云：「青衫不改去年身。」〈寄
　　　微之〉云：「折腰俱老綠衫中。」及〈琵琶行〉所云「江
　　　州司馬青衫濕」是也。為刺史始得緋，有〈忠州初著緋答
　　　友人〉詩，有〈謝裴常侍贈緋袍魚袋〉詩。由忠州刺史尚
　　　書郎，則又脫緋而衣青。有詩云：「便留朱紱還鈴閣，卻
　　　著青袍侍玉除。」時微之已著緋，故贈詩云：「笑我青袍
　　　故，饒君茜綬殷。」及除主客郎中知制誥，加朝散大夫，
　　　則又著緋，而微之已衣紫。故贈詩云：「我朱君紫綬，猶

未得差肩。」除秘書監始賜金紫，有拜賜金紫詩云：「紫
袍新秘監，白首舊書生。」太子少傅品服亦同。故詩云：
「勿謂身未貴，金章照紫袍。」此又可抵輿服志也。

　　至於唐代女子的服飾，變化最多，如貴婦人的服飾，雲鬢高
髻，畫眉傅粉施朱，於兩鬢額角處貼有花黃，身著露背小紅襦，
長裙垂地，外罩薄衫，或長條披肩；而宮女的服飾大致亦如是。
今從唐三彩舞妓俑或樂伎俑，可知女子多有「披肩」，其他如唐
周昉〈簪花仕女圖〉、永泰公主墓、懿德太子墓中的壁畫，可得
知唐代宮庭女子的服飾。
　　從杜甫的〈麗人行〉、白居易的〈時世妝〉，可知當時長安婦
女服飾的一般現象。麗人行固然是描寫盛唐時楊家姊妹衣著的華
麗；同時，也反映了長安貴婦人一般的裝束。詩句是這樣：

　　三月三日天氣新，長安水邊多麗人。態濃意遠淑且真，肌
　　理細膩骨肉勻。繡羅衣裳照暮春，蹙金孔雀銀麒麟。頭上
　　何所有？翠微匎葉垂鬢脣。背後何所見？珠壓腰衱穩稱
　　身。……

她們穿著繡有孔雀麒麟的羅裳，頭上帶翡翠的花飾直垂到鬢邊，
腰帶上還綴滿了珍珠，真可稱得上華貴極了。白居易的〈時世妝〉
對仕女臉部的化妝，描寫得更是清楚：

　　時世妝，時世妝，出自城中傳四方。時世流行無遠近，顋
　　下施朱面無粉。烏膏注脣脣似泥，雙眉畫作八字低。妍蚩

> 黑白失本態，妝成盡似含悲啼。圓鬢無鬢堆髻樣，斜紅不
> 暈赭面狀。昔聞被髮伊川中，辛有見之知有戎。元和妝梳
> 君記取，髻堆面赭非華風。

元和年間的時世妝，直至晚唐猶未改變，周昉的〈簪花仕女圖〉
所梳的圓鬢堆髻，尤其八字短眉的化妝法，在圖中很突出。而唐
三彩舞伎俑的白粉傅面，雙頰施朱，也很出色。

從唐詩唐畫中，可知唐代仕女服飾的豔麗，款式的開放，羅
紗隱肌膚，類似今人的晚禮服，大抵受西域胡風和佛教文化的影
響所致吧！

七、唐詩與唐三彩交會的心靈世界

在中國，古人論詩，往往有「窮而後工」的說法；在日本，
廚川白村主張：文學是「苦悶的象徵」。其實，他們的觀點是一
致的。

在我們日常生活中，經常被一些事情，侷促在一定的領域
裡，無法超越，也無法擺脫。因此，一些詩人和藝術家，便是先
知，指引我們突破時空的限制，進入心靈的世界。無論是一首
詩、一闋歌、一幅畫、一尊雕像，都是心靈活動的歷程，使我們
擺脫現實生活的羈絆，而陶醉在心靈世界中，得到無上的喜悅和
安慰。

唐代詩人，主要的是一些文士和官員，倘若他們在承平的社
會中，平順的生活裡，沒有坎坷，沒有愁苦，那只好寫一些贈
答、應制的詩，偶而也寫一些登臨、懷古的作品。這類的詩，缺

乏強烈的生命力，沒有特殊的感受，也開展不了心靈世界的天地。唯有當他們在失意、窮途潦倒時，才顯示他們迫切需要藉詩歌在抒吐他們的情懷，尋求心靈的寄託，或對未來的一切，加以展望。由於他們在現實世界中得不到滿足，便渴望在另一個心靈世界中得到補償。所以今天被人傳誦的唐詩，大抵是愁苦時的作品，表現了唐人現實生活的遭遇和心靈世界的多角城。

　　唐詩精美，人人喜愛，是中國最好的文學遺產之一，也是世界文學的瑰寶。今就唐詩中，在「心靈世界」上的開拓，略舉數端如下：

㈠聲音的藝術

　　詩歌朗誦，是在追求聲音的藝術。大抵詩歌可分為兩個部分：一是情意，一是聲音。而詩歌朗誦，便是把情意和聲音二者完美的結合。詩歌僅憑文字符號的記錄，只是靜態的、平面的，它需要透過脣吻的適會，發出抑揚頓挫的聲浪，變為動態的、立體的，才能搖蕩我們的情靈，收到共鳴的效果。

　　唐人朗誦唐詩，採用兩種方式：一種是「吟讀」，另一種是「吟唱」。詩歌吟讀，只是揣摩其中的情意和韻律，便隨口諷誦，音韻中，自然有抑揚緩急的節奏，激發出詩歌中情韻之美。例如：

> 陶冶性靈存底物，新詩改罷自長吟。——杜甫〈解悶詩〉
> 回首吟新句，霜雲滿楚城。——張籍〈使回留別襄陽李司空詩〉

從這些記載，說明唐人寫好一首詩，在自我吟讀。這種吟讀方式，跟後人賞玩前人的詩，在隨口吟讀，方式是一樣的。

其次，是吟唱。詩歌吟唱，便有曲調，吟唱時，聲調的高低，音節的長短，腔調的變化，都要依照一定的曲譜或曲調來唱詩。這時，詩是合樂的歌，還可以使用樂器來伴奏。唐人的小歌短詩，有很多便是合樂的聲詩。例如：

> 孺子亦知名下士，樂人爭唱卷中詩。——韓翃〈送鄭員外〉
> 席上爭飛使君酒，歌中多唱舍人詩。——白居易〈醉戲諸妓〉

唐人的絕律和小篇的樂府詩可以吟唱，唐人筆記如薛用弱的《集異記》、范攄的《雲溪友議》、崔令欽的《教坊記》等多有所記載。唐人唱詩，還可以用琵琶絃索來伴奏，那些唐三彩樂俑中，抱琵琶絃索的為多，便可知道，琵琶是當時的主要樂器。

唐朝帝王家有「教坊」、「梨園」的設置，士大夫家有蓄養樂伎的習俗，民間旗亭酒肆也有唱詩的風氣。因此，李白在沈香亭賦〈清平調〉，唐明皇撅笛，楊貴妃撥琵琶，傳唱新聲；王維在渭城餞別友人，席間唱〈陽關三疊〉，王昌齡、高適、王之渙在「旗亭畫壁」，歌伎們在傳唱他們的絕句，以定高下；薛濤、劉採春等樂伎能唱時人才子所作五七言詩百餘篇；白居易家有歌伎唱當朝權貴們的詩；李錡妾杜秋娘〈金縷衣〉；以及宮中傳唱〈何滿子〉，市井街陌能唱〈竹枝〉、〈楊柳枝〉；至今猶為世人所熟悉的，有關唐詩吟唱的故事。可惜唐人吟唱詩歌的曲譜，今已散佚，不可得聞。僅韓國和日本，尚保存唐人的雅樂如〈洛陽

春〉、〈拔頭〉、〈蘭陵王〉等數闋，以及敦煌卷中的《敦煌琵琶譜》二十五首，可謂唐人的遺音了。

今人朗誦唐詩，學者名流多採吟讀方式，而民間詩社，時有煮粥聯詠的盛舉，在廟宇中聯吟，用鐘鼓來催詩，在亭臺樓榭賦詩，燃香計時交稿。悠悠鐘聲，群賢畢至，聚集一堂，吟哦賦詩，開拓心靈世界的另一個宇宙。今以詩社中吟唱的〈江西調〉為例，這個調子，適合詠平起格的七言絕唱，今記譜如下，以供參考：

目前在臺灣各詩社中，也保留不少吟唱唐詩的曲調，他們口耳相傳，傳唱不絕。今再舉臺北天籟吟社的〈天籟調〉為例。此種曲調，適合吟唱七言絕句，如將原曲調疊唱一遍，還可吟唱七言律詩，今記譜如下：

C調 4／4　　　朝發白帝城　　李白 詩
　　　　　　　　　　　　　天籟 調

| 6 6 — — | 3 3 6̲ 3· | 3̲ 5 6 — |
| 朝 辭 | 白帝彩雲 | 間 |

| 2·3 3 5 | 5 — 2̲1̲ 6 | 1 — 0 0 |
| 千里江陵 | 一 日 還 |

| 3·2̲ 3 5 | 3 — 2·3̲ | 2̲ 1 6 — — |
| 兩岸猿聲 | 啼不 住 |

| 2 3 2 — — | 2·6̲ 5·6̲ | 1 — — 0 ‖
| 輕舟 | 已過萬重 | 山 |

這些口耳相傳的曲調，前人不曾做過記譜的工作，它的由來，已不可考。今依聲記譜，可供吟唱其他絕律之用。唐詩吟唱，畢竟是聲音的藝術，不是文字所能記載描述的，尤其是腔調的變化，音調發自丹田，與一般的歌唱異趣。在唐詩吟唱中，〈江西調〉高亢而蒼涼，〈天籟調〉宛轉而流麗，曲調雖然不

同，確有異曲同工之妙。從今人的曲調中，去想像唐人在「音樂文學」上的開拓和成就，啟示後人探討詩學，不宜僅限於文字上情意的尋求，應配合聲詩在朗誦上的節奏，去體會唐詩情韻之美，以合乎唐人追求「聲音藝術」的原意。

(二)詩意的寬度

唐人詩歌中，沿用六朝人清商曲辭中的「吳歌格」，大量使用諧音雙關語，使詩意拓寬，這項創作技巧，後人稱為「吳歌格」或「風人體」。唐詩中使用諧音雙關語的，以樂府詩為最多，這種現象是受了六朝諧讔雙關詩餘波的影響。因為樂府詩比一般的五七言古詩更富音樂性，且詞意淺俗，易落於一瀉無遺的缺點，因此詩人們為了彌補這項缺憾，便在詩中加入諧音諧讔，一語雙關的成分，使詩意耐人尋味，而得言有盡而意無窮的詩趣，以增加詩歌的寬度。例如溫庭筠〈新添楊柳枝辭〉：

> 井底點燈深燭伊，共郎長行莫圍棋；
> 玲瓏骰子安紅豆，入骨相思知不知？

井底點燈——深燭伊，是歇後雙關語。「燭」諧「囑」，告訴的意思。「長行」同字諧音雙關語，表層的意義是指下圍棋下了很久，裡層的意義是與你「長久來往」。「圍棋」諧「違期」，指莫錯過婚期。玲瓏骰子安紅豆——入骨相思，是歇後雙關語。「紅豆」是「相思」的隱語。全詩的大意是：讓我深深地告訴你，與你長久來往，不要再錯過婚期了。我對你的一往情深，好比骰子上的紅點子，那是刻骨相思，你知道嗎？

這是一首歌，歌的表面，全是不相干的話，但真正的意思，卻在裡層，含蓄而極富詩趣。這種雙關語的詩，往往運用口語俗諺入詩，詩意雋永。又如陸龜蒙〈山陽燕中郊樂錄〉：

> 淮上能無雨？回頭總是晴；蒲帆渾未織，爭得一歡成。

詩中用「雨」諧「汝」，用「晴」諧「情」，用「歡」諧「歡子」，即愛人　這首詩表層的意思是說：「淮水上能不下雨嗎？回頭看總是一片晴天；蒲草編的帆還沒織好，織好了真該高興一番。」而詩裡層的意思，也就雙關語的所在，是說：「淮水上能沒有你嗎？回頭看總是一片情天；蒲草編織的帆還沒編好，編好了快把歡子（即愛人）接來。」像這類的詩，在詩意的開展上，極為寬廣，意在言外，有絃外之音，這是心靈世界的開拓，詩意隱曲而含蓄。

他如杜牧的「蠟燭有心還惜別，替人垂淚到天明」。蠟燭「有心」，「垂淚」惜別，卻暗示多情人「有心」，為惜別而「垂淚」，這是同字同音的雙關語。又如〈歎花〉中的「綠葉成陰子滿枝」，「子滿枝」的「子」，一方面是描寫花落結子，同時也諧他舊愛的女子，這時已是子女成群了。杜牧的〈歎花〉，其實是感歎舊情人已嫁給別人，而「花」便是指女子了。劉禹錫的〈竹枝詞〉，也巧妙地運用「吳歌格」雙關語，進而便是雙關意的使用：

> 山桃紅花滿山頭，蜀江春水拍山流；
> 花紅易衰似郎意，水流無限似儂愁。

這已不是諧音的雙關語，而是詞義的雙關意，郎意如「花紅易衰」，然儂愁卻似「水流無限」，且與前兩句景語呼應，使人感到真摯而深情，言有盡而意無窮。

詩以情意為主，唐詩能在詩趣和詩意上求變化，且能合乎唐司空圖《二十四品》中所謂的「不著一字，盡得風流」，不是更富詩趣嗎？詩人在創作過程中，喜歡用日常生活中常見的事物以寓情意，用意象表現心靈的活動，不直敘而意寓其中。這番錦口繡心，嘔心之作，讀詩的人，豈可輕易錯過詩人細膩的心思，而忽略了詩人深沈的巧思呢？

我國詩歌中，具有諷諭的精神，委婉陳詞而不直接表露心跡，合乎溫柔敦厚的詩教。譬如駱賓王被囚，〈在獄詠蟬〉以表明自己高潔的心跡，其中有云：「露重飛難進，風多響易沈；無人信高潔，誰為表予心？」露重風多，比喻眾口鑠金，怎能洗清冤曲，句句詠蟬，實是句句自況。又李商隱落第而詠〈野菊〉：「紫雲新苑移花處，不取霜栽近御筵。」新科進士如「紫雲新苑」，得「移花」「近御筵」，而野菊「霜栽」，便無此福份。故詩雖言野菊，其實是拿野菊自比。這種比興的手法，已不是字面上的諧音雙關，而已擴充到詩意的雙關了。

其他如政治的因素，不便直說，而借雙關意來表達的唐詩也不少，借夫婦之道以喻君臣之義，表面是道情，骨子裡頭卻是委婉陳詞，又是雙關意的妙用。如張籍的〈節婦吟〉：「還君明珠雙淚垂，恨不相逢未嫁時。」以婉拒李司空師道的召辟。又如朱慶餘的〈近試上張水部〉詩：

　　　　洞房昨夜停紅燭，待曉堂前拜舅姑；
　　　　妝罷低聲問夫婿，畫眉深淺入時無？

這是朱慶餘應考後與主考官水部郎中張籍打交道，問他能不能登
第的詩。這類事不便直問，只好借新婦的口氣，委婉陳詞。張籍
也和他一首，詩云：

　　　　越女新妝出鏡心，自知明豔更沈吟；
　　　　齊紈未足人間貴，一曲菱歌敵萬金。

張籍長於樂府詩，也隱約地告訴朱君，越女明豔，一曲值得上萬
金，考取自然是沒有問題了。這段故事，見唐·范攄的《雲溪友
議》。這件事便成了當時文壇佳話，也沒有人指責張籍和朱慶餘
串通作弊，可見雙關語和雙關意的巧妙，不但使詩歌更富情趣，
更使詩意大為拓寬。

(三)愛情詩的世界

　　唐人喜愛偶數，「鴛鴦」、「連理」、「比翼」、「同穴」，成
雙成對，造成對稱，寫文章，流行駢偶，稱為「時文」。如李白
〈春夜宴桃李園序〉：「夫天地者，萬物之逆旅；光陰者，百代
之過客。」又李商隱上〈河東公啟〉：「至於南國妖姬，叢臺妙
伎，雖有涉於篇什，實不接於風流。」寫詩便要寫雙句，還有專
講對仗的排律和部分對仗的律詩。如王維〈終南別業〉：「行到
水窮處，坐看雲起時。」杜甫〈野望〉：「海內風塵諸弟隔，天
涯涕淚一身遙。」唐人喪葬用的明器，也是成雙，有「文官俑」

便得有「武官俑」,「陶馬」也不是一隻,「僮僕俑」也要成
對。

　　唐人夫婦是一夫一妻制的,士大夫家或有三妻四妾的現象,
但仍以妻為正房,「額外」的就算是姬或妾了。唐代女子不懂得
「女權運動」,他們甚至明明是正房妻室,對「郎君」、「相公」
卻謙稱自己為「妾」。唐人的愛情詩,也是追求成雙成對的意
願。李商隱的〈柳枝〉:「畫屏繡步障,物物自成雙;如何湖上
望,只是見鴛鴦。」在李白〈長干行〉中所描寫的,真是一對
「青梅竹馬」、「兩小無猜」的好伴侶:

　　十四為君婦,羞顏未嘗開,低頭向暗壁,千喚不一回。十
　　五始展眉,願同塵與灰,常存抱柱信,豈上望夫臺?十六
　　君遠行,……。

這位長干里的女子,十四歲便結了婚。王維〈洛陽女兒行〉描寫
洛陽女子十五歲出嫁。所謂「義往」,據《禮記‧內則》所載,
女子二十出嫁為義往。韋應物中年喪偶,不再續絃,他有兩個女
兒,大女兒出嫁時,也沒有超過二十歲,他還寫了一首〈送楊氏
女〉。從這些詩看來,顯得唐人普遍地早婚。

　　唐人對愛情的追求,不似後人想像得那麼「閉塞」、「守
舊」,唐朝是個開放性的社會,青年男女們也很開朗、熱情,他
們往往借歌聲來追求愛情,就像六朝時傳唱吳歌西曲之類的戀歌
一樣,崔顥的〈長干行〉便採對口方式:

　　(女):「君家何處住?妾住在橫塘。停船暫借問,或恐

是同鄉。」

（男）：「家臨九江水，來去九江側。同是長干人，生小
不相識。」

這是仿民歌方式的小詩，詩中還是女的採取主動，男的卻顯得不
知趣，他說：「我本來也是長干人，只是從小離家，所以我們彼
此不認識。」真是個「呆瓜」。

唐人重視愛情生活，而結婚只是愛情的開端，在唐人的愛情
中，兼有「義」的成分，所以與其說是「愛情」，不如說是「情
義」。如果以「結婚為愛情的墳墓」來了解唐人的愛情生活，那
就不適合了。例如孟郊〈烈女操〉：

梧桐相待老，鴛鴦會雙死，貞婦貴徇夫，舍生亦如此。波
瀾誓不起，妾心井中水。

歌頌堅貞守節女子的詩，丈夫不幸去世，妻子便守節至死，從此
古井無波，春天不再來到。同樣的，妻子去世，丈夫落寞哀思。
如元稹〈遣悲懷〉：

……同穴窅冥何所望？他生緣會更難期。
惟將終夜長開眼，報答平生未展眉。

死後夫妻同葬一起，這期望未免太渺茫，或是來生再結為夫婦，
更是難以期待，不如整夜失眠自虐，以報答妻子生前未能展顏歡
笑，作為愛情的補償。

　　元稹曾有「貧賤夫妻百事哀」的浩歎，儘管家境貧困，然夫妻情愛彌篤；比起泰戈爾的「貧窮從門口進來，愛情從窗口飛走」，東方式的愛情畢竟跟西方式的愛情異趣。

　　唐人的愛情詩，以李商隱的〈無題詩〉最為出色，他把情感昇華，把對方美化，表現東方愛情神秘的色彩。於是「春蠶到死絲方盡，蠟炬成灰淚始乾」，「春心莫共花爭發，一寸相思一寸灰」，一往情深，純情已極。繼而用「蓬萊此去無多路，青鳥殷勤為探看」，「神女生涯原是夢，小姑居處本無郎」，將對方所居美化為仙人居住的地方，然後用「青鳥」、「巫山神女」、「青溪小姑」等浪漫的神話故事，使情意迷離，似真似幻，造成朦朧神秘美的世界，而將愛情昇華。

　　其次，唐人的愛情詩裡表現了悲劇的成分，也許「初戀便是個悲劇」吧！使人永遠難以忘懷。如元稹〈雜詩〉的描寫初戀：「曾經滄海難為水，除卻巫山不是雲。」李商隱〈無題〉的描寫初見：「扇裁月魄羞難掩，車走雷聲語未通。」李商隱〈春雨〉的描寫初次聚會的地點：「紅樓隔雨相望冷，珠箔飄燈獨自歸。」這些都帶有摯情，加以「第一個夢」是完美無瑕，最真摯，也是脆弱，在「人生不如意者常十之八九」的讖言下，便成了悲劇。

　　唐人對愛情的悲劇，往往造成「同穴而葬」或「來生再續今日緣」的幻覺。於是〈長恨歌〉中帝王和妃子的戀愛故事，永遠被人傳誦。儘管身分不同，但愛情的基礎卻是大眾化的，那種「在天願為比翼鳥，在地願為連理枝」，願世世結為夫婦的「誓言」，當悲劇降臨時，愈是感到「天長地久有時盡，此恨綿綿無絕期」的長恨了。在佛教的輪迴觀念下，甚至更有「七世夫妻」的恩愛故事，而且淒美如斯，信以為真。於是當他們不能結合

時，便寄望在未來的世界中，有更美好的姻緣等待著他們去完成。

(四)回歸自然的意願

從唐三彩陶雕，不用銅玉，而用「泥土」作為歸葬的禮品，顯示唐人有回歸自然的意願。唐朝是儒、道、佛三種思想均勢發展的時代，從唐詩中，也表現了三種不同思想的心靈世界。但仍有殊途同歸的趨向，詩中都讚美自然，熱愛自然，流露著回歸大自然的意願。

平時多指陳子昂、杜甫為儒家思想，李白、孟浩然為道家思想，王維、白居易為佛教思想；由於詩人的生活有所變動，思想也隨著變化，且佛道二者，常連合在一起。在詩人的作品中，也往往有兼通各種不同思想的現象，純然專主一種思想，似不能成立。像李白少年豪俠，有縱橫之氣，中年以後，近乎遊仙。杜甫有憂時憂國之思，晚年恬淡，則近乎田園。白居易為志在兼濟的寫實詩人，元和年間，倡新樂府運動，晚居洛陽香山，參禪佛理。故上述某家歸屬某一思想，只是偏於詩風的趨向而定，不是全然不變的。

唐代詩家眾多，在心靈世界上的開拓也是多方面的。李白有逸才，跌宕不羈，賀知章讀他的詩，讚歎他為「天上謫仙」，世人稱他為「詩仙」。他的詩，承六朝浪漫詩風，慷慨悲歌，飄然有超世之想。由於仕途不顯，浪跡江湖，故有出世思想，所作詩，為道家思想支配下的「隱逸遊仙詩」的代表。例如他的〈廬山謠〉：

我本楚狂人，狂歌笑孔丘。手持綠玉仗，朝別黃鶴樓；五
嶽尋仙不辭遠，一生好入名山遊。……

又如〈宣州謝朓樓餞別校書叔雲〉詩：

棄我去者，昨日之日不可留，亂我心者，今日之日多煩
憂。長風萬里送秋雁，對此可以酣高樓。……人生在世不
稱意，明朝散髮弄扁舟。

李白狂放不拘，傲笑仲尼，飲酒尋仙，不事權貴，「且樂生前一
杯酒，何須身後千載名？」便是他自我的寫照。

杜甫小李白十一歲，詩與李白齊名，世稱李杜。他們兩人在
仕途上都很坎坷，連進士都未能及第，然而他們的詩卻冠冕百
代，所謂「李杜文章開日月」，真是當之無愧。杜甫上承建安風
骨，下開「即事名篇」的寫實詩，是儒家思想支配下的典型詩
人，被譽為「詩聖」。他的詩，有憤時憂國之思，悲天憫人的懷
抱，是「載道寫實詩」的代表。例如他的〈春望〉：

國破山河在，城春草木深。感時花濺淚，恨別鳥驚心。
烽火連三月，家書抵萬金。白頭搔更短，渾欲不勝簪。

又如〈茅屋為秋風所破歌〉：

……安得廣廈千萬間，大庇天下寒士俱歡顏，風雨不動安
如山！嗚呼，何時眼前突兀見此屋，吾廬獨破受凍死亦

足！

杜詩愁苦，不及李詩曠放，然杜甫詩的偉大，不僅描寫當時社會
不平的現象，窮苦人的辛酸，還發出了悲天憫人的呼聲。所以杜
牧說：「杜詩韓筆愁來讀，似倩麻姑癢處搔。」杜甫詩所開的境
界，又是另一種世界。

　　王維是個早慧的詩人，十五歲作〈過秦王墓詩〉，十七歲作
〈九月九日憶山東兄弟〉，十八歲作〈洛陽女兒行〉，十九歲作
〈桃源行〉。但足以代表他的思想的詩，不是早年的作品，而是晚
年隱居在輞川（陝西藍田），日與道友裴迪浮舟往來，彈琴賦
詩，所作的田園詩。詩靠情景交融，造成意境。王維兼擅書畫，
晚年好佛理，所以他的詩，是「詩」、「畫」、「禪」三者混合的
境界，無怪乎蘇東坡稱譽他的詩和畫為「詩中有畫，畫中有詩。」
他的詩塑景很美，時有寧靜、孤絕的境界，而帶妙悟，是得自佛
教中的禪悟，故又有「詩佛」之稱。例如他的〈輞川閑居贈裴秀
才迪〉：

　　　　寒山轉蒼翠，秋水日潺湲。倚杖柴門外，臨風聽暮蟬。
　　　　渡頭餘落日，墟里上孤煙。復值接輿醉，狂歌五柳前。

這是一首美好的田園詩。其他如：

　　　　明月松間照，清泉石上流。——〈山居秋暝〉
　　　　江流天地外，山色有無中。——〈漢江臨汎〉
　　　　興來每獨往，勝事空自知。行到水窮處，坐看雲起時。

——〈終南別業〉

深林人不知，明月來相照。——〈竹里館〉

這些詩句，都由於「習靜」、「喪我」所帶來的詩趣，以達言有盡而意無窮的效果。

唐詩的世界，如繁花盛開，以上僅舉三家詩，代表三種不同思想所呈現三種不同境界的詩，這些都是以現實世界做基礎，而發展為心靈中的大千世界，其間的變化是萬象的，好像唐三彩中所習見的「陶馬」、「駝駱」、「文官俑」、「武官俑」、「樂伎俑」等，進而發展為「三彩獨角飛獸」、「三彩雙角飛獸」、「三彩守墓神王像」等，已不是現實生活中所習見的事物形象了。那些人面獸身的神像，帶有濃厚的宗教成分，是玄思世界或神話世界中心靈的產物。

就以國立歷史博物館所收藏的三件飛獸墓神而言，三彩獨角飛獸，是從漢以前的「廌」演變而來的，今已成為「法」字了。原先是一種能判別善惡的獨角神獸，意味著如水平的公平，唐人對「廌」的造形，便成人面獸身，在上肢的兩側還有翅膀，這是用來鎮墓用的。至於守墓神王上部像武官俑的造形，下面是一隻牛，是來自「牛眠地」的傳說，據《晉書·周光傳記》載：

> 陶侃微時，丁艱，將葬，家中忽失牛，不知所在；遇一老父，謂曰：「前岡見一牛，眠山汙中，其地若葬，位極人臣。」言訖不見，侃尋牛得之，因葬其地。

後世稱牛眠地為福地。唐人守墓神王像的造形，便出於此。而人

面獸身的獨角、雙角飛獸，是出自《山海經》之類的神話傳說，都是根源於民族文化的背景所創造出來的神像。

詩歌的創作也是如此，唐詩除了反映現實世界外，透過心靈意象的組合，已不是生活經驗中所習見的事物，而是心靈的獨白，性靈的結晶，多重性心靈世界的歷程。而人類終歸要回到自然，因此唐詩最終的境界，是崇尚自然，回歸自然，以達「天人合一」的思想，為最高的境界。

八、結論

今人從地下出土的古代文物，來看那時代的文學作品所反映的「現實世界」和「心靈世界」，有更深一層的瞭解；從具體的形象去探討古人的作品，所得的結論也更為具體而富真實感。所以從唐三彩來看唐詩，這是一條可行的新途徑。

——國立臺灣師範大學，國文學報，第六期，1977 年 6 月 30 日

唐代長沙窯茶壺詩初探

一、前言

　　1985年夏，曾應浸會學院中文系主任左松超教授之邀，訪問香港，得緣參觀「馬王堆漢墓出土文物及湖南省歷代文物珍品展覽」①在會場中，展出長沙窯唐人的「茶壺詩」七件，每件上均有題詩一首，其中一件為七絕，其餘均為五絕。這些茶壺詩大半是民間詩人的作品，或者是製陶人收集的或創作的詩。事後我檢查《全唐詩》或《補遺》，發現其中一二首與唐代詩人的作品有關。同時，與敦煌莫高窟出土的變文或通俗詩，亦有相同或相似的詩篇，可知民間文學有腳，它會隨人民的足跡或口傳，到處流浪，被人們所傳誦。唐人將歌謠語題在陶瓷上，是人文與科技的結合，以提昇我國的陶瓷文化。

二、長沙窯址、窯名及其陶瓷的特色

　　湖南長沙窯的發現，是湖南省文物管理會在一九五六年普查工作中，發現長沙五十餘里外的銅官瓦渣坪，有大量的陶瓷器出土，因此考證長沙窯窯址，便在於此，並命名為「銅官窯」或「瓦渣坪窯」②。自此長沙窯的陶瓷器，陸續出現，引起世人的關注。其後，湖南博物館館長黃綱正曾撰文探討窯址和窯名，他

說：

> 其一，窯址分佈的範圍從銅官至石渚，約五公里的範圍
> 內，石渚，瓦渣坪一帶，1965 年以前還屬於銅官所轄，
> 1965 年建立書堂公社，建置時才劃到書堂。其二，銅官
> 之名，古已有之，《水經注》云：「銅官山西臨湘水。」
> 唐代詩人杜甫晚年乘舟於銅官，有〈銅官守渚風〉一詩為
> 據，詩云：「不夜楚帆落，避風湘渚間，水耕先浸草，春
> 火更燒山。……」詩中的「渚」意為水中小塊陸地。現銅
> 官附近的水中小塊陸地除河中沙洲外，就只有瓦渣坪以南
> 的石渚，這附近地名為渚的也僅此一處。③

在唐人的詩中，李群玉曾有〈石潴〉詩，石潴即石渚，其詩
云：

> 古岸陶為器，高林盡一焚。焰紅湘浦口，煙濁洞庭雲。迥
> 野煤飛亂，遙空爆響聞。地形穿鑿勢，恐到祝融墳。④

李群玉為中唐人，他曾在湖南觀察史裴休幕中任職，對長沙石潴
一帶的陶瓷窯，有詩為證，因此「銅官窯」又稱為「石渚窯」。
　　長沙窯出產的陶瓷器，得長江水利之便，產品行銷國內外，
成為有名的貿易瓷。其中多為碗、盤、瓶、壺之類的日用品，亦
有作為殉葬之器。我國在陶瓷器中繪彩釉或題詩作畫，由來已
久，在洛陽北邙山出土的唐三彩陶雕，僅是三彩釉的彩繪，在器
物上題詩作畫，尚屬少見。然而長沙窯陶瓷器上彩繪，或題詩作

畫，已是常見，尤其是題詩其上，已成特色。今引唐人皮日休〈茶中雜詠‧茶甌〉云：

> 邢客與越人，皆能造茲器。圓似月魂墮，輕如雲魄起。
> 棗花勢旋眼，蘋沫香沾齒。松下時一看，支公亦如此。⑤

又陸龜蒙〈奉和襲美（皮日休字），茶具十詠〉云：

> 昔人謝堀坉，徒為妍詞飾。（劉孝威或集有謝堀坉啟）豈
> 如珪璧姿，又有煙嵐色。光參筠席上，韻雅金罍側。直使
> 于闐君，從來未嘗識。⑥

中晚唐以後，唐人已習慣在茶甌、酒壺或器物上題詩，故有「昔人謝堀坉，徒為妍詞飾」，「光參筠席上，韻雅金罍側」的句子。

長沙窯出土的執壺或茶壺，不僅可以泡茶，當然也可盛酒，成為酒壺。從執壺上，便可採集到將近六十餘首詩，以及諺語、格言等題記。這些唐人的民間文學作品，都是很珍貴的資料。

三、幾首唐人茶壺詩的淵源與流傳

唐人的茶壺詩中，偶有唐代詩人的詩句，抄錄全首或一聯其上，但大部份為民間詩人所寫的通俗詩，名氏無可考。其內容或寫生活實況，或寫遊子思歸，或寫征戰之事，或寫思婦之作，或寫人生百態，或寫人生哲理等，主題可說生活多元化的寫照，有

詩趣和詩境。今擇其中最具盛名的幾首，探其淵源與流傳：

㈠春水春池滿

> 春水春池滿，春時春潮生。
> 春人飲春酒，春鳥弄春聲。⑦

全詩連用八個「春」字，在標題上，或可作為〈春歌〉，那便合為九春。無論寫景、寫情，有畫趣和情趣，在形式上還是一首合律的五言仄起格絕句。

在敦煌卷通俗詩歌中，也有相類似的詩歌，見北京〈中國書店藏敦煌寫本《佛說無量壽宗要經》殘卷〉背面，錄有此詩，在殘卷背面有學郎張宗子所抄三首，末首與此詩相同，卷本題記云：「癸未年十月永安寺學士郎張宗子書記之耳。」按癸未年，在唐代便有四次癸未年，或在唐玄宗天寶二載（743），或在德宗貞元十九年（803），其詩云：

> 春日春風動，春來春草生。
> 春人飲春酒，春鳥弄春聲。──P 3597

又日本《三井文庫》所藏北三井家捐贈的敦煌文獻第 103 號卷背亦有類似的詩：

> 春日春風動，春山春水流。
> 春人飲春酒，春桿打春牛。（口、北三井103）

　　以上三首詩，使用「套語」完成的，前兩句寫春景，後兩句寫春天人們的活動，帶來情景交融的詩趣，手法相同，可視為很別緻的春天詩。它們來自於六朝的《吳歌》〈子夜四時歌〉中的〈春歌〉：

　　　　春林花多媚，春鳥意多哀。
　　　　春風復多情，吹我羅裳開。

　　前三句開端都有「春」字，中間都有「多」字，這是歌謠套語的運用；就如唐人的三首，每句都有兩個「春」字，構成春的詞彙，如春水、春池、春時、春潮、春人、春酒、春鳥、春聲、春日、春風、春來、春草、春山、春棒、春牛，而春含有弦外之音，春水、春潮、春鳥、春聲，組成活潑生動的「春日春歌」。

　　這些春天的詩，據上推測，約在天寶二載（743）至貞元十九年（803）間流傳的詩，不知是甘肅敦煌的通俗詩，流傳到湖南長沙窯來，還是長沙窯的通俗詩，流傳到敦煌去，民歌民謠有腳，能走遍江南和大西北，尤其對情愛的詩，更容易流傳。

(二)君生我未生

　　　　君生我未生，我生君與（已）老。
　　　　君恨我生遲，我恨君生早。⑧

　　此詩用「君生」、「我生」、「君恨」、「我恨」的套語，用

好的口吻道出男女戀愛因年紀差異大而造成遺憾，頗富情趣。然而詩的解釋，有它的多樣性。

　　同樣地，曾經有人拿「梅花」和「葉」，比喻「開」、「謝」不同時的遺憾，比起原詩，又有一種含蓄，但這首詩作於何人？已無從查考，只是依稀記得，今錄置如下：

> 我是梅花你是葉，
> 可憐開謝不同時。
> 漫言花落早，
> 只恨葉生遲。

梅花臘月開放，先開花後長葉，故「花」、「葉」不同時，以花、葉為喻，也有相逢恨晚，不能同時出生的感慨。

　　在《敦煌變文》〈盧山遠公話〉也有類似的詩篇：

> 身生智未生，智生身已老。
> 身恨智生遲，智恨身生早。
>
> 身智不相逢，曾經幾度老。
> 身智若相逢，即得成佛道。⑨

　　在佛教的教義上，認為萬法不離身、心，身為臭皮囊，心可生智，人體與心智，往往不成比例，年少體壯，但心智未成熟，等到心智圓融，但身體已衰老。故「身」恨「智」生遲，「智」恨「身」生早。因此，佛學修道上，只因身、智不能相逢，所以

淪為惡道;身、智若能相逢,便生佛道。如此將愛情詩變成宣揚佛道的偈頌。

潘重視《敦煌變文集新書》謂〈盧山遠公話〉抄於宋開寶五年（972），作者不詳,或出自於唐末五代說書人之手,講述東晉慧遠和尚的故事⑩。因此這些詩發生的年代或在唐末或五代時。

如將此詩改為:

　　智生我未生,我生智已老。
　　智恨我生遲,我恨智生早。

那麼智是得道高僧,而我是仰慕高僧的信徒,則此詩的主題,將成為信徒感念高僧情誼的詩篇了。

㈢〈子夜四時歌〉

一九七七年初,我應《空大學訊》撰寫一篇介紹唐詩的文章〈唐詩四季〉,曾將大陸在香港展示的唐人茶壺詩七首,取其中四首,將它配合成〈子夜四時歌〉。

春歌
春水春池滿,春時春潮生。
春人飲春酒,春鳥弄春聲。
夏歌
小水通大河,山深鳥宿多。
主人看客好,曲路安相過。
秋歌

萬里人南去，三秋雁北飛。

不知何歲月，得共汝同歸。

冬歌

天地平如水，天道自然開。

家中無學子，官從何處來？⑪

六朝時，吳歌中有〈子夜歌〉群，包括〈子夜歌〉、〈大子夜歌〉、〈子夜警歌〉、〈子夜變歌〉，以及〈子夜四時歌〉。而〈子夜四時歌〉是由春、夏、秋、冬四首組成的組詩，唐人李白集中，也有一首仿六朝人的〈子夜四時歌〉，已將五言四句的小詩，變成五言六句，今摘錄其〈春歌〉如下：

秦地羅敷女，采桑綠水邊；素手青條上，紅粧白日鮮。

蠶飢妾欲去，五馬莫留連。⑫

民間詩人的作品，被寫到陶瓷器上，代表大眾的心聲，那首〈春歌〉，歌頌春天的歡樂，連周遭的景色，也感染到春的喜悅。〈夏歌〉說人與人相處的哲學，前兩句寫景，道出自然界的現象，小水流入大河，山深自然是更多的鳥棲息其間，似乎是廢話。但後兩句說明「主人」與「客」的相處，在曲路上互相禮讓，便彼此相安通過，如同小學課本中的白羊、黑羊在獨木橋上相遇的故事。〈秋歌〉是寫浪子思鄉的詩，與鄉人同到異鄉謀生，何時得以返鄉？只見雁可以北歸，而遊子呢？令人感慨。〈冬歌〉說明天地之間，天道待人公平無私，不肯努力工作，那來的收穫？但作者私自沈思，家中無學子，何來的功名利祿？這

是很沈痛的省思，惟有發奮讀書，才能發展知識經濟，個人如此，國家亦然。

〈秋歌〉「萬里人南去」這首詩，是唐人韋承慶的作品，詩題為〈南中詠雁〉，詩句與上相同，只是「三秋」或作「三春」，「汝」或作「爾」。韋承慶在《全唐詩》中有小傳：

> 韋承慶，字研體，鄭州陽武人，事繼母以孝聞，舉進士，官太子司議，屢有諫納。長壽中累遷鳳閣侍郎，三掌天官選事，銓授平允，尋知政事。神龍初，坐附張易之流嶺表，起為秘書少監，授黃門侍郎，未拜，卒。集六十卷，今存詩七首。

在長沙窯的茶壺詩中，可考的作者不多，這首〈南中詠雁〉⑬是文人的詩篇，與民間詩人所寫的通俗詩，同出一徹，如無《全唐詩》的引證為韋承慶之作品，還不是與長沙窯陶瓷工所收集的通俗詩沒有差別。可見作者不分貴賤，凡是真情流露的作品，不假雕飾，一樣感人。

〈冬歌〉「天地平如水，天道自然開。家中無學子，官從何處來。」詩中後兩句，已成詩歌中的套語，如卜天壽所抄〈高門出己子〉詩：

> 高門出己子，好木出良才（材）。
> 交□學敏（問）去，三公河（何）處來。⑭

同樣地，在敦煌寫卷S614號索廣翼抄寫的殘詩，以及北京

圖書館保存的敦煌卷北8317號卷背索惠抄寫的五言詩，詩句都
有類似的地方：

> 高門出貴子，好木不良才（材）。
> 男兒不（以下缺）——S614

> 高門出貴子，存（好）木出良在（材）。
> 丈夫不學聞（問），觀（官）從何處來。——北8317

可見這類詩，在敦煌寫卷或長沙窯茶壺詩中，都有類似的詩
歌，流傳在各地，已成為唐代民間通俗的詩歌。

㈣自入新豐市

> 自入新豐市，唯聞舊酒香。
> 抱琴酤一醉，盡日臥垂陽。⑮

這首應是酒壺詩，陶瓷盛器，可盛酒也可以沏茶，因詩壺的
內容，是在言酒，茶酒是一家，在敦煌卷中，有〈茶酒論〉一篇
⑯，「茶」、「酒」用擬人格寫成，「茶」與「酒」各鋪敍其重
要，無論是茶賤酒貴，或茶貴酒賤，二者相互論辯，最後「水」
對「茶」、「酒」說：「茶不得水，作何相貌？酒不得水，作何
形容？」所以茶酒各自言其重要，論其貴賤，水則對二者說，如
無水，茶酒均無法發揮其作用。此篇純為擬人格的寓言，卻是有
趣。

　　我國可稱衣冠上國，茶酒世家，而茶壺酒壺用來盛茶酒，以增怡情冶性的生活情趣。於是壺上題詩，益增雅興。「自入新豐市」此詩，係一九八三年長沙窯藍岸地區考古發掘的酒壺，「新豐」亦有作「新峰」的，可見陶工因音誤寫錯，新豐市在陝西臨潼縣，新豐酒頗負盛名，王維〈少年行〉便有：「新豐美酒斗十千，咸陽遊俠多少年，相逢意氣為君飲，繫馬高樓垂柳邊。」在唐詩中提到新豐酒熟，沽酒新豐的詩句不少。而「自入新豐市」一詩，在《全唐詩》卷三一○，錄有朱彬或陳存所作的〈丹陽作〉⑰，詩句與長沙窯出土的陶壺詩極相似，其詩為：

　　　暫入新豐市，猶聞舊酒香。
　　　抱琴酤一醉，盡日臥垂陽。（陳存，一作朱彬）

　　又宋代林洪的《山家清供・新豐酒法》，談論如何製酒、喝酒，以及養生之道，也引〈丹陽道中詩〉：

　　　乍造新豐酒，猶聞舊酒香。
　　　抱琴沽一醉，盡日臥斜陽。

　　以上三首詩，雖在詩句上或有稍許不同，皆因傳抄題記有所出入，然仍是唐人朱彬或陳存的詩，此二人為唐大曆（766-799）、貞元（785-805）年間的詩人。

　　同時，在長沙窯出土的陶壺上，有一首酒壺詩與白居易的〈問劉十九〉極相似：

> 二月春豐酒，紅泥小火爐。
> 今朝天色好，能飲一杯無？

　　也是長沙窯藍岸嘴出土的酒壺詩⑱，壺中的題記，只是改動白居易〈問劉十九〉的一、三兩句，詩的內容，便不是專對劉十九一人，而是主人問親朋好友，今天天色好，能一起乾一杯嗎？「二月春豐酒」，也許與新豐酒有關，將「新豐」改成「春豐」，詩句詞語的變換，並不影響詩的主題原則下，換幾個字句，也無大礙。

　　試將長沙窯的〈二月春豐酒〉與白居易的〈問劉十九〉相比較：

> 綠螘新醅酒，紅泥小火爐。
> 晚來天欲雪，能飲一杯無？

　　這確是一首與飲酒有關的好詩，前兩句寫湯酒的現象，酒顏色和爐火的顏色相襯，造成用顏色字的美，後兩句問劉十九或同伴，在將下雪的夜晚，能一起小酌一番，雅興非淺，有人情味，又有生活閒情，享受人生。

　　古代有關茶、酒的詩不少，如北宋杜耒的〈寒夜〉：

> 寒夜客來茶當酒，竹爐湯沸火初紅。
> 尋常一樣窗前月，纔有梅花便不同。⑲

　　詩題為「寒夜」，真正主題應是「寒夜客來」，寒夜有客來

訪，主人以茶當酒，有一分溫馨，又有一分摯情。前兩句寫煮茶情景，類似白居易〈問劉十九〉的前兩句，意象鮮明。杜耒〈寒夜〉的後兩句暗示友誼高潔不俗，詩中的「月」暗示「知心人」，而「梅花」更是暗示「高潔」之情。

㈤買人心惆悵

買人心惆悵，賣人心不安。
題詩安瓶上，將與買人看。[20]

長沙窯藍岸嘴出土的茶壺詩，寫陶工在陶器上品題，說買陶器人如果傷心、後悔，那賣的人內心也會不安；因此賣陶人在瓶上題詩，道出內心的感覺，表示他賣的陶器是貨真價實，決不欺瞞。故云：「將與買人看。」這是一首極佳賣陶器的廣告詩。同時道出捏陶人的心聲。

㈥有關思鄉、思人的詩：

一別行千里，來時未有期。
月中三十日，無夜不相思。

歲歲長為客，年年不在家。
見他桃李樹，思憶後園花。

一雙青鳥子，飛來五兩頭。

借問舡輕重，附信到揚州。

一日三戰場，離家數十年。
將軍馬上坐，將士雪中眠。

日紅衫子合羅裙，盡日看花不厭春。
更向妝台重注口，無那蕭郎慳煞人。

以上五首，均屬長沙窯藍岸嘴T，出土的執壺詩。第一首寫離別後，夜夜相思。第二首寫常年在外為客，看他鄉的桃李，想起自己的家園。第三首一對青鳥停在桅杆上，「五兩」是船掛在桅杆上測風速的羽毛，如風大便不宜開船，舡，同船。全詩見雙雙對對的青鳥，想起自己一人流浪在外，如果開船東下，他想託人帶信向揚州家人問侯。第四首征夫戍守在外，數十年未回家，寫塞上的苦寒和辛苦。第五首是宮詞，以女子口吻，寫春日濃妝注口紅，想會見情郎，無奈情郎是個吝嗇小器人。在長沙窯的執壺詩中，七言詩較少，或許是壺的高度適於品題五言四句詩的緣故。

四、結語

詩歌是真實的語言，民間詩歌代表了大眾的心聲，如果用今日的民意調查，民間詩歌便是民意的指標。長沙窯的陶瓷，題上花鳥、詩歌、諺語等圖文，是提昇長沙窯陶瓷文化的水準；也就是說科技與人文結合，使科技與人文相輔相成，以達知識經濟最

高的效用，難怪自李唐來，長沙窯的貿易瓷，沿長江水域行銷國內外。

　　長沙窯陶瓷中茶壺詩，不僅是供以作茶具，也可以作酒壺，中國人喝茶、喝酒，都是用來怡情冶性，作為慶賀或休閒的活動，在茶壺上題詩，提昇生活的雅興和樂趣，是中國文化與生活、科技結合的例證。

　　盛唐時代的唐三彩陶雕，不見有題記其上，然而長沙窯的陶壺上，始見題詩，題諺語、格言。詩人將詩題在風景區，是為題壁詩，如崔顥的〈黃鶴樓〉，杜甫的〈題玄武禪師寶壁〉，後擴至有題畫詩，以及題在器物上的詩，使詩的應用，題到日常生活器物中，使詩歌美化生活，成為生活的一部分。

　　長沙窯的執壺詩，無論是題在茶壺或酒壺上，其間有無名氏的民間作品，與敦煌的曲子詞或通俗詩相輝映，構成唐代民間文學重要的一頁，開發文人詩歌以外，另闢詩歌，新興的園地。

──國立花蓮師範學院，民間文學研討會，2001 年 5 月

 注釋 ────────────────

① 1985 年 8 月，在香港華潤百貨公司列展出「馬王堆漢墓出土文物及湖南省歷代文物珍品展覽」，其中唐人的茶壺詩，或稱執壺詩，共七件，每件上各有一首詩，是長沙望城出土的唐人詩。

② 湖南博物館〈長沙瓦渣坪唐代窯址調查記〉，刊於《文物》1960 年，第三期，頁 67-70。

③ 黃綱正〈石門磯窯址的發掘及有關長沙銅官窯的幾個問題〉，見《中國古陶瓷研究》第四輯，頁 231。

④ 見《全唐詩》李群玉詩，台北明倫出版社，卷五六九，頁 1451。

⑤見《全唐詩》皮日休詩，卷六百十一，頁7055。

⑥見《全唐詩》陸龜蒙詩，卷六百二十，頁7145。

⑦長沙窯窯址藍岸嘴T2，229件分別出土之一，湖南博物館於1966年所收集，為壺形器。

⑧1983長沙窯窯址藍岸嘴T2，分別出土十四件，均題記此詩於壺形器之器腹。

⑨見《敦煌變文校注》卷二〈廬山遠公話〉，北京中華書局，1997，頁263。

⑩見潘重規《敦煌變文集新書》，台北文津出版社，民國83年12月，頁1062。

⑪參見①，是筆者在現場抄錄所得的詩，只是筆者加上詩題。今各首均著錄於長沙窯課題組編的《長沙窯》，北京，紫禁城出版社，1996，頁10。

⑫見瞿蛻園等校注《李白集校注》，台北里仁書局，民國七十年三月，頁450。

⑬見《全唐詩》卷46，韋承慶，頁557。

⑭郭沫若〈卜天壽《論語》抄本後的詩詞雜錄〉，《考古》，1972年，第一期。

⑮注同⑦、⑧。

⑯見《敦煌變文校注》黃徵，張湧泉校注，中華書局，1997年5月，卷三，頁423。

⑰見《全唐詩》卷310，陳存，朱彬，頁3514、頁3516。

⑱注同⑦、⑧。

⑲《新譯千家詩》邱燮友、劉正浩註釋，三民書局，民國80年10月，頁365。

⑳注同⑦、⑧。

李白詩卷

〈菩薩蠻〉的創調與流傳

一、前言

　　〈菩薩蠻〉為最通俗、最常見、也最流行的詞調，其結構為雙調，即上片七言兩句，五言兩句，下片五言四句，共四十四字，是一闋五七言混合體的詞①。從〈菩薩蠻〉詞句的結構來看，正可以說明由詩到詞，從齊言的詩衍變為長短句的詞，〈菩薩蠻〉便是其中最具代表性的詞調之一。

　　詞是音樂文學，淵源於樂府。關於詞的起源，在時代上的說法，尚不一致。如果我們從唐人崔令欽的《教坊記》和近代發現的敦煌曲子詞等資料來看，詞的起源，當可確信在初唐、盛唐時期，便有詞的存在②。誠如《舊唐書‧音樂志》云：「自開元以來，歌者雜用胡夷、里巷之曲。」所以早期的詞，有來自於民間的俚曲小調，如〈拋毬樂〉、〈漁歌子〉、〈水調歌〉等；有來自於胡樂夷歌，如〈菩薩蠻〉、〈蘇幕遮〉、〈霓裳羽衣曲〉等；也有來自於樂工，歌伎傳唱的小調，如〈何滿子〉、〈喝馱子〉、〈雨霖鈴〉等。

　　詞的流傳，開始時傳唱於樂工、歌伎之口，然後擴展至市井詩人和文人也加入，於是倚聲填詞，便成人人所喜愛的新體詩。

　　至於文人的詞起源於何時，目前尚無定論，但它不會早於唐代，這種論點應是可以肯定的。同時，文人的詞不可能比民間的

詞更早出現。南宋朱弁在《曲洧舊聞》中說：「詞起於唐人，而
六代已濫觴也。」明楊慎、清末梁啟超都會徵引朱弁的話，證明
詞濫觴於六朝，梁氏還舉了梁武帝的〈江南弄〉、〈上雲樂〉等
作品，視為填詞之始。其實，那些仍是樂府的改製，而不能算是
詞。

　　本論題在探討〈菩薩蠻〉的創調時代，以及其流傳的情形，
進而探討詞的發生。李白是否有可能填寫〈菩薩蠻〉等問題，題
名為：「菩薩蠻的創調與流傳」。

二、〈菩薩蠻〉創調年代的推測

　　〈菩薩蠻〉創調的年代，由於它是域外傳入的樂曲，今天想
要確切指出其淵源，實在比較困難，但它的傳入，必經過我國邊
疆地區民族的仲介，才能被國人所傳唱，然後文人才有機會依聲
填詞，成為流行的詞調。

　　今從文獻資料上來探討〈菩薩蠻〉的創調年代，以及〈菩薩
蠻〉出現的情況：

㈠《教坊記》中的〈菩薩蠻〉

　　最早記載〈菩薩蠻〉的，要算是唐人崔令欽的《教坊記》，
它將〈菩薩蠻〉列於「教坊曲」中，但只出現曲名，沒有記錄曲
詞。

　　《教坊記》一書，完成於開元年間（713-741）。今所傳者，
雖殘剩兩千餘字，該書所記載的事，以初唐及盛唐的時代為限，
書中記述玄宗時教坊的制度、人事、曲名，以及〈蘭陵王〉、

〈踏謠娘〉、〈烏夜啼〉等樂曲的內容和起源,使後人大致了解唐
代教坊的情況,其中最珍貴的,便是提到當時的教坊曲有三百二
十五種曲目,雖沒有記錄曲詞,卻可與敦煌曲子詞相互印證。崔
令欽是唐玄宗開元時人。由於《教坊記》提到〈菩薩蠻〉的詞
調,便說明盛唐時,〈菩薩蠻〉已流傳於唐朝的宮廷中。

(二)敦煌曲子詞中的〈菩薩蠻〉

　　清光緒二十五年(1899),敦煌莫高窟藏經室的發現,有三
萬多卷唐人的寫本出土,其中敦煌曲子詞的部分,依今人任二北
所撰的《敦煌歌辭總編》,更收錄有敦煌曲子詞約一千三百多
首。標明〈菩薩蠻〉曲調的歌辭,共十八首。

　　在十八首的〈菩薩蠻〉中,其中有一首「枕前發盡千般
願」,是開元天寶年間的曲子詞。其詞為:

　　　枕前發盡千般願,要休且待青山爛。水面上秤錘浮,直待
　　　黃河徹底枯。　　　白日參辰現,北斗迴南面。休即未能
　　　休,且待三更見日頭。(斯四三三一)

任二北《敦煌曲校錄》云:「此辭可能寫於天寶元年,而作於開
元時。」任氏是據向達的〈敦煌所藏敦煌卷子經眼目錄〉,謂此
卷背後錄有壬午年龍興寺僧願學便物字據,推定「壬午年」是天
寶元年(742)。那麼這首「枕前發盡千般願」的〈菩薩蠻〉,便
是盛唐時流行於瓜州、沙州一帶的曲子詞了③。

㈢《杜陽雜編》中的〈菩薩蠻〉

晚唐蘇鶚的《杜陽雜編》，記述唐代宗至懿宗十朝的事，多奇異傳聞。其中提到〈菩薩蠻〉曲：

> 大中初，女蠻國貢雙龍犀。……其國人危髻金冠，纓絡被體，故謂之菩薩蠻。當時倡優，遂製〈菩薩蠻曲〉，文人亦往往聲其詞。

菩薩蠻一詞，是唐人對外國婦女的通稱，也就指像菩薩一樣的蠻人。後用作樂曲名，一為歌曲，見《教坊記》；一為舞曲，見《杜陽雜編》及《宋史·樂志》。

大中，是唐宣宗的年號（847-859），如依《杜陽雜編》的記載，〈菩薩蠻〉是唐時始創調的樂曲。今人劉大杰《中國文學發展史》對詞的起源，便引用此段資料，認為開元、天寶時代的李白（70i-762）要填〈菩薩蠻〉的詞是不可能的了④。

㈣《碧雞漫志》中的〈菩薩蠻〉

宋人王灼撰的《碧雞漫志》記載的〈菩薩蠻〉有關的事，共兩則：

> 唐昭宗以李茂正之故，欲幸太原，至渭北，韓建迎奉歸華州。上鬱鬱不樂，時登城西齊雲樓眺望，製〈菩薩蠻曲〉曰：「登樓遙望奉宮殿，茫茫只見雙飛燕。渭水一條流，千山與萬丘。野煙生碧樹，陌上行人去。安得有英雄，迎

歸大內中。」又曰:「飄搖且在三峰下,秋風往往堪沾
灑。腸斷憶仙宮,朧朦煙霧中。思夢時時睡,不語長如
醉。早晚是歸期,窮蒼知不知。」(卷二)

這一則是記載唐昭宗在華州時,登城西齊雲樓,心中不樂,
寫了兩首〈菩薩蠻〉。唐昭宗李曄在位十五年(889-904),時屬
晚唐,晚唐時〈菩薩蠻〉正盛行,昭宗能寫〈菩薩蠻〉不足為
奇。前首寫登臨所見,因而感發想迎英雄入大內;後首寫秋日憶
仙宮,引來思歸的感慨。
另一則是:

〈菩薩蠻〉,《南部新書》及《杜陽雜編》云:「大中初,
女蠻國入貢,危髻金冠,纓絡被體,就〈菩薩蠻隊〉,遂
製此曲。當時倡優李可及作菩薩蠻隊舞,文士亦往往聲其
詞。」大中,迺宣宗紀號也。(卷五)

大中是唐宣宗的年號,當時有女蠻國入貢〈菩薩蠻隊〉,因
而有〈菩薩蠻〉的詞調。王灼的《碧雞漫志》記載〈菩薩蠻〉的
事,與《杜陽雜編》所記的相同。
從《教坊記》和敦煌曲來看,盛唐時,即開元天寶年間,
《菩薩蠻》已創調,其詞律便是七七五五、五五五五,四十四字
雙調的小令。敦煌曲中「枕前發盡千般願」這首〈菩薩蠻〉⑤,
在詞句上,雖有三句字數較多,但可視為「散聲」看待,也就是
歌唱時的「襯字」。今將襯字用括號標示:

枕前發盡千般願，要休且待青山爛。水面（上）秤錘浮，

（直待）黃河徹底枯。　　白日參辰現，北斗迴南面。休

即未能休，（且待）三更見日頭。（斯四三三二）

　　在《杜陽雜編》和《碧雞漫志》所記載的〈菩薩蠻〉事，說明中唐和晚唐時，〈菩薩蠻〉曲極為流行，甚至還衍為〈菩薩蠻〉舞隊。但近代中國文學史上，往往引《杜陽雜編》的資料，說明〈菩薩蠻〉創調的年代在中唐，則李白的〈菩薩蠻〉，便被視為後人託名之作了。但從上列資料顯示，〈菩薩蠻〉的創調在盛唐，則李白便有能力寫〈菩薩蠻〉，是可相信的。

三、〈菩薩蠻〉曲調的流傳

　　詞的發生，從《教坊記》中，已知盛唐宮庭燕樂，已在傳唱〈菩薩蠻〉、〈破陣子〉、〈浣溪沙〉等詞調。在唐太宗、高宗和武后之時，設置都護府以統馭邊疆各部族，玄宗時，又沿邊城改置十節度使。當時的都護府和節度使除了進貢當地的特產外，並將當地的樂歌舞曲也獻給朝廷，作為宮庭的娛樂品，如〈婆羅門舞〉、〈霓裳羽衣曲〉、〈菩薩蠻〉等，便是這樣傳入長安宮中。

　　由於敦煌曲的發現，使沈寂已久的唐崔令錄《教坊記》，再度受學者們的重視。《教坊記》記載開元、天寶間，宮中教坊所傳唱的燕樂歌舞，其中所提到的曲調，與詞的發生和流傳，有密切的關係。敦煌曲，或稱敦煌曲子詞，便是後人所謂的詞。今從敦煌曲子詞的歌詞和曲調來看，可以跟《教坊記》的曲調配合。就拿〈菩薩蠻〉曲調來說明，《教坊曲》只提到曲調名，沒有歌

詞,而敦煌曲中,便保存有十八首,可知〈菩薩蠻〉在唐代瓜
州、沙州一帶是很普遍流行的民間詞曲⑥。至於文人所填寫的
〈菩薩蠻〉,是從李白開始。

㈠李白的〈菩薩蠻〉

在《李太白集》中,沒有收錄〈菩薩蠻〉,《全唐詩》卷八
百九十「詞二」,收錄李白詞十四首,〈菩薩蠻〉是其中的一
首,今人林大椿編的《全唐五代詞》,也收錄李白的〈菩薩蠻〉,
其詞為:

> 平林漠漠煙如織,寒山一帶傷心碧。暝色入高樓,有人樓
> 上愁。　　　玉階空佇立,宿鳥歸飛急。何處是歸程,長亭
> 更短亭。

李白(701-762)是否寫〈菩薩蠻〉,歷代議論紛紜。前人不
談,就現代的學者劉大杰、浦江清便認為詞發生於中唐,並認為
〈菩薩蠻〉曲創調於宣宗大中年間,引《杜陽雜編》的資料為
證。但楊憲益、任二北等便認為盛唐有〈菩薩蠻〉,以敦煌曲的
資料為證⑦。李白的〈菩薩蠻〉最早是記錄在宋釋文瑩的《湘山
野錄》卷上:

> 「平林漠漠煙如織,……長亭更短亭。」此詞不知何人寫
> 在鼎州滄水驛樓,復不知何人所撰。魏道輔泰見而愛之,
> 後至長沙,得古集於子宣內翰家,乃知李白所作。

　　這首詞是題在鼎州滄水的驛樓上，鼎州，在今湖南省常德、沅江、桃源等縣，古代的驛站郵亭等公共場所，以及名勝廟宇的牆壁上，常有騷人墨客題詩詞於其上，文瑩禪師在鼎州滄水驛站看到這首〈菩薩蠻〉，開始不知是何人所作，後來在長沙得古集，才知道是李白的詞。可知宋人的詞集，將這首〈菩薩蠻〉視為李白所填寫。

　　李白是盛唐詩人，又名詞家，前人曾云：「詞中有三李：李白、李後主和李清照。」李白稱著的詞有〈菩薩蠻〉和〈憶秦娥〉，但近人受五四以來疑古主義風氣的影響，對傳統的論點，往往提出否定的看法，認為詞的發展，在盛唐，李白不可能寫如此成熟的詞。

　　其實文學的發展，有時也有例外，如屈原所寫的〈離騷〉、〈天問〉、〈漁父〉等楚辭，何嘗不是楚辭一發生便有如此成熟的作品出現，甚至後來的作品如宋玉、唐勒及漢代的辭賦家，作品的成熟都難以跟屈原相抗衡。而李白的詞，是天縱奇才，難怪宋人黃昇在《花庵詞選》中，推崇李白為「古代詞曲之祖」。

　　李白出生於四川綿州青蓮鄉，二十五歲時離開四川，足跡遍大江南北。天寶元年（742），他四十二歲入朝，任翰林供奉，三年後，離開長安，又過其浪跡天涯的生活⑧，依《教坊記》的記載，〈菩薩蠻〉正流行於宮中，而李白在當時，無論是時間和空間上的機緣，都有機會接觸到〈菩薩蠻〉的曲調，因此李白是有可能填寫〈菩薩蠻〉的。

　　更何況「平林漠漠煙如織」這首〈菩薩蠻〉，其中有一句「寒山一帶傷心碧」，是用四川的方言詞語，四川人形容「極」、「要死」、「要命」，常慣用「傷心」這個辭語來形容，四川方言

中常用「好得傷心」或「甜得傷心」之類的話，意思是指「好的要命」、「甜得要死」，是說「極好」、「很甜」的意思。因此「寒山一帶傷心碧」，是說：「寒山一帶極碧」，「傷心碧」是四川人形容「很碧」、「極碧」的慣用語⑨。從辭語的用法，可知這首〈菩薩蠻〉是四川人寫的，而李白是四川人，用四川人慣用語寫入詞中，更可以佐證這首〈菩薩蠻〉是李白寫的。

㈡溫庭筠的〈菩薩蠻〉

晚唐以後，〈菩薩蠻〉甚為流行，且唐宣宗愛唱〈菩薩蠻〉曲，使〈菩薩蠻〉曲在朝野間益加風行。宋王灼的《碧雞漫志》曾有一則記載：

> 《北夢瑣言》云：「宣宗愛唱〈菩薩蠻〉詞，令狐相國假溫飛卿新撰，密進之，戒以勿泄，而遽言於人，由是疏之。」溫詞十四首，載《花間集》，今曲是也。李可及所製，蓋止此，則其舞隊，不過如近世傳踏之類耳。（卷五）

《北夢瑣言》曾記載唐宣宗愛唱〈菩薩蠻〉，宰相令狐綯特請溫庭筠代為寫〈菩薩蠻〉，改換為令狐綯所寫的，獻給宣宗，並請溫庭筠保密。後溫庭筠洩漏了這項秘密，使令狐綯極為難堪，因而疏遠溫庭筠。這是晚唐時的「菩薩風波」，從這則記載，說明了晚唐時〈菩薩蠻〉盛行於朝野。

後蜀趙崇祚編的《花間集》，收晚唐至後蜀廣政三年（940）間詞家的作品，凡十八家，是我國最早的一本詞的總集。在《花

間集》裡，溫庭筠的詞排在第一家，共收有六十六首，也是該集
中所收作品最多的一家，其中有〈菩薩蠻〉十四首，尤為出色。
今引一首為例：

> 小山重疊金明滅，鬢雲欲度香顋雪。懶起畫蛾眉，弄妝梳
> 洗遲。　　照花前後鏡，花面交相映。新帖繡羅襦；雙雙
> 金鷓鴣。

　　溫庭筠（820-870）從小喜愛音樂，吳歌楚辭，隨口吟唱。
他的詞多惻豔哀婉，而流傳於秦樓楚館之間，與晚唐綺靡冷豔的
文風相互映。劉熙載的《藝概》評他的詞：「溫飛卿詞精妙絕
人，然類不出乎綺怨。」王國維的《人間詞話》評道：「畫屏金
鷓鴣，飛卿語也，其詞品似之。」清人王士禎在《花草蒙拾》中
尊崇溫庭筠為「花間鼻祖」，非溢美之辭。

(三)晚唐五代以後的〈菩薩蠻〉

　　晚唐五代期間，〈菩薩蠻〉詞調依然盛行，後代詞家依聲填
詞，從不間斷。文學作品中，往往摹擬與創新的規定，〈菩薩蠻〉
調從盛唐到五代，由於後人不斷的摹擬，因而詞牌名也不斷的更
換。由〈菩薩蠻〉創調，改名為〈重疊金〉，再改名為〈子夜
歌〉，再改名為〈花間意〉，再改名為〈梅花句〉，再改名為〈花
溪碧〉，再改名為〈晚雲烘日〉，儘管詞牌名更改，都由後人摹擬
填寫，留下佳句所致，故《詞譜》云：

> 溫庭筠詞有「小山重疊金明滅」句，名〈重疊金〉。辦唐

> 李煜詞名〈子夜歌〉，一名〈菩薩蠻〉。韓淲詞有「新聲休
> 寫花間意」句，名〈花間意〉，又有「風前覓得梅花句」
> 名〈梅花句〉。有「山城望斷花溪碧」句，名〈花溪碧〉。
> 有「晚雲烘日南枝北」句，名〈晚雲烘日〉雙調，四十四
> 字。前後段各四句兩仄韻⑩。

　　每一首詞調都有它的生命，由創調到流行、到衰竭，這是一
種自然律。〈菩薩蠻〉也不例外，它從盛唐創調到五代，一直傳
唱不輟，風行不已。但北宋以來，詞人填寫〈菩薩蠻〉者逐漸減
少。但歷代仍有詞家填寫，是因〈菩薩蠻〉是五七言構成的詞
調，在摹擬上較為容易，但這些〈菩薩蠻〉已脫離聲律，成為文
字譜的詞，而非音樂譜可以吟唱的詞調了。

四、結論

　　〈菩薩蠻〉在《教坊記》中列為教坊曲，可知它創調於盛
唐。敦煌曲中，有十六首〈菩薩蠻〉，據前人考訂有兩首可以推
測出抄寫的年代，「枕前發盡千般願」為天寶年間的詞，「敦煌
古往出神將」為貞元年間的詞⑪。

　　近人有學者引《杜陽雜編》的資料，以為〈菩薩蠻〉是宣宗
大中年間入貢的歌曲，以推翻李白的〈菩薩蠻〉。今據《教坊
記》、敦煌曲子詞的資料，則證明盛唐有〈菩薩蠻〉，那麼李白有
可能填〈菩薩蠻〉，且「平林漠漠煙如織，寒山一帶傷心碧」，
「傷心碧」竟是四川方言中的慣用語，意指「極碧」、「很碧」的
意思。李白從小在四川長大，而詞中留下四川方言，使李白撰

〈菩薩蠻〉，更增加一有力的證據。

　　〈菩薩蠻〉的流行，至晚唐、五代，可謂極盛，北宋以後，漸次消竭，後人填寫，只是文字譜的〈菩薩蠻〉，而非傳唱於口中的音樂譜的〈菩薩蠻〉。

　　　　——中國唐代學會，中國唐代文化學術研討會論文集，1991 年 7 月

 注釋————————————————————

① 見清康熙時陳廷敬、王奕清等奉敕編撰的《御製詞譜》，〈菩薩蠻〉為雙調，四十四字的詞調。

② 《教坊記》錄有教坊曲三百二十五種曲目，〈菩薩蠻〉便是其中的一種。敦煌曲子詞的資料，有王重民的《敦煌曲子詞集》，任二北的《敦煌曲校錄》，以及一九八七年任二北新輯的《敦煌歌辭總編》，共載敦煌歌辭一千三百餘首，這些資料，便是最早的詞。

③ 敦煌曲中另一首〈菩薩蠻〉：「敦煌古往出神將，感得諸蕃遙欽仰。效節望龍庭，麟臺早有名。只恨隔蕃部，情懇難申吐。早晚滅狼蕃，一齊拜聖顏。」據《元和郡縣志》，河西隴右一帶陷蕃的年代先後，涼州陷於廣德二年，甘州陷於永泰二年，肅州陷於大曆元年，瓜州陷於大曆十一年，沙州陷於建中二年。據蘇瑩輝考訂，沙州郡治敦煌郡，遲至貞元元年才淪陷。而此詞有「只恨隔蕃部」句，可知此辭創作的年代，便是瓜、沙陷蕃期間所寫的。

④ 見劉大杰《中國文學發展史》第十七章「詞的興起」，認為李白的詞為後人所偽託。

⑤ 見《敦煌歌辭總編》卷三雜曲、隻曲。

⑥ 唐代敦煌縣是瓜州，敦煌郡是沙州。

⑦ 見任二北撰《教坊記箋訂》曲名〈菩薩蠻〉：「此調〈碧雞漫志〉五已

考。其始義有四種解釋：甲、《杜陽雜編》與《南部新書》說，以為宣宗時，女蠻國入貢之人作菩薩裝，乃有此名。……乙、日人中村久四郎說，認三字為阿剌伯語內稱回教徒之音，並有「木速蠻」「鋪速滿」「普速完」「舖述蠻」諸異譯。……丙、近人楊憲益說，三字乃驃苴蠻或符詔蠻之異譯。其調乃古緬甸樂，開、天間傳入中國，李白有辭。此說可取。丁、唐許棠〈奇男子傳〉及《太平廣記》一六六「吳保安」條引《紀聞》，皆述天寶十三載，郭仲翔從南詔之菩薩蠻洞逃歸，是證唐之菩薩蠻曲屬於佛教，不屬回教，已可以斷。

⑧見王琦《李太白年譜》。華正書局，民六十八年初版。

⑨見《唐宋詞鑒賞辭典》李白〈菩薩蠻〉，何滿子評析，上海辭書出版社。

⑩見《御製詞譜》卷五〈菩薩蠻〉。

⑪見蘇瑩輝《敦煌論集》有〈論唐時敦煌陷蕃的年代〉；以及潘重規《敦煌詞話》八〈敦煌愛國詞〉。

李白〈菩薩蠻〉探述

一、前言

　　唐代李白（701-762）有曠世之才，與戰國時代楚人屈原（343-277）同為長江流域、楚文化所孕育出來的偉大詩人。李白成長於綿州彰明縣青蓮鄉（今四川綿陽縣）①，屈原出生於湖北秭歸（一說生於郢都，今湖北江陵縣），由於長江上流山水的峻秀，賦予他們在文學上具有靈秀之氣，同時楚文化中的南音，也給他們在詩文中帶來了異彩。

　　李白受楚文化和屈原辭賦的薰陶和影響，他在〈廬山謠〉中，自稱：「我本楚狂人，鳳歌笑孔丘。」他自白為楚狂人，有一份狂狷浪漫的熱情，江南楚文化的特質。楚文化便含有江南的巫覡文化，崇尚鬼神之道，追求神仙之術，借南音以抒吐情懷，表現在文學上，充滿了神秘、浪漫、綺靡的色彩，屈原發其端，鮑照、謝朓承其緒，李白繼其後。

　　李白一生飄泊，他所作詩文和詞，散落各處，李白卒後，當塗令李陽冰加以收集整理，編裒為十卷②，其後歷代均有增益，因而引起真偽之辨。尤其李白所作詞，更為後世學者所爭議。

二、李白詞的資料

　　研讀李白詩文集，歷代多徵引宋楊齊賢、元蕭士贇，以及明胡震亨、清王琦四家的評注。清康熙年間，曹寅等輯《全唐詩》，收錄李白詩九百七十四首，補遺二十六首，詞十四首，共一千零十四首。清乾隆年間，王琦撰《李太白年譜》，並輯注成《李白詩文集》，由於研究精到，成為李白集的通行本。今人瞿蛻園、朱金城等就王琦本為基礎，加以擴大，增列會注、會評、補遺、篇目索引等，彙集成《李太白集校注》③，是目前各種李白詩文集中，內容最為完備的新版本。其中輯錄李白詩、賦共一千零五十首，文五十八首，補遺詩文七十一篇，共一千一百七十九篇。李白詞列於詩中的樂府，不予單獨歸類。

　　本文討論的範圍，就以李白〈菩薩蠻〉詞，加以探述。李白為詩仙，又被尊為「百代詞曲之祖」，究其一生，是個謎樣人物，細讀他的詩、文、詞，或可揭開部分的謎底。今依《全唐詩》所收錄李白的詞，共十四首：

桂殿秋　二首

清平調　三首

連理枝　二首

菩薩蠻　一首

憶秦娥　一首

清平樂　四首

　　此外，李白詩中尚有〈三五七言〉一首，這首長短句，應是

一闋詞,詞牌為〈秋風詞〉,因此現存李白的詞,共有十五首。

三、李白〈菩薩蠻〉的發現

　　詞是「音樂文學」,也是唐人開創的新體詩,稱之為詩餘、長短句。由於齊言的絕句和律詩在歌唱上較少變化。因而加上和聲,便成長短句,後來和聲成為實字,便成為詞,也稱曲子、曲子詞。這種新體詩,在開元、天寶年間(713 —755),已開始流行④。如果我們從唐人崔令欽的《教坊記》和近代發現的敦煌曲子詞等資料來看,詞的起源,當可確信在盛唐時期,便有詞的存在。

　　李白的〈菩薩蠻〉,最早是紀錄在宋人的著述中。宋釋文瑩的《湘山野錄》:

> 「平林漠漠煙如織」云云,此詞不知何人寫在鼎州滄水驛樓,復不知何人所撰,魏道輔泰見而愛之,後至長沙,得古集於曾子宣內翰家,乃知李白所作。

又宋魏慶之的《詩人玉屑》:

> 鼎州滄水驛有〈菩薩蠻〉,云「平林漠漠煙如織」云云,曾子宣家有《古風集》,此詞乃太白作也。⑤

又宋黃玉林(自稱花庵詞客)編撰《唐宋諸賢絕妙詞選》卷一,選李白的〈菩薩蠻〉、〈憶秦娥〉,並在調名下注云:「二詞為百

代詞曲之祖。」

今將李白〈菩薩蠻〉原詞抄錄如下：

> 平林漠漠煙如織，寒山一帶傷心碧，瞑色入高樓，有人樓
> 上愁。　　玉階空佇立，宿鳥歸飛急。何處是歸程？長亭
> 更短亭。

這首詞是題在鼎州滄水驛的樓上，鼎州，在今湖南省常德、
沅江、桃源等縣，而滄水便是漢壽，常德與漢壽，是洞庭湖的東
西兩岸的縣治，而李白流放夜郎時，曾在此逗留，因此李白撰寫
〈菩薩蠻〉，並非不可能。

四、李白〈菩薩蠻〉真偽的探述

歷代學者，對李白的〈菩薩蠻〉，是否為其所著，持論不
一。大抵宋人對李白的〈菩薩蠻〉，未曾加以置疑，李白去宋代
不遠，宋人的論點應可取信。因此有「詞中有三李：李白、李後
主、李清照」的美譽，如李白不曾填〈菩薩蠻〉、〈憶秦娥〉等
詞，那麼詞中便只有二李。

宋人魏慶之、佛門弟子文瑩，以及花庵詞客，都把〈菩薩蠻〉
（平林漠漠煙如織）一闋，視為李白所作。清代詞家，也主此
說。例如：清代吳衡照《蓮子居詞話》：

> 唐詞〈菩薩蠻〉、〈憶秦娥〉二闋，花庵以後，咸以為出
> 自太白，然《太白集》本不載，至楊齊賢、蕭士贇註始附

益之。胡應麟《筆叢》疑其偽托,未為無見。謂其意調,
絕類溫方城殊不然。如「暝色入高樓,有人樓上愁」,
「西風殘照,漢家陵闕」等語,神理高絕,卻非《金荃》
手筆所能。

又清人劉熙載《藝概》的話:

> 梁武帝〈江南春〉、陶宏景〈寒夜怨〉、陸瓊〈飲酒樂〉、
> 徐長穆〈長相思〉皆其詞體,而堂廡未大。至太白〈菩薩
> 蠻〉之繁絃促節,〈憶秦娥〉之長吟遠慕,遂使前此諸
> 家,悉歸環內。

又云:

> 太白〈菩薩蠻〉、〈憶秦娥〉兩闋,足抵少陵〈秋興〉八
> 首,想其情境,殆作於明皇西幸後乎?⑥

又清人陳廷焯《白雨齋詞話》的話:

> 太白〈菩薩蠻〉、〈憶秦娥〉兩闋,神在箇中,音流絃
> 外,可以是為詞中鼻祖。

自從李白在鼎州滄水驛樓將〈菩薩蠻〉在驛樓題壁後,經宋
釋文瑩的記述,開始也不知道是誰寫的詞,後來在曾鞏的弟弟曾
子宣家中,看到古集(《詩人玉屑》說是《古風集》),才知道這

闋〈菩薩蠻〉原來是李白作的。

　　自此以後,無論是詩話,詞話或詞的選本,大都認為〈菩薩蠻〉、〈憶秦娥〉為李白的作品,而且評價很高,為「詞中鼻祖」、「百代詞曲之祖」或「千載獨步」的詞家。當代著名的學者所選的詞選,如林大椿的《全唐五代詞》、鄭騫的《詞選》等,也秉持同樣的看法。

　　但歷代也有抱懷疑態度的,持相反的意見,認為〈菩薩蠻〉不出李白之手。

　　首先懷疑〈菩薩蠻〉不是李白的詞是明胡應麟的《少室山房筆叢》:

　　　　昔宋人選填詞,曰《草堂詩餘》。其曰草堂者,太白詩名
　　　　《草堂集》,見鄭樵書目。太白本蜀人,而草堂在蜀,懷故
　　　　國之意也。曰詩餘者,〈憶秦娥〉、〈菩薩蠻〉二首,為
　　　　詩之餘而百代詞曲之祖也。今士林多傳其書而昧其名,故
　　　　於余所著《詞品》首揭之云。

又云:

　　　　余謂太白在當時,直以風雅自任,即近體盛行,七言律鄙
　　　　不肯為,寧屑事此?且此二詞雖工麗而氣衰颯,於太白超
　　　　然之致,不啻穹壤。藉令真出青蓮,必不作如是語。詳其
　　　　意調,絕類溫方城輩蓋晚唐人詞,嫁名太白。

胡氏以為〈菩薩蠻〉、〈憶秦娥〉詞意衰颯,與太白超然的風格

不同，視為是溫庭筠的詞。民國以來，懷疑主義盛行，對傳統的論點往往加以否定，如俞平伯的〈今傳李太白詞的真偽問題〉，吳企明的〈李白清平調詞三首辨偽〉，都反對李白填詞之說。

其次如胡適的《白話文學史》、劉大杰的《中國文學發展史》認為詞起源於中唐，李白的詞便是後人所託名。

五、〈菩薩蠻〉為李白真作的推測

在中國文學史上，就詞史或詞選而言，對李白的詞〈菩薩蠻〉、〈憶秦娥〉的真偽，必須論及，尤其關於〈菩薩蠻〉一詞，爭議尤多。前言的說法紛紜，約可分成兩派：一派是肯定李白作的，一派是否定李白所作，肯定派多從舊說，不容易標新立異，他們喜愛這些詞，因而傾向於相信是李白作的。否定派則從多方的角度來否定，他從考證方面來立論。但到現在為止，仍然缺乏強有力的證據，足以將李白作的推翻。

本篇便從四種角度，來探述李白的〈菩薩蠻〉，或許可以得到更進一步的了解，這四種角度是：㈠從〈菩薩蠻〉的創調，與李白的年代吻合；㈡從〈菩薩蠻〉發現的地點，與李白的行蹤吻合；㈢從〈菩薩蠻〉詞語句法的運用，與李白的詩語句法吻合；㈣從〈菩薩蠻〉境界風格，與李白詩歌風格吻合；從四種角度來推測，更足以肯定李白作〈菩薩蠻〉，是不可移易的。

㈠從〈菩薩蠻〉的創調，與李白的年代吻合

最早記載〈菩薩蠻〉的資料，要算是唐人崔令欽的《教坊記》，它將〈菩薩蠻〉列入教坊曲中，只出現曲調名，而沒有紀

錄曲詞。

《教坊記》一書，完成於開元年間（713—741），今所傳者，雖僅殘剩兩千餘字，該書所載的事，以初唐及盛唐為限。其中最珍貴的，便是提到當時的教坊曲有三百二十五種曲目，雖沒有紀錄曲詞，今人卻可與敦煌曲子詞相互印證。崔令欽是唐玄宗開元時人，由於《教坊記》提到〈菩薩蠻〉的詞調，便證明盛唐時〈菩薩蠻〉已流行於宮庭中。

其次清光緒二十六年（1900），敦煌莫高窟藏經室的發現，有三萬多卷唐人的寫本出土，其中敦煌曲子詞的部分，依今人任二北所撰的《敦煌歌辭總編》，收錄有敦煌曲子詞約一千三百多首。標明〈菩薩蠻〉曲調的歌詞，共十八首。其中有一首「枕前發盡千般願」，是貞元十八年以前的曲子。其詞句為：

> 枕前發盡千般願，要休且待青山爛。水面（上）秤錘浮，
> （直待）黃河徹底枯。　　　　白日參辰現，北斗迴南面，休
> 即未能休，（且待）三更見日頭。（斯4331）

詞句中括號處為散聲。據任二北《敦煌曲校錄》考證：「此辭可能寫於天寶元年，而作於開元時。」任氏據向達的〈敦煌所藏敦煌卷子經眼目錄〉，謂此卷背後錄有壬午年龍興寺僧願學便物字據，推定「壬午年」是天寶元年（742）。今據林玫儀《詞學考詮》所云，認為饒宗頤〈敦煌詞劄記〉所述壬午應是貞元十八年之壬午（802），並考證天寶壬午三月僅得二十九日，而無三十日，然敦煌原件分明記「三月卅日」，則任說非是，應從饒說⑦。那麼這首「枕前發盡千般願」的〈菩薩蠻〉，便是貞元十八年以前，

流行於瓜州、沙州一帶的曲子詞。

〈菩薩蠻〉為最通俗、最常見，也最流行的詞調，其結構為雙調，上片七言兩句，五言兩句，下片五言四句，共四十四字，每兩句一韻，是一闋五七言混合體詞⑧。從〈菩薩蠻〉詞句結構來看，正可以說明由詩到詞，從齊言詩衍變為長短句的詞，〈菩薩蠻〉便是其中最具代表性的詞調之一。

李白出生於四川綿州青蓮鄉，二十五歲時離開四川，足跡遊遍大江南北。天寶元年（742）他四十二入朝，任翰林供奉，三年後，離開長安，又過其浪跡天涯的生活⑨。依《教坊記》的記載，〈菩薩蠻〉正流行於宮中，而李白在當時，無論是時間和空間上的機緣，都有機會接觸到〈菩薩蠻〉的曲調⑩。

今人楊憲益也主張〈菩薩蠻〉為李白所作，他說：〈菩薩蠻〉是古代緬甸方正的樂調，由雲南傳入中國。著名的〈菩薩蠻〉詞「平林漠漠煙如織」是李白的作品，因為李白是氐人，生長在綿州昌明，所以幼時就受了西南音樂的影響。在開元年間，李白流落荊楚，路過鼎州滄州樓，登樓望遠，忽思故鄉，遂以故鄉的舊調作為此詞⑪。因此，依據〈菩薩蠻〉的創調和流傳，正與李白的年代可以吻合，李白能填〈菩薩蠻〉，當無可置疑。

㈡從〈菩薩蠻〉發現的地點，與李白的行跡吻合

北宋釋文瑩《湘山野錄》云：「此詞不知何人寫在鼎州滄水驛樓，復不知何人所撰，魏道輔泰見而愛之。後至長沙得古集於曾子宣（曾布）內翰家，乃知李白所作。」這大約是熙寧元豐年間的事，相當於西元一○六六至一○八五年間，鼎州今湖南常德。

北宋時李白詩尚無定本，對李白的詞也不熟悉。北宋沈括
《夢溪筆談》提及李白集有〈清平樂〉四首，但未提及〈菩薩
蠻〉、〈憶秦娥〉，及至北宋末年，邵博的《聞見後錄》云：

> 「簫聲咽，秦娥夢斷秦樓月。秦樓月，年年柳色，灞陵傷
> 別。樂遊原上清秋節，咸陽古道音塵絕。音塵絕，西風殘
> 照，漢家陵闕。」李太白詞也。予嘗秋日餞客咸陽寶釵樓
> 上，漢諸陵在晚照中，有歌此詞者，一坐悽然而罷。

北宋時已確定此詞是李白詞，且可傳唱。〈菩薩蠻〉與〈憶秦娥〉
並稱，在北宋時已確然指是李白所作，當可無疑。

李白是否到過鼎州？何時到滄水驛樓？這與〈菩薩蠻〉的創
作有密切的關係。依王琦的《李太白年譜》記載：

> 乾元元年戊戌，終以永王事長流夜郎，遂泛洞庭，上三
> 峽，至巫山。
> 乾元二年己亥，未至夜郎，遇赦得釋。還憩江夏岳陽，復
> 如尋陽。

乾元元年，李白五十八歲，因坐永王事，被流夜郎。第二
年，未至夜郎，遇赦釋，因而還憩江夏岳陽，又到尋陽。當時刑
部侍郎李曄，李白的族叔，因鳳翔馬坊押官為盜一案，貶嶺南，
過巴陵，與賈至、李白同遊洞庭。因而李白有〈陪族叔侍郎曄及
中書賈舍人至遊洞庭五首〉、〈夜泛洞庭尋裴侍御清酌〉、〈陪侍
郎叔遊洞庭醉後三首〉。今錄〈陪族叔侍郎曄及中書賈舍人至遊

洞庭五首〉中第一首及第五首:

洞庭西望楚江分,水盡南天不見雲。
日落長沙秋色遠,不知何處弔湘君。(其一)

帝子瀟湘去不還,雲餘秋草洞庭間。
淡掃明湖開玉鏡,丹青畫出是君山。(其五)

鼎州,唐稱朗州,宋改名鼎州,後升為常德府,今湖南常德縣。滄水,源出湖南常德縣滄山,東北流至漢壽縣西,與浪山水合,故曰滄浪水。李白於乾元二年(759)在洞庭湖與李曄、賈至同遊,到過岳陽、常德(鼎州)、漢壽(滄水),而常德與漢壽是位於洞庭湖東西兩岸的縣治,而滄水驛樓,在滄浪水邊,滄浪水自古有名,太白等人必往前遊。李白因事被貶,雖獲釋,仍是待罪之身,登滄水驛樓,見秋日煙波杳渺,不禁寫下「平林漠漠煙如織,寒山一帶傷心碧」的詞句。滄水驛離京都長安甚遠,不免引來思歸之心,「何處是歸程?長亭更短亭。」興望歸之歎,與「日落長沙秋色遠,不知何處弔湘君」,心境迷茫,句法相近。

〈菩薩蠻〉發現之地點在鼎州滄水驛樓,與李白的行蹤相吻合,且五十九歲的李白,當時的心境也與該詞秋日思歸的情境吻合。

(三)從〈菩薩蠻〉詞語句法的運用，
與李白的詩語句法吻合

　　從詩詞語句法的運用上來看，李白有很多詩句與〈菩薩蠻〉的遣詞相似。如〈長相思〉：「長相思，在長安，絡緯秋啼金井闌，微霜淒淒簟色寒。孤燈不明思欲絕，卷帷望月空長歎，美人如花隔雲端。上有青冥之高天，下有淥水之波瀾。天長路遠魂飛苦，夢魂不到關山難。長相思，催心肝。」這是句法相似，氣勢綿密相似。

　　楊憲益也提到詞語的判斷，「玉梯空佇立」通行本作「玉階」，玉梯是原本，玉梯是指驛樓的樓梯，與上句的「有人樓上愁」配合。玉梯一詞，常見於唐宋詩詞，如盧綸詩：「高樓倚玉梯。」李商隱詩：「樓上黃昏望欲休，玉梯橫絕月如鉤。」曹唐詩：「羽客爭升碧玉梯。」丁謂詞：「玉梯相對開蓬島。」古代道家好用玉字，如「玉殿」、「玉樓」、「玉臺」、「玉霄」、「玉洞」、「玉闕」之類。自漢末道教流行，以巴蜀為最盛，唐代氏族多信奉道教，李白詩裡也受有很深的道教影響⑫。

　　其次「平林漠漠煙如織，寒山一帶傷心碧」，其中「傷心碧」一詞，「傷心」是四川語。現在四川還盛行這一語彙，人們常常可以聽到「好得傷心」或「甜得傷心」之類的話，意即好得要命或甜得要死。「傷心碧」也即「極碧」。杜甫〈滕王亭子〉詩：「清江錦石傷心麗。」「傷心麗」，也是「極麗」的意思。李白和杜甫都在四川生活過，以蜀地的口語方言入詩，化俗入雅，妙語天成⑬。

　　從「傷心碧」一詞，再看李白偏愛用「碧」字，在他的詩集

中，「碧」字共九十二次，例如：

燕草如碧絲。	錦水東流碧。
暮從碧山下。	水搖寒山碧。
湖光搖碧山。	常恐碧草晚。
淇水流碧玉。	松色寒轉碧。
色染乎煙碧。	雲天掃空碧。
孤帆遠影碧空盡。	荷花初紅柳條碧。
歸臥空山釣碧流。	碧窗紛紛下落花。
明月不歸沈碧舟。	疑是武陵春碧流。

　　以上僅略舉部分，舉凡山海、溪流、煙霞、松枝、草葉、樓臺、紗窗等，目之所視，心之所向，皆喜用「碧」字來形容。且碧字用於句末或韻腳處共七次，而「寒山一帶傷心碧」，直覺太白手筆，自然順當，毫無矯飾堆砌之病。詩人對事物的偏愛，甚於常人，李白愛月、愛酒、愛蓮、愛碧色，從此可見其對事物的偏愛。

㈣從〈菩薩蠻〉境界風格，與李白詩歌風格吻合

　　歷來解說這首詞，認為它是眺遠懷人之作，但更多的人，說它是羈旅行役者思歸的詞。李白天才放逸，其〈菩薩蠻〉、〈憶秦娥〉詞，千古絕唱，自成一體，非他人所能依效，清新飄逸，疏宕有奇氣，亦如詩風。明胡應麟《少室山房筆叢》說此二闋詞，詳其意調，絕類溫庭筠詞，蓋晚唐人詞，嫁名太白。

　　細讀李白和溫庭筠兩家詞風，格調絕不相類，「暝色入高

樓,有人樓上愁」,不著匠痕,自然流麗,亦如李白詩所云:
「清水出芙蓉,天然去雕飾。」然而溫庭筠詞,王國維評其特色
為「句秀」,如「新貼繡羅襦,雙雙金鷓鴣。」溫詞堆砌麗辭,
開西崑積習。《雨村詞話》評溫詞:「溫庭筠喜用『毿毿』及
『金鷓鴣』『鳳凰』等字,是西崑積習。」「平林漠漠煙如織」這
闋詞,用字清新秀逸,毫無做作,風格俊逸,意境曠遠,是李太
白登臨的佳構。迥然不同於溫庭筠的喜用「金荃、握蘭」等綺麗
字眼,以及幽香冷艷的風尚。李白詩、詞出於樂府,然能以樂曲
寄以新意,表現清新、明朗的風格,飄逸、曠遠的境界。從〈菩
薩蠻〉的詞境風格來看,可與李白的詩歌風格相吻合。

六、結論

　　李白〈菩薩蠻〉自鼎州滄水驛樓發現之後,宋人傳誦,考證
其確為李太白之作,其後少有異議,僅明代胡應麟《筆叢》疑為
溫庭筠所作,嫁名李白。民國以來,懷疑主義的流行,如胡適
之、俞平伯、劉大杰等,認為〈菩薩蠻曲〉是唐大中初年(約
850)的詞曲,那麼生於開元、天寶時代的李白,自然不可能填
〈菩薩蠻〉,但考察《教坊記》與敦煌曲,證明開元、天寶時代,
〈菩薩蠻〉已流行,且李白於五十八、五十九歲時,曾到過鼎
州,在洞庭湖常德、漢壽停留過,以他思歸的心境,可與〈菩薩
蠻〉的情境配合,因此李白填寫〈菩薩蠻〉是不必置疑的。

——中央研究院文哲研究所,第一屆國際詞學研討會,1994 年 11 月

注釋————————————————

①李白的籍貫，據唐李陽冰〈草堂集序〉云：「李白，隴西成紀人，涼武昭王暠九世孫。蟬聯珪組，世為顯著，中葉非罪，謫居條支，易姓與名，累世不曜。神龍之初，逃歸於蜀。」清王琦《李太白年譜》：「據太白詩文自述，系出隴西漢將軍李廣後，于涼武昭王為九世孫。當隋之末，其先世以事徙西域，隱易姓名。故唐興以來，漏於屬籍，至武后時，子孫如還內地，于蜀之綿州家焉。」李白祖籍隴西成紀人，其祖先因獲罪謫居西域，唐武后時，其父始逃歸四川綿州。

②宋樂史〈李翰林別集序〉云：「李翰林歌詩，李陽冰纂為《草堂集》十卷，史又別收歌詩十卷，與《草堂集》互有得失，因校勘排為二十卷，號曰《李翰林》。」集唐李陽冰收李白的詩歌共10卷，宋樂史更擴大收集，增為20卷。共收詩歌776篇。

③瞿蛻園、朱金城二位校注的《李太白集校注》，本為上海古籍出版社出版，臺灣里仁出版社，於1981年出版。

④《全唐詩》，卷889，詞一：「唐人樂府，元用律絕等詩雜和聲歌之，其并和聲作實字，長短其句以就曲拍者，為填詞。開元、天寶肇其端，元和、太和衍其流，大中、咸通以後，迄於南唐二蜀，尤家工戶習，以盡其變。」

⑤《詩人玉屑》，卷21，「詩餘」太白條。

⑥劉熙載：《藝概·詞曲概》。

⑦饒宗頤：〈敦煌詞劄記〉，《九州學刊》第4卷第4期（1992年4月）。林玫儀《詞學考詮》在〈由敦煌曲看詞的起源〉，探討「枕前發盡千般願」這首〈菩薩蠻〉，流傳年代，應是德宗時代的作品，即貞元十八年壬午。《詞學考詮》，聯經出版社，1987年12月。

⑧ 清康熙年間，陳廷敬、王奕清等奉敕編撰的《御製詞譜》，〈菩薩蠻〉為雙調，44字。

⑨ 清人王琦：《李太白年譜》，華正書局，1979年。

⑩ 拙著：〈菩薩蠻的創調與流傳〉，唐代學會《唐代文化研討會論文集》，1991年7月。

⑪ 楊憲益：〈李白與菩薩蠻〉，《李太白研究》，臺北：里仁書局。

⑫ 同前註。

⑬ 唐圭璋等編寫：《唐宋詞鑑賞》，見何滿子所寫的〈菩薩蠻〉鑑賞。

李白與蓮花

一、前言

　　唐人李白（701-762）被世人譽為詩仙，其實他的一生，便是一個謎。細讀他的詩文，可揭開部分的謎底。

　　讀李白詩文，發現他在詩中除了「酒」和「月」經常出現外，「蓮」和「蘭」也是出現最多的詞彙。近人郭沫若曾就李白詩中的「酒」，已有專題論述①；又李白詩中的「月」，也有人寫過此類的文章②。由於讀李白的詩文，發現詩中提到「蓮」、「荷」、「青蓮」、「芙蓉」、「菡萏」、「芙蕖」等詞彙，為數不少，因而撰寫〈李白與蓮花〉，以探索李白詩文中所表現的「蓮」，以及他心目中的蓮花世界。

二、李白詩文中蓮的聯想

　　在李白的詩文集，以清代乾隆年間王琦輯注的《李白詩文集》，為最通行的版本。有關李白詩文的注釋或評箋，歷代以來，多徵引宋楊齊賢、元蕭士贇，以及明胡震亨、清王琦四家的評注為主。今人瞿蛻園等對李白研究的成果，加以會校、會注、會評，增列補遺和篇目索引，蒐集的豐富，徵引的詳博，已超越前朝，彙集成《李太白集校注》③，是目前各本李白詩文集中，

內容最完備的新版本，今由臺灣里仁書局印行。其中輯錄有李白
的詩、賦共一千零五十首，文五十八篇，補遺詩文七十一篇。如
以清康熙年間的所輯的《全唐詩》，李白詩僅九百七十四首，補
遺二十六首，詞十四首，則瞿蛻園等校注本與《全唐詩》李白詩
的比較，瞿本在數量上已增多不少。

　　本文依據的資料，便採用《全唐詩》本與瞿蛻園校注本相互
對校，將李白詩文中與蓮有關的標題和詞語加以歸納，並加以整
理和分析，以了解李白詩文中，對蓮的含義和意象。在李白詩文
中，用荷花、蓮、蓮葉、芙蓉、芙蕖、菡萏等與蓮荷有關的詞
句，共四十六次。李白的文中，用蓮的詞語僅一次，即〈悲清秋
賦〉中，有「荷花落兮江色秋，風嫋嫋兮夜悠悠」句，寫秋江荷
花落，僅寫景而已。其他四十五次，均在詩中出現，可分析李白
詩中蓮的用意。今用下列數端，分析李白詩中「蓮」的意象。

(一)蓮的本義，爲植物中的蓮

　　蓮的本義，是水生的植物名，遍生於水澤湖沼，無論大江南
北，在南方、在北方均有蓮。荷蓮的異名很多，或稱荷、芙蓉、
芙蕖、菡萏、清蓮、紅蕖、滄波客等，以蓮、荷最為常用。蓮包
括花、葉、莖、藕，但蓮的絃外之音，便很複雜。晚唐司空圖
《詩品》有「含蓄」一品，指「不著一字，盡得風流」；南宋嚴
羽《滄浪詩話》，更擴展司空圖的「味外之旨」、「弦外之音」；
南宋嚴羽「羚羊掛角，無跡可尋」之說，要求詩要達到「言有盡
而意無窮」的效果④。今人論詩，多以意象論之，分析詩歌的方
法相同，惟措詞不同罷了。在李白寫夏秋之間的蓮，因寫景的緣
故，寫入詩中。

　　例如：

　　　若耶谿傍採蓮女，笑隔荷花共人語。──〈採蓮曲〉

　　　碧荷生幽泉，朝日豔且鮮。──〈古風‧五十九首〉

　　　鏡湖三百里，菡萏發荷花。──〈子夜夏歌〉

　　　綠溪見綠篠，隔岫窺紅蕖。──〈金門答蘇秀才〉

　　　江北荷花開，江南楊梅熟。──〈敘舊贈江陽宰陸調〉

　　　一為滄波客，十見紅蕖秋。──〈越中秋懷〉

　　　涉江弄秋水，愛此荷花鮮。

　　　攀荷弄其珠，蕩漾不成圓。──〈擬古‧十二首〉

以上諸例，大都為李白詩中寫景的蓮荷，而蓮在詩題中出現
的，有〈採蓮曲〉、〈湖邊採蓮婦〉兩題，均為植物中的蓮，或
以蓮比盛夏、比擬美女，比擬高潔，此皆蓮的弦外之音，讀詩當
如人飲水，冷暖自知。

㈡楚文化中的蓮

　　李白受楚文化、屈原辭賦的薰陶和影響，他詩歌中的蓮、荷
具有楚文化和屈原象徵文學的特色。

　　讀李白〈廬山謠〉，有「我本楚狂人，鳳歌笑孔丘」句，李
白四川青蓮鄉人，屬於古代的楚地。他曾自白為楚狂人，有一份
狂狷浪漫的熱情，這是南方楚文化的特質。因為地理環境直接影
響到一位作家的文學作品風格。李白和屈原，都是受長江的靈秀
孕育出來的作家，屈原家鄉在湖北秭歸，在三峽口，風景秀麗；
李白在綿州青蓮鄉，面對長江的上游，至今尚有李白讀書洞，景

色優美。楚文化便是江南的巫覡文化，崇尚鬼神之道，追求神仙之術，表現在文學中，便是充滿神秘、浪漫、綺靡的色彩，屈原發其端，李白繼其後。

　　屈原作品中，最早用蓮作為象徵文學意象的使用，如〈離騷〉的文句，引用香草來比喻君子、象徵高潔，如：

> 扈江離與辟芷兮，紉秋蘭以為佩。
> 余既滋蘭之九畹兮，又樹蕙之百畝。畦留夷與揭車兮，雜杜衡與芳芷。
> 製芰荷以為衣兮，集芙蓉以為裳。

因此屈原的作品多用香草美人比喻君子，雲霓惡鳥比喻小人。班固引淮南王劉安敘離騷傳語：「國風好色而不淫，小雅怨悱而不亂，若離騷者可謂兼之，蟬蛻濁穢之中，浮游塵埃之外，皭然泥而不滓，推此志，雖與日月爭光可也。」

　　屈原將荷芰、芙蓉視為香草，象徵高潔。李白詩中發揮楚文化，繼承屈原象徵文學的精神，用松、蘭、蓮荷、芙蓉比喻君子，象徵高潔。如〈古風・其二十六〉：

> 碧荷生幽泉，朝日豔且鮮。秋花冒綠水，密葉羅青煙。秀色空絕世，馨香道誰傳。坐看飛霜滿，凋此紅芳年。結根未得所，願托華池邊。

整首詩在詠荷，借荷與華池，比喻君子有絕世之行，而不為世所知，如何才能託身於朝廷被世所用，是李白借蓮荷以表履潔懷

芳，又恐年華老去，不被世所用而自傷的感歎。

　　同時李白詩中用芙蓉比喻美人，比喻君子。如〈古風・其四十九〉：

　　　　美人出南國，妁灼芙蓉姿。皓齒終不發，芳心空自持。由
　　　　來紫宮女，共妒青蛾眉。歸去瀟湘沚，沈吟何足悲？

這些在〈古風〉中的詩，是有所託興，非純粹詠物的詩，我們要從詠物詩中，探索詩人內心的世界。

㈢道家思想中的蓮

　　李白詩中所表現的思想，是唐人三教合一的思想，李白〈古風〉五十九首中有儒家思想，李白詩中的游仙觀念和仙氣，是含有道家思想，同時，他也與僧侶方士來往，有佛家思想。由於李白是道士，他四十二歲因吳筠道士的推薦，入朝為唐玄宗的翰林供奉，因而在他的詩中，流露道家思想至為顯著。

　　從李白詩中所寫的蓮花和芙蓉，可以洞察到李白的道家思想，而蓮的意象，便含有飄逸脫俗的神仙境界。例如：

　　　　太華三芙蓉，明星玉女峰。──〈江上答崔宣城〉
　　　　西上蓮花山，迢迢見明星。素手把芙蓉，虛步躡太清。
　　　　──〈古風・其十九〉
　　　　昔我遊齊都，登華不注峰。茲山何峻秀，綠翠如芙蓉。
　　　　──〈古風・其二十〉
　　　　黃山四千仞，三十二蓮峰。丹崖夾石柱，菡萏金芙蓉。

　　——〈送溫處士歸黃山白鵝峰舊居〉

　　遙見仙人綵雲裡，手把芙蓉朝玉京。——〈廬山謠寄盧
　　侍御虛舟〉

　　石作蓮花雲作臺，雲臺閣道連窈冥。中有不死丹丘生，明
　　星玉女備灑掃。——〈西嶽雲臺歌送丹丘子〉

　　天上白玉京，十二樓五城，仙人撫我頂，結髮受長生。…
　　…清水出芙蓉，天然去雕飾。——〈經亂離後，天恩流
　　夜郎，憶舊遊書懷，贈江夏韋太守良宰〉

　　李白的游仙詩，借蓮花、芙蓉烘托仙境，仙是山居者，也是
長生不老者，仙人要御雲而遊，漫遊四海，以表現仙人的無牽無
掛，自由瀟脫。詩中的蓮花山、華不注峰都是仙人居住的地方，
仙人手握芙蓉，步於太清天空。《太平御覽‧卷三十九》有〈華
山記〉云：「山頂有池，生千葉蓮花，服之羽化，因曰華山。」
蓮和蓮花與仙人、仙境有密不可分的關係。

　　神仙思想，自古有之，是中國人思想表徵之一。游仙作品，
最早首推屈原的〈遠遊〉和〈離騷〉，由於他忠貞反遭讒謗，於
是假遊仙以排遣心中的苦悶。其後秦漢人創造不少神仙事蹟，如
西王母、赤松子、王子喬等，魏晉南北朝離亂，人們生活困頓，
加以玄風日盛，民間方術盛行，詩人借遊仙以排遣苦悶，追求生
命的超脫。李白詩中創造太虛仙境，用芙蓉暗示光華、脫俗的神
仙世界。

(四)佛家思想中的蓮

　　唐人三教合一，李白詩中也有佛家思想。蓮足以象徵佛教，

如蓮花覺，如惡夢醒。佛像中佛手持蓮花或立於蓮花座，蓮花與佛教可謂密不可分。李白詩中的蓮花，也表達了李白與佛教的關係，用蓮花象徵佛教的精神和境界。今引李白詩中的蓮花與佛教思想有關的詩句如下：

> 了見水中月，青蓮出塵埃。──〈陪族叔當塗宰遊化城寺升公清風亭〉
>
> 我尋青蓮宇，獨往謝城闕。──〈廬山東林寺夜懷〉
>
> 真僧法號號僧伽，有時與我論三車。……戒得長天秋月明，心如世上青蓮色。──〈僧伽歌〉
>
> 人亡餘故宅，空有荷花生。──〈對酒憶賀監〉

李白詩中的青蓮，暗示佛教中超脫塵俗的境界，水中月，如幻如沫；青蓮出塵埃，有禪意，脫俗寧靜，超越塵表。青蓮花出於西竺，梵語謂之優缽羅花，清淨香潔，不染纖塵⑤。〈僧伽歌〉中的青蓮，也是心挣空明的禪境。而青蓮宇是指廬山東林寺的佛廟。〈對酒憶賀監〉，是悼念太子賓客賀知章的詩，李白四十二歲入京任翰林供奉，與賀知章相知，賀知章讀李白〈蜀難道〉，稱譽李白的詩才為天下的謫仙，友人的知遇知音，成為心交，李白寫此詩時，賀知章已亡故，故云：「人亡餘故宅，空有荷花生。」荷花雖是寫景，但有睹花思人，超越生死的佛性，生死幻化，涅盤永生，弦外之音，溢於言表。

㈤劍俠中的蓮花

李白詩中的蓮花，有兩條與劍有關，李白雖是經常不回家的

浪子，也是游俠，因而有人稱他為「劍俠李白」。試讀其與劍和
蓮花有關的詩：

> 寶劍雙蛟龍，雪花照芙蓉。精光射天地，雷勝不可衝。一
> 去別金匣，飛沈失相從。風胡歿已久，所以潛其鋒。吳水
> 深萬丈，楚山邈千重。雌雄終不隔，神物會當逢。——
> 〈古風·其十六〉
> 入幕推英選，捐書事遠戎。高談百戰術，鬱作萬夫雄。起
> 舞蓮花劍，行歌明月弓。——〈送梁公昌從信安北征〉

詩中「雪花照芙蓉」是形容雌雄雙寶劍的鋒銳，劍氣如芙
蓉。第二首「起舞蓮花劍」，蓮花劍是劍名，也可以說梁公舞
劍，劍影幻起朵朵蓮花，形容舞劍的高妙。所以李白詩歌中用蓮
花形容劍氣劍影，李白不愧是劍俠，對劍有熱愛，有俠客之情。

(六)青蓮鄉和青蓮居士

在《舊唐書·文苑傳》中，李白是山東人。范傳正〈唐左拾
遺翰林學士李公新墓碑〉云，李白，隴西成紀人，涼武昭王暠九
世孫。李白出生的地點，便是一個謎，李白的祖籍是隴西成紀，
在今甘肅天水附近。隋末其祖先獲罪，流徙西域，范傳正李白墓
碑說是碎葉，郭沫若《李白與杜甫》也主此說，李陽冰說其祖先
謫居條支。到唐神龍初，他的父親遁回四川，《成都古今記》說
是綿州，《新唐書》說是巴西。因此李白真正的出生地，便是一
個謎。但李白在二十五歲前，是在四川長大的，確是不爭的事
實。

　　李白居綿州彰明縣青蓮鄉，最早青蓮鄉是「清廉鄉」⑥，因李白是「青蓮居士」，才把「清廉」改為「青蓮」。稱為青蓮居士，在〈答湖州迦葉司馬問白是何人〉詩，李白自白：

> 青蓮居士謫仙人，酒肆藏名三十春。
> 湖州司馬何須問，金粟如來是後身。

李白雖非僧侶，他自稱青蓮居士便是金粟如來的後身。唐人稱居士，多半是皈依佛門的俗家弟子，如白居易自稱為「香山居士」。李白是青蓮鄉人，又是青蓮居士，青蓮便暗示了佛門，所以說佛門李白，也是有原因的。

㈦蓮的一般意象

　　蓮荷或芙蓉，在一般詩文中，都象徵青春、美貌、高潔、脫俗等意象。李白詩中的蓮、荷，也有這種暗示。例如：

> 魏都接燕趙，美女誇芙蓉。——〈魏郡別蘇明府因北遊〉
> 秀色掩古今，荷花羞玉顏。——〈西施〉
> 復攜兩少女，艷色驚荷花。——〈早秋贈裴十七仲堪〉
> 昔日芙蓉花，今成斷根草。以色事他人，能得幾時好。
> ——〈妾薄命〉

　　用蓮荷比喻青春美貌，這是蓮花一般意象的使用，李白詩中也不例外。又蓮代表高潔，出淤泥而不染，也是一般詩文中常見的意象，在此不多加著言。

三、結論

　　從李白詩文中對蓮的運用，可知李白多元化的生活，多重性的人生觀。有人稱他為書生李白、儒者李白、道士李白、佛門李白、詩仙李白、楚狂李白、浪子李白、劍俠李白、居士李白等，這些多樣性身分，都集於一身，作為對李白的寫照，都很恰當。

　　李白詩淵源於屈原和楚文化，承繼六朝綺靡詩風，加上唐人思想開放，唐詩發展壯闊，造就李白詩登峰造極的成就，成為我國詩界中的閃亮巨星。

　　蓮花，本是單純的植物名，在詩人的心目中，竟然如千手觀音一樣，可以幻化為千變萬化的意象，豐富了詩歌的內涵，加深了詩歌情意的濃度，加寬詩歌境界的寬度。而李白詩的可愛，便在他自己所說的：「清水出芙蓉，天然去雕飾。」不假雕飾，挺立如清水中的芙蓉。

——林尹教授逝世十週年學術論文集

注釋

① 見郭沫若《李白與杜甫》其中〈杜甫嗜酒終身〉：「詩人和酒，往往要發生密切的聯繫。李白嗜酒，自稱『酒中仙』。……李白現存的詩和文一千五十首作了一個初步的統計，說到飲酒上來的有一百七十首，為百分之十六強。」人民文學出版社，1972 年，北京。

② 見翁文嫻〈一個意象在詩中純熟的程度——自七首詩看李白用『月』的變化〉：楔子中提到李白詩共一〇五九篇，其中三四一篇提到月亮，可以說白每寫三首詩，就不期而然看見月亮。

③ 瞿蛻園・朱金城《李白集校注》，本為上海古籍出版社出版。

④見嚴羽《滄浪詩話・詩辨》。

⑤見王琦《李白年譜》。

⑥王琦《李白年譜》：《眉公祕笈》謂其生於彰明之青蓮鄉，故號青蓮。
　　按青蓮鄉在綿州舊彰明縣內，《彰明逸事》原作清廉鄉，疑後人因太白
　　生於此，故易其字作青蓮耳。

李白詩中的仙話

一、前言

在中國文學中，由於作家受某些思想的影響，作品中會表現不同的趨向，如受儒家思想影響的作家，作品中留有言志載道的「人話」，受道家思想影響的作家，作品中留有隱逸遊仙或志怪的「仙話」和「鬼話」，受佛家思想影響的作家，作品中留有智慧靜慮的「禪話」，至於作品中留有「神話」，則淵源於先民原始的信仰和傳說。

道家和道教，對中國文學的關係密切，它對境界的創造，開拓了新的領域，引發「超然物表」、「不凝滯於物」的境界，帶來文學中「距離矛盾」的美感。就如朱光潛在《文藝心理學》中所說的：「藝術家和詩人的長處，就在能夠把事物擺在某種『距離』以外去看。」①換言之，文學是客觀現實的反映，又與客觀現實有一定的距離，這就是文學的藝術美。然而，道教人鬼、神仙境界的創造，是文學境界創造的一大源頭。

李白深受道教的影響，在他一生之中，流離坎坷，現實與理想距離太遠，他在道教的幻想世界中得到補償，在文學創作中得到滿足。道教創造了長生的境界，長生不老便是神仙；何況李白本身就是道士，他一生求仙訪道，和遊覽山水是不可分的，他在〈廬山謠〉中曾云：「五嶽尋仙不辭遠，一生好入名山遊。」②

在唐代，尋仙訪道不僅是一種宗教活動，其中也含有政治的意義，因為當時的名道士與統治者有著密切的聯繫，跟他們交往，更容易在上層社會中取得聲譽。因此，在李白的詩中，便記錄了不少求仙訪道的活動，也留下不少的仙話。

二、李白與道教的關係

李白（701-762），字太白，祖籍隴西成紀（今甘肅秦安）人，小時隨父遷居四川彰明縣青蓮鄉，素有詩仙、謫仙、酒仙之稱。他是盛唐時，與杜甫齊名的偉大詩人，更把老莊、屈宋以來的楚風，跟道教的內涵融和在詩歌之中，開展了浪漫文學的新高峰。由於道教的活動內容，酒中放歌，蓬萊仙歌，促使李白在詩歌上更上層樓。

探討李白與道教的關係，從小便在四川充滿道教色彩的環境中長大的，李白家鄉的紫雲山和四川的峨眉山，便是道教的聖地。他在〈題嵩山逸人元丹丘山居〉一詩中云：「家本紫雲山，道風未淪落。」③可知紫雲山一帶，道風很盛。此外，他在〈登峨眉山〉詩寫道：

> 蜀國多仙山，峨眉邈難匹。周流試登覽，絕怪安可悉？青冥倚天開，彩錯疑畫出。冷然紫霞賞，果得錦囊術。雲間吟瓊簫，石上弄寶瑟。平生有微尚，歡笑自此畢。煙容如在顏，塵累忽想失。儻逢騎羊子，攜手凌白日。④

詩中寫峨眉山的景色，是仙山奇景，結語引《列仙傳》的故事，

說周成王時，有葛由者，好刻木羊來賣，一旦騎羊入蜀，在峨眉山得道成仙。

從清人王琦《李太白年譜》中，引述李白的詩，證實李白十五歲時好劍術，觀奇書。李白〈上韓荊州書〉云：「十五好劍術，遍干諸侯。」又〈贈張相鎬詩〉云：「十五觀奇書，作賦凌相如。」⑤這裡所說的「奇書」，或是道籙金丹之類的書。又〈感興八首〉云：「十五好神仙，仙游未曾歇。」⑥由此可知李白十五歲時，學習武藝，寫作詩歌，並好游仙，讀奇書等受道教的影響。

李白何時正式入道，沒有明確的時間可尋，但他與道士來往，早在二十五歲未出蜀前，便已開始。唐人十五歲正式入道，成為智慧十戒弟子，在宋人孫夷中的《三洞修道儀》中，卻有所說明：

> 其童男女，稟持十五歲，方與詣師請求出家，稟承戒律，稍精，方求入道，誓戒三師，稱智慧十戒弟子。⑦

唐人入道，十五歲是重要的階段。而羅宗強在〈李白的神仙道教信仰〉一文，便指李白十五歲時，舉行過最初級的入道儀式⑧。開元八年（720），李白年二十，曾隱居戴天山大明寺讀書，他喜愛讀道籙的書，並曾探訪戴天山道士，在〈訪戴天山道士不遇〉詩中曾云：

> 犬吠水聲中，桃花帶露濃。樹深時見鹿，溪午不聞鐘。
> 野竹分青靄，飛泉掛碧峰。無人知所去，愁倚兩三松。⑨

王琦注:「大匡山在綿州彰明縣北三十里,一名康山,亦名戴天山。」從此詩中,便知李白在家鄉時,就喜歡尋仙訪道。在蜀期間,漫遊峨眉、青城等道教名山,且詩中流露濃厚的求仙意識,飄逸的神仙境界。

李白二十五歲那年,「仗劍去國」,辭親遠游,從此他跟道教人士交往至為密切。唐代雖為儒、道、佛三教合一的大時代,但唐代有一特殊現象,唐室天子姓李,與道家開山祖老子——李耳同宗,因此皇室特別尊崇道教。唐人隱逸的風氣很盛,而隱士也多半是道士,從《舊唐書·隱逸傳》上,可知當時的道士如王遠知、潘師正、司馬承禎,吳筠等,他們在隱居的過程中,前後得到太宗、高宗、武后、玄宗的召見。因此,唐人進仕,有「終南捷徑」一途。

李白任俠,與俠士、道士交往密切,一方面是李白性情喜愛任俠游仙,另一方面是希望由隱居,從「終南捷徑」取得皇上的器重和任用。從李白的〈大鵬賦並序〉中,可知他以鵬鳥自比,希望有伸展抱負的一天,而文中的希有鳥是比喻司馬子微(即司馬承禎),全文以二禽的超然塵表,與斥鷃之輩,空見笑於藩籬間,迥然不同。〈大鵬賦序〉上說:

> 余昔于江陵,見天台司馬子微,謂余有仙風道骨,可與神遊八極之表。因著〈大鵬遇希有鳥賦〉以自廣。⑩

在李白的一生中,與三位道士交往,影響最大,這三位道士,分別是元丹丘、司馬承禎、吳筠。從李白詩集中,與元丹丘

的詩最多，共有十二首⑪，且在詩文中提到元丹丘共兩次，如
〈將進酒〉詩中云：

> 岑夫子，丹丘生，將進酒，君莫停。

又如〈冬夜於隨州紫陽先生餐霞樓送煙子元演隱仙城山序〉：

> 吾與霞子元丹、煙子元演，氣激道合，結神仙交。

　　詩文中的「丹丘生」、「元丹」，即元丹丘。從李白詩文中，
得知元丹丘為道士，家居潁陽，受法於道士胡紫陽，而李白與元
丹丘訂交甚早，且親如手足。因而元丹丘之師胡紫陽，李白亦結
識，並有詩相贈。

　　其次是司馬承禎，字子微，河內溫人，為道士，受法於潘師
正，傳其符籙及辟穀，導引服餌之術，世人稱為貞一先生。司馬
承禎曾遍遊名山，後隱居於天台山。武后、睿宗、玄宗對他特別
尊崇，承禎善篆隸書，玄宗令以三體寫《老子經》。《舊唐書·
隱逸傳》收有司馬承禎的傳略⑫。李白與司馬承禎相識在江陵，
李白〈大鵬賦並序〉在序中曾記載此事，並相互稱揚，稱司馬承
禎為希有鳥，與大鵬相遇，惺惺相惜。李白所相交的道士，大抵
為上清派的門人或宗師。

　　其次，李白所結識的道士吳筠，是李白仕途中主要的舉薦
人。吳筠在《舊唐書·隱逸傳》有傳略，他小時通經書，善於詩
文，是魯中的儒士，因舉進士不第，性高潔，不奈流俗，於是隱
居嵩山，依潘師正為道士。開元中，南遊金陵，訪道茅山。後東

遊天台山，在剡中與越中文士以詩酒相會⑬。李白認識吳筠，便
是在剡中，天寶元年（742），他們所著詩文，傳於京師，唐玄宗
聞其名，遣使徵召吳筠，吳筠入京，並推薦李白給玄宗，玄宗於
是下詔徵李白入京⑭。李白到長安，與太子賓客賀知章遇於長安
紫極宮，李白以〈蜀道難〉詩見示，賀知章讀詩，賞識李白的才
華，並指李白是「天上謫仙人」，因而解金龜換酒為樂⑮。

　　由此可知，李白於天寶元年秋奉詔入京，任翰林供奉，是得
力於吳筠道士的引薦於前，賀知章極力稱譽於後，於是唐玄宗以
奇才相待，異禮有加。是年，李白四十二歲。李白入朝三年，於
天寶三載（744）春被「賜金還山」，於是李白南遊吳越，還遊齊
魯之地，與巢父、韓沔、裴政、張叔明、陶沔六人，共隱徂徠，
號「竹溪六逸」⑯。徂徠山，在泰山之南。由於李白在政治上受
挫，使他加入道士籍及訪道求仙的行動更為積極，作為政治失敗
後的精神寄託。

三、李白詩的仙話

　　李白詩中運用道家的母語和神仙的境界，創造出詩中的仙
話。我們讀李白的詩，存有一種真實的存在和距離矛盾的美感，
迴蕩在我們的心頭。也許「仙」是一種無牽無掛的存在，他無須
對任何人負責，可以表現出塵飄逸的嫵媚；不像儒者的懷抱，以
天下為己任，任重而道遠，永無止息。因此讀李白詩，可以神遊
其間，隨心所欲，如「清水出芙蓉，天然去雕飾」⑰，清新飄逸
之感。然而讀杜甫詩，便覺負荷沉重，沈鬱頓挫，憤世疾世，憂
憤不已。

今就李白詩中的仙話,分仙語、仙氣、仙情、仙境四端,以探討李白詩的特色。

(一)李白詩中的仙語

所謂仙語,是指道語或道家語,包括道家的母語、口頭禪或慣用語,這些道家或道教的慣用語,暫且用「仙語」一詞來涵蓋它。李白詩中所用的道家語不少,以神仙故事作為詩材的,更是隨時可見;而仙人仙語,時見篇章。

李白詩中最常見的道家語,是由「金」、「玉」構成的辭語,例如:

> 金人、金丹、金液、金闕、金經、金氣、金壺、金絡、金樽、金釭、金天、金藥、金輿、金鞍、金鼓、金屋、金宮、金鞭、金九、金花、金華、金牛、金仙、金光草、金井闌、金章紫綬、金玉滿堂。

道家所尋找的神仙境界,是長生不老的仙,仙必須遊,遨遊四海,過遊仙生活,餐風飲露,御風駕鶴而行;所到之處,水淨霞明,金玉滿堂,玉樓金闕相連,所謂「天上白玉京,十二樓五城」,極盡人間天上的富貴。因此道教的母語口頭禪,愛用「金」、「玉」二字所構成的辭語,也是道士們常用的仙語。在李白詩中,也經常出現。今引李白詩中常見的「玉」字構成的道語:

> 玉女、玉人、玉齒、玉山、玉琴、玉階、玉梯、玉手、玉

杯、玉門、玉樹、玉鞍、玉笛、玉皇、玉色、玉樓、玉
盤、玉輦、玉疊、玉顏、玉篇、玉壺、玉宇、玉潭、玉
樽、玉斗、玉京、碧玉、倚玉、饌玉、白玉童、青玉案、
白玉棺、群玉山、綠玉杖、玉真仙人。

　　仙人居何處？「遙見仙人綵雲裡，手把芙蓉朝玉京。」「若
非群玉山頭見，會向瑤臺月下逢。」因此瓊樓玉宇的「玉京」、
「瑤臺」、「群玉山」都是與玉有關的神仙居處，而「丹霄」、
「太清」，更是道教超越非人間的地方，李白詩的超越飄逸，與使
用道語仙話有關。有關李白仙語的詩句，隨手可得，例如：

　　仙郎久為別，客舍問何如？——〈江夏使君叔席上贈史郎
中〉
　　猶乘飛鳧鳥，尚識仙人面。——〈贈王漢陽〉
　　君看昔日汝南市，白頭仙人隱玉壺。——〈對雪醉後贈王
歷陽〉
　　願隨夫子天壇上，閑與仙人掃落花。——〈寄王屋山人孟
大融〉
　　世間行樂亦如此，古來萬事東流水。別君去兮何時還，且
放白鹿青崖間。須行即騎訪名山。安能摧眉折腰事權貴，
使我不得開心顏？——〈夢遊天姥吟留別〉

㈡李白詩中的仙氣

　　李白詩的空靈、飄逸，便是仙氣之所在，仙氣是抽象的美
感，凡是詩中流露神仙的氣韻、氣質、氣度、氣勢等都是仙氣。

李白詩的仙氣，大抵來自於空靈的聯想，飄逸不落實的情意，尤其李白有豐富的想像空間，奔逸的情感，於是大量使用誇飾，造成詩趣，也造成李白詩的特色——仙氣。

　　例如李白的〈下江陵〉：

　　　朝辭白帝彩雲間，千里江陵一日還。

　　　兩岸猿聲啼不住，輕舟已過萬重山。⑱

詩題又作〈早發白帝城〉。全詩寫李白從四川白帝城出發，到達湖北江陵，千里之遠，一日可以抵達，其中「兩岸猿聲」，「輕舟已過」，可謂輕快極了。詩中輕快飄逸之情有仙氣，尤其「朝辭白帝彩雲間」，「彩雲」二字，更是仙氣所在，如「朝辭白帝碼頭間」，便落實為人而非仙，是人氣，從碼頭出發；今從彩雲間出發，飄逸是仙，有仙氣，且富詩趣。

　　又如李白的〈將進酒〉開端數句：

　　　君不見，黃河之水天上來，奔流到海不復回！君不見，高堂明鏡悲白髮，朝如青絲暮成雪……

其中「黃河之水天上來」已成名句，「天」字用得傳神，而有仙氣，如將「天」字換「地」或「山」字，則詩句平淡，落實無奇，「黃河之水地上來」是人氣，「黃河之水天上來」是仙氣，畢竟是詩仙的手筆。

　　又如李白的〈月下獨酌〉：

花間一壺酒，獨酌無相親。舉杯邀明月，對影成三人。
月既不解飲，影徒隨我身。暫伴月將影，行樂須及春。
我歌月徘徊，我舞影零亂。醒時同交歡，醉後各分散。
永結無情遊，相期邈雲漢。⑲

　　月下獨酌共有四首，這是其中的第一首。開端四句，「脫口
而出，純乎天籟」⑳，一人獨飲，借酒抒懷，「對影」、「邀月」
竟成三人，虛幻人間，孤獨酒仙。全篇似酒話醉語，其實句句清
醒，所謂「酒醉心頭定」。結尾與月和影，相期約於雲漢間，永
結忘情之遊，仙氣十足。
　　李白詩與其他道士詩不同，其他道士詩落於談玄說道，而李
白詩寫景清麗，灑脫飄逸，不落言荃，有六朝謝朓遺風，詩中或
以遊仙、學道、鍊丹介入，有仙氣，氣韻不凡；或以白雲、明月
為景，仙心猶在，「開關掃白雲」，仙氣已生。今引詩為例：

　　雨後煙景綠，晴天散餘霞。東風隨春歸，發我枝上花。
　　花落時欲暮，見此令人嗟。願遊名山去，學道飛丹砂。
　　——〈落日憶山中〉

　　不向東山久，薔薇幾度花。白雲還自散，明月落誰家。
　　我今攜謝妓，長嘯絕人群。欲報東山客，開關掃白雲。
　　——〈憶東山二首〉

(三)李白詩中的仙情

　　李白詩中的仙情，簡單地說，便是李白詩中的浪漫情懷，也

是李白詩嫵媚的地方。

在人類現實世界中，總有些匱乏和失落，在文學創作中可以得到慰藉，在道教幻想世界中可以得到補償，人類最大的痛苦，便是面臨匱乏和消失的悲哀。在早期的宗教世界中，佛道二教便是用來解決人類痛苦的途徑。佛教以不生不滅的境界來解決痛苦，他是出世的，用戒律戒除一切欲望，然後進入冷清的空寂世界，這種境界並非一般人所樂於接納的。其次，道教則創造了長生的境界，不但不廢人間的飲食男女之樂，還可青春永駐，長生不老。於是道家創造了西王母、王子喬、赤松子、許飛瓊、青溪小姑、華山畿神女等永遠年輕、美貌的形象，他們住的是瓊樓玉宇，飲的是瓊漿玉液，過的是神仙生活，因此這些人神之戀的故事，志怪世界的描述，從秦漢起，經歷魏晉南北朝，一直綿延到唐代。

李白的詩歌，追隨六朝綺靡、浪漫、神秘的遺風，開拓唐人詩歌的視野，因此李白的樂府詩，沿用六朝的舊題，但所寫的內容和主題，卻是唐人的生活。李白有不少的詩篇，用道教的故事，來豐富自己的作品，他把小兒女的戀情，昇華成神仙眷侶的愛情，因而讀李白的愛情詩，如同分享人間的神仙美眷。例如他最被人傳誦的愛情詩，莫過於〈長干行〉、〈江夏行〉、〈擣衣篇〉等，寫十五歲青春桃花的愛情，無論是青梅竹馬的伴侶，或是商人婦的怨情，或是征人婦的悲情，在詩中都流露出浪漫的仙情。今引其中的結句為例：

早晚下三巴，預將書報家。相迎不道遠，直到長風沙。
——〈長干行·其一〉

自憐十五餘，顏色桃花紅。那作商人婦，愁水復愁風。

——〈長干行·其二〉

明年若更征邊塞，願作陽臺一段雲。——〈擣衣篇〉

　　李白〈長干行〉共兩首，這一首「妾髮初覆額」，是以女子的口吻，道出她的丈夫是青梅竹馬的伴侶，兩小無猜，清新高華，十四歲出嫁，從小新娘的青澀羞顏，到十五歲的歡顏展開，到十六歲送丈夫遠行，始嘗到別後的思念和傷心，結語聽說丈夫早晚到離四川，回到建業來，她竟不怕路遠，要到長風沙去接他。全詩寫神仙美眷，早婚、早熟、小新娘的愛情故事，帶來新鮮浪漫的情趣。第二首「憶妾深閨裡」，也是以女子口吻道出的詩，寫她的丈夫行商在外，擔憂他商旅行舟的風險，十五歲桃花愛情的嫵媚，流露無遺。〈擣衣篇〉是寫「閨裡佳人年十餘，嚬蛾對影恨離居」，由於良人遠征未歸，妻子只好托夢以從其夫，「願作陽臺一段雲」，引來飄渺飛夢的遐思，富有仙情。

　　其次，在李白詩集中，有幾首替女子代言的抒情詩，類似晚唐五代的詞，又像是六朝宮詞的變體，真情細膩，委婉動人。詩中偶用仙語或神仙典故，增加詩情的浪漫色彩。例如他的〈三五七言〉、〈寄遠十二首〉、〈代贈遠〉、〈代別情人〉、〈怨情〉等，對晚唐李商隱用神話入詩，有同工異曲之妙。今舉〈三五七言〉及〈寄遠〉的第一首為例：

秋風清，秋月明。落葉聚還散，寒鴉棲復驚。相思相見知何日，此時此夜難為情。　　入我相思門，知我相思苦。長相思兮長相憶，短相思兮無窮極。早知如此絆人心，何

如當初莫相識。──〈三五七言〉（又名〈秋風辭〉）

三鳥別王母，銜書來見過。腸斷古剪絃，其如愁思何！遙
知玉窗裡，纖手弄雲和。奏曲有深意，青松交女蘿。寫水
山井中，同泉豈殊波？秦心與楚恨，皎皎為誰多？──
〈寄遠〉其一

㈣李白詩中的仙境

李白筆下的神仙世界，以飄逸見稱。他在詩歌上，開拓了天
道無為樸素的自然之美，他把道家的仙語、神仙故事融化在詩歌
中，造成李白詩中特有的仙境──自然飄逸。明代胡應麟論千古
詩文時，曾云：

千古詞場稱逸者，吾於文得一人曰莊周，於詩得一人曰李
白。知二子之為逸，則逸與神，信難優劣論矣。㉑

胡應麟論李白的詩，在逸與神，逸是飄逸，神則得自於道家的自
然，心靈的飄逸自由，豐富的想像世界，他把人間世界跟神仙世
界結合，把自己也參與神仙的行列，躡空凌虛，飄然欲飛。他在
〈夢遊天姥吟留別〉一詩中便流露出這思想：

海客談瀛洲，煙濤微茫信難求。越人語天姥，雲霞明滅或
可觀。天姥連天向天橫，勢拔五嶽掩赤城。天臺四萬八千
丈，對此欲倒東南傾。我欲因之夢吳越，一夜飛渡鏡湖
月。……洞天石扉，訇然中開。青冥浩蕩不見底，日月照

耀金銀臺。霓為衣兮風為馬，雲之君兮紛紛而來下。虎鼓
瑟兮鸞回車，仙之人兮列如麻。忽魂悸以魄動，怳驚起而
長嗟。惟覺時之枕席，失向來之煙霞。世間行樂亦如此，
古來萬事東流水。別君去兮何時還？且放白鹿清崖間，須
行即騎訪名山，安能摧眉折腰事權貴，使我不得開心顏。

李白的遊仙詩，與漢魏以玄言、隱逸山林為主題的遊仙詩不同，
他追求心靈世界的飄逸、自由，無牽無掛，才是仙境。詩中提到
浙江的道教名山：天姥山、赤城、天臺山等。李白只是寫夢境，
神遊其間，借名山洞府，寫心靈世界中的奇幻洞天，發抒其浪漫
的情懷，使自己從現實生活的桎梏中解脫出來，才是真正的仙
境。

　　李白詩中經常引述的仙人，有安期生、衛叔卿、赤松子、廣
成子、王子晉、周穆王、西王母、麻姑、老子、河上公、浮丘
伯、蕭史、弄玉、葛由、玉女、淮南八公、趙夫子、玉真仙人、
列子、王子喬等；同時，也經常寫當代居住在名山道觀中的道士
或女道士，並將這些人視為仙人。例如他給隱居在河南嵩山的元
丹丘，在〈元丹丘歌〉寫道：

元丹丘，愛神仙。朝飲潁川之清流，暮還嵩岑之紫煙。三
十六峰常周旋，長周旋，躡星虹，身騎飛龍耳生風。橫河
跨海與天通，我知爾遊心無窮。

李白筆下的丹丘生，朝飲潁川水，暮宿嵩山紫煙深處，出行騎飛
龍，能跨海通天，幾乎是個活神仙。

又如李白〈贈嵩山焦鍊師並序〉，他對焦鍊師女道的描寫，更是真神仙，詩前的小序云：「嵩山有神人焦鍊師者，不知何許婦人也。又云生於齊梁時，其年貌可稱五六十。常胎息絕穀，居少室廬，遊行若飛，倏忽萬里。世或傳其入東海，登蓬萊，竟莫能測其往也。余訪道少室，盡登三十六峰，閬風有寄，灑翰遙贈。」據王琦注，引《河南通志》所稱，嵩山居四岳之中，故謂之中岳。其山二峰，東曰太室，西曰少室。可知焦鍊師女道士，是居於嵩山西，李白曾親臨訪視，並對其行蹤亦有所聞，詩中把她比擬成麻姑仙，詩中云：

> 二室凌青天，三花含紫煙。中有蓬海客，宛疑麻姑仙。道在喧莫染，跡高想已綿。時餐金鵝蕊，屢讀青苔篇。……。願同西王母，下顧東方朔。紫書儻可傳，銘骨誓相學。

其次，李白的〈古風〉五十九首，其中寫神仙世界的約十餘篇，今舉其第十九首：

> 西山蓮花山，迢迢見明星。素手把芙蓉，虛步躡太清。霓裳曳廣帶，飄拂昇天行。邀我登雲臺，高揖衛叔卿。恍恍與之去，駕鴻凌紫冥。俯視洛陽川，茫茫走胡兵。流血塗野草，豺狼盡冠纓。

全詩前半是寫上蓮花山，登臨仙境，與衛叔卿仙人同遊，手持芙蓉花，漫步於天空；後四句卻寫現實社會，正遭安祿山之亂，洛

陽一帶，兵亂不已。造成心靈世界的烏托邦與現實雜亂世界對比。因此，李白的仙境，便成人類追求理想世界的桃花源了。

四、結論

李白被世人尊為詩仙，決非偶然，他與盛唐詩人王維的詩佛，杜甫的詩聖，鼎足而三，成為唐代儒道佛三教合一的代表詩人。李白成長於四川，成年後漫遊於江漢、吳越、京洛、山東等地，深受巴蜀、吳越楚文化的陶冶，在他的一千零五十篇的詩賦中，具有神秘、浪漫，唯美的特質，造成他在詩歌創作上特有的造詣和特色。由於李白一生坎坷，神仙道籙、黃老哲學，正足以慰藉他空寂的心靈，而道家的道語仙話，仙情仙境，更是豐富了他詩歌的內容，而賀知章以「謫仙人」封譽他，可謂中的之言。

——中國唐代學會會刊，第五期，1994 年 10 月

注釋

① 見朱光潛《文藝心理學》第二章「美感經驗的分析」。心理的距離，說明距離的矛盾所創造的美感。台北，開明書店，民國四七年台一版。

② 引自《李白集校注》卷十四〈廬山謠寄盧侍御虛舟〉詩。《李白集校注》一書，為今人瞿蛻園、朱金城等吸收清人王琦注以來，至近人對李白詩研究的成果，所作的校注。本為上海古籍出版社出版。台北，里仁書局，民國七〇年出版

③ 見《李白集校注》卷二十五〈題嵩山逸人元丹丘山居詩並序〉，王琦注：「紫雲山在綿州彰明縣西南四十里，峰巒環秀，古木樛翠，地理書謂常有紫雲結其上，故名。」

④見《李白集校注》卷二十一。

⑤清人王琦撰《李太白年譜》,今收錄於《李白集校注》中附錄一。

⑥見《李白集校注》卷二十四,所引詩句為〈感興八首〉中的其五。

⑦見《道藏》第九八九冊。

⑧見《中國李白研究》,是集為中國首屆李白研究國際學術討論會專輯。江
　蘇古籍出版社,一九九一年

⑨見《李白集校注》卷二十三。

⑩李白〈大鵬賦並序〉,以鵬鳥自比,而鵬鳥的寓言,出於《莊子‧逍遙
　遊》。〈大鵬賦並序〉,見《李白集校注》卷一。

⑪李白與元丹丘的詩共十二首,即〈西嶽雲臺歌送丹丘子〉、〈元丹丘
　歌〉、〈聞丹丘子於城北山營石門幽居中有高鳳遺迹僕離群遠懷亦有棲遁
　之志因敘舊以贈之〉、〈潁陽別元丹丘之淮陽〉、〈與元丹丘方城寺談玄
　作〉、〈尋高鳳石門山中丹丘〉、〈觀元丹丘坐巫山屏風〉、〈題元丹丘山
　居〉、〈以詩代書答元丹丘〉、〈酬岑勛見尋就元丹丘對酒相待以詩見
　招〉、〈題元丹丘潁陽山居並序〉、〈題嵩山逸人元丹丘山居並序〉等
　詩。

⑫見《舊唐書‧隱逸傳》卷一百九十二。司馬承禎於玄宗時,卒於王屋
　山,享年八十九,贈徽真一先生。

⑬見《舊唐書‧隱逸傳》卷一百九十二。

⑭見清王琦《李太白年譜》,今將附錄於《李白集校注》一書中。

⑮見李白〈對酒憶賀監二首並序〉,在序中李白自敘:「太子賓客賀公於長
　安紫極宮一見余,呼余為謫仙人,因解金龜換酒為樂。」《李白集校注》
　卷二十三。又唐人吳兢的《本事詩》高逸第三,也記載此事,但會面的
　地點不同,指在逆旅。吳兢《本事詩》無單行本,收錄於《續歷代詩話》
　中。台北,藝文印書館。

⑯見《舊唐書‧文苑傳‧李白》卷一百九十下。

⑰今人多以李白的詩句「清水出芙蓉，天然去雕飾」，來說明李白詩的特色。該詩句見李白的〈經亂離後天恩流夜郎憶舊遊書懷贈江夏韋太守良宰〉，見《李白集校注》卷十一。

⑱見《李白集校注》卷二十二。

⑲見《李白集校注》卷二十三。

⑳清人沈德潛《唐詩別裁》對李白〈月下獨酌〉評曰：「脫口而出，純乎天籟，此種詩，人不易學。」

㉑見胡應麟《詩藪外編》卷四《唐下》。上海，中華書局，1958 年十一月第一版

李白樂府詩中的情歌

一、引言

世人尊崇李白（701-762），往往與杜甫（712-770）並稱，不僅視為唐代的傑出詩人，也被視為歷代詩壇的雙璧。

李白詩文稿，在他生前並未結集，死後經李白的族人李陽冰初次結集，名為《草堂集》，凡十卷①。到清代王琦的輯注《李太白全集》，以及今人瞿蛻園等校注的《李白集校注》，對李白詩文的搜集，可謂完備。今據瞿蛻園的校注本，李白的詩文集共三十卷，一千零五十首。其中樂府詩的部分，共四卷，約一百四十九首，佔總數的十分之一強。其實李白集中，尚有樂府詩，然未列入樂府中。

在一般的民歌中，情歌是最能引人入勝的詩歌。例如唐代敦煌的曲子詞〈望江南〉：

> 天上月，遙望似一團銀。
> 夜久更闌風漸緊。
> 為奴吹散月邊雲，
> 照見負心人。②

詞中設置了「夜久」、「更闌」、「風漸緊」等條件，烘托月的光

潔無瑕，最後以「為奴吹散月邊雲，照見負心人」的新奇想法，極有情趣。

在李白的樂府詩中，寫情歌，也是最驚心動魄的，無論短詩長詩，短的如〈玉階怨〉，長的如〈長干行〉，都是精美無比的作品，令人諷誦不已。讀李白的〈玉階怨〉：

> 玉階生白露，夜久侵羅襪；
> 卻下水精簾，玲瓏望秋月。

短短二十個字，能將女子秋夜等人懷人的內心世界，表露無遺。詩中無一怨字，而字裡行間都在寫怨，卻在詩題上點出「玉階怨」，可謂畫龍點睛，高妙無比。全詩含蓄蘊藉，深沈典雅，比起民間的情歌，更是有另一番的情趣。

李白才情橫溢，所寫詩歌是多樣性的，他的樂府詩，也不例外，今擇其樂府情歌一端，以見其內涵和特色，分別探述於后。

二、李白樂府詩中幾首動人的情歌

李白樂府詩中，吟誦情歌的詩篇約四十首左右，其中最扣人心弦的情歌，除〈玉階怨〉外，尚有〈春思〉、〈楊叛兒〉、〈長相思〉、〈長干行〉和〈江夏行〉等。這些情歌，大半以女子的口吻寫成，而且情意真切，溫馨感人，無怪乎宋人陳藻〈讀李翰林詩〉要說：

> 杜陵尊酒罕相逢，舉世誰堪入此公；

莫怪篇篇吟婦女，別無人物與形容。③

李白擅長情歌的創作，尤其對女子情意世界的描寫，入微入妙，有過人處。難怪陳藻要說他「篇篇吟婦女」，難道沒有其他的人物可以入詩篇嗎？事實上李白詩中也詠其他人物，如〈商山四皓〉、〈蘇武〉、〈估客行〉、〈俠客行〉等，但沒有像情歌中的人物那麼凸出，情意那麼動人。

試讀李白的〈春思〉：

燕草如碧絲，秦桑低綠枝。
當君懷歸日，是妾斷腸時。
春風不相識，何事入羅帷？

這是一首樂府情歌，也是一首六句的小律，前兩聯對稱，寫來不露匠痕。全詩以女子的口吻自白，君在燕而妾在秦，時間與空間的交錯，君懷歸如燕草生，妾思君斷腸如秦桑低枝，等候君的歸來，結句以「春風不相識，何事入羅帷」，點出「春思」，寫閨閣中的春愁。元人蕭士贇評此詩：「燕北地寒，生草遲，當秦地柔桑低綠之時，燕草方生。妾則思君之久，猶秦桑之已低綠也。末句喻此心貞潔，非外物所能動，此詩可謂得國風不淫不誹之體矣。」④此外，詩中用碧草暗示離愁，柔桑低枝暗示等候，春風暗示春情，都是言有盡而意無窮的弦外之音。

李白寫愛情故事的詩，更是雋永高妙，尤其是寫喜劇性的愛情，具有戲劇的效果，又給人以溫馨、歡欣之感，而最為世人所樂道的，要算〈長干行〉了，今引原詩如下：

妾髮初覆額，折花門前劇。郎騎竹馬來，遶床弄青梅。
同居長干里，兩小無嫌猜。十四為君婦，羞顏未嘗開。
低頭向暗壁，千喚不一回。十五始展眉，願同塵與灰。
常存抱柱信，豈上望夫臺。十六君遠行，瞿塘灩澦堆。
五月不可觸，猿聲天上哀。門前遲行跡，一一生綠苔。
苔深不能掃，落葉秋風早。八月蝴蝶來，雙飛西園草。
感此傷妾心，坐愁紅顏老。早晚下三巴，預將書報家。
相迎不道遠，直至長風沙。

　　這也是一首以女子的口吻，道出一則恩愛夫婦的愛情故事。
在情節上的處理，極具戲劇性。詩中首先道出她的丈夫是兒時的
鄰居同伴，一段青梅竹馬的故事，兩小無嫌的天真，清新高華。
其次說她十四歲出嫁，從小新娘的青澀羞顏，到十五歲的歡顏展
眉，到十六歲送丈夫遠行，內心成長的歷程，娓娓道來，感人至
深。其次敘述她別後的思念和傷心，如同綠苔、落葉的不能掃，
掃不盡，蝴蝶的雙飛，暗示渴望夫婦的團聚。結束四句，最為傳
神，聽說丈夫早晚要離四川，回到長干來，她竟不怕路遠，要到
長風沙去接他，熱情感人，極富詩趣。這種化悲劇為喜劇的處理
手法，使人讀後，滿懷溫馨。而古人的早婚、早熟，小新娘的愛
情故事，也給人帶來新鮮浪漫之感。比起英詩人莎士比亞所說
的：「初戀是個悲劇。」大異其趣。

　　李白的〈長干行〉共兩首，另一首也是寫商人婦的愛情故
事。但不及第一首精采，也不是用喜劇的手法收結。其詩如下：

憶妾深閨裡，煙塵不曾識。嫁與長干人，沙頭候風色。
五月南風興，思君下巴陵。八月西風起，想君發楊子。
去來悲如何，見少別離多。湘潭幾日到？妾夢越風波。
昨夜狂風度，吹折江頭樹。淼淼暗無邊，行人在何處？
好乘浮雲驄，佳期蘭渚東。鴛鴦綠蒲上，翡翠錦屏中。
自憐十五餘，顏色桃花紅。那作商人婦，愁水復愁風。

此篇是否為李白所作，後人曾提出異議。清人王琦曾云：
「此篇《唐詩紀事》以為張朝作。而自『昨夜狂風度』以下，斷
為二首。黃山谷則以為李益作，未知孰是。山谷之言曰：太白
集中〈長干行〉二篇，『妾髮初復額』真太白作也。『憶妾深閨
裡』李益尚書作，所謂癡妒尚書李十郎者也。辭意亦清麗可
喜，亂之太白詩中亦不甚遠。」

李白除了〈長干行〉寫愛情故事外，另外尚有一首〈江夏
行〉，也是詠商人婦的愛情故事，該詩不收錄在《李白集校注》
的「樂府」卷中，而列於「古近體詩」，其詩如下：

憶昔嬌小姿，春水亦自持。為言嫁夫婿，得免長相思。誰
知嫁商賈，令人卻愁苦。自從為夫妻，何曾在鄉土？去年
下揚州，相送黃鶴樓。眼看帆去遠，心逐江水流。只言期
一載，誰謂歷三秋。使妾腸欲斷，恨君情悠悠。東家西舍
同時發，北去南來不逾月。未知行李遊何方，作簡音書能
斷絕。適來往南浦，欲問西江船。正見當壚女，紅妝二八
年。一種為人妻，獨自多悲悽。對鏡便垂淚，逢人只欲
啼。不如輕薄兒，旦暮長追隨。悔作商人婦，青春長別

離。如今正好同歡樂，君去容華誰得知？

〈江夏行〉也是以女子的口吻自述，與〈長干行〉同為詠商人婦的詩歌。其源出於六朝民歌清商曲中的《吳歌》《西曲》⑤，六朝民歌大半為五言四句的情歌，而李白繼承六朝民歌的特色，擴大為含有愛情故事的情歌，使這類情歌嫵媚又動人。長干是在建業（今南京市）中的長干里，江夏是今湖北武昌，〈長干行〉是從長干上巴峽，〈江夏行〉是從江夏下揚州，都是沿長江的水域寫商賈離家行商，使其妻子生「悔作商人婦」之歎，而盼其夫婿早歸。〈長干行〉是喜劇的處理，〈江夏行〉卻是悲劇性的安排。

李白樂府中的愛情詩，在題材的處理上，類似電視中「志明與春嬌」的短劇，或是「秀秀與毛毛」的愛情故事，親切而有情趣，故為世人所樂道。

李白樂府詩中的情歌，尚有〈烏夜啼〉、〈烏棲曲〉、〈白紵辭〉、〈關山月〉、〈久別離〉、〈于闐採花人〉、〈荊州歌〉、〈採蓮曲〉、〈怨歌行〉、〈大堤曲〉、〈宮中行樂詞〉、〈折楊柳〉、〈秋思〉、〈子夜四時歌〉、〈長相思〉、〈去婦詞〉等，在此僅列舉其目，不再一一例舉。

三、李白樂府情歌的內涵

李白樂府詩中的情歌，大半沿用樂府舊題，尤其愛用六朝《吳歌》《西曲》樂府題來寫唐人男女的情歌，且與李白自我的愛情情感無關，而是一般性，客觀性愛情的描寫。不像元稹、杜

牧、李商隱等詩人的情歌，有些便是自我的寫照。甚至也從李白
給妻子的詩來看，如〈別內赴徵〉、〈秋浦寄內〉、〈秋浦感主人
歸燕寄內〉、〈贈內〉等⑥，其中也缺乏情歌的成分，今舉〈贈
內〉一首為證：

> 三百六十日，日日醉如泥。
> 雖為李白婦，何異太常妻？

太常是指東漢時周澤，周澤任太常，守齋清敬宗廟，忽略與妻子
相厮守⑦。因此，李白借此典故以自諷。然而李白樂府中的情
歌，雖然不是自我的寫照，真摯的愛情，浪子的情懷，或許其中
也包含了不少的移情作用。

今將李白四十首情歌，分別從下列三方面來探述：樂府詩題
的來源，生活題材的表現，主題思想的反映，來了解李白樂府詩
中情歌的內涵。

㈠樂府詩題的來源

李白的樂府詩，大抵沿用漢魏南北朝的樂府舊題，然而在內
容上加以翻新，寫唐人的見聞和生活。與當時元結、沈千運、孟
雲卿等七人的《篋中集》，提倡維繫樂府「緣事而發」的系樂
府，以及杜甫「因事立題」、「即事名篇」等新題樂府⑧，趨向
不同。

李白寫樂府詩，喜愛用六朝的樂府古題，在情意和思想上都
擴大了舊題的範疇，由於他曠放不羈，才情橫溢，加以足跡所
到，受長江水域和楚文化的影響所致，特別喜愛南朝的綺靡和浪

漫的遺風。例如他所寫的〈長干行〉、〈長相思〉、〈折楊柳〉、
〈子夜吳歌〉等,依然帶有六朝的本色,新古典的風采。如〈長
干曲〉,本為六朝京都金陵長干里一帶流行的情歌,為五言四句
的小詩,古辭有:「逆浪故相邀,菱舟不怕搖。妾家揚子住,便
弄廣陵潮。」⑨而李白的〈長干行〉,已翻作一則少年男女的愛
情故事詩。又如〈子夜吳歌〉,也稱〈子夜四時歌〉。〈子夜歌〉
的由來,是晉代有女子名子夜所創造的情歌,由於傳唱此歌曲
時,有「子夜來」的和聲,因稱〈子夜歌〉,其後更衍為〈子夜
警歌〉、〈子夜變歌〉、〈大子夜歌〉、〈子夜四時歌〉等⑩。
〈子夜歌〉原為五言四句的小詩,如更為四時行樂歌,便有春
歌、夏歌、秋歌、冬歌四首組成的〈子夜四時歌〉,也是五言四
句的小詩。李白的〈子夜四時歌〉,則衍為五言六句的小詩,且
四首內容也不連貫,情意各自獨立。

子夜四時歌

秦地羅敷女,採桑綠水邊。素手青條上,紅妝白日鮮。蠶
飢妾欲去,五馬莫留連。——〈春歌〉

鏡湖三百里,菡萏發荷花。五月西施採,人看隘若耶。迴
舟不待月,歸去越王家。——〈夏歌〉

長安一片月,萬戶擣衣聲。秋風吹不盡,總是玉關情。何
日平胡虜?良人罷遠征。——〈秋歌〉

明朝驛使發,一夜絮征袍。素手抽針冷,那堪把剪刀。裁
縫寄遠道,幾日到臨洮?——〈冬歌〉

　李白把〈子夜四時歌〉擴大為六句的小調,為前所未有的現

象，且前兩句寫景，後兩句道情，李白也不採此規則。他的四首〈子夜吳歌〉，詩中用綠水、素手、紅妝、白日等，設色華麗，〈春歌〉詠採桑女，用羅敷和使君的故事，〈夏歌〉詠西施，人物和造景很美，〈秋歌〉和〈冬歌〉兩首的內容可以視為聯章，詩意貫連，都是寫妻子懷念遠戍在外的良人，並親製寒衣的情歌，類似民間傳統的〈孟姜女四季調〉，哀怨而感人。

㈡生活題材的表現

李白樂府詩中的情歌，在題材上的表現，都是真實生活的寫照，以宮詞和閨怨的題材最多。這種題材，本來是沿著六朝輕豔宮體的路線，更擴展為現實生活中所看到的，與年輕女子情感生活有關的閨怨。

六朝齊梁間流行的宮詞，在三蕭筆下，是描寫宮女的體態和閒情，同時六朝的門第將宮女視為「物」，因此宮詞視為詠物詩的一種。然而李白筆下的女子，卻是有情感、有尊嚴、有血肉的女子，她們的愛和恨，是真實生活的一部分。李白看到唐代自天寶以來，官軍征南詔、伐安史，天下多少夫婦因戰伐而離散，家中多少思婦怨女。其次，長江流域因水路交通方便，商旅發達，商人重利輕別離，李白取材商婦懷念丈夫，寫些商婦題材的愛情詩，雋永而鮮活，為人所樂於傳誦。

今舉〈長相思〉一詩，作為代表妻子懷念遠戍邊地丈夫的情歌：

> 長相思，在長安，絡緯秋啼金井闌，微霜淒淒簟色寒。孤燈不明思欲絕，卷帷望月空長歎。美人如花隔雲端，上有

青冥之高天，下有淥水之波瀾。天長路遠魂飛苦，夢魂不
到關山難。長相思，摧心肝。

　　李白的〈長相思〉共有兩首，這是其中的一首，詩中充分描
述出相思之苦，與詩題相切合。全詩以女子的口述，前兩句點
題，絡緯兩句寫夜景，烘托秋冷的心情。以下為望月懷人，無奈
關山阻隔，難得會見，甚至連夢魂相會也不可能，最後她只好以
「長相思，摧心肝」作結，更有一份纏綿悱惻之感。

　　因戰事戍邊，引來男女相思的題材，在李白的樂府詩中不
少，這也是盛唐邊塞詩流行的年代，李白的〈關山月〉，寫男子
守邊思家人的樂府詩，與〈長相思〉可作男女的回應。今引〈關
山月〉如下：

　　明月出天山，蒼茫雲海間。長風幾萬里，吹度玉門關。
　　漢下白登道，胡窺青海灣。由來征戰地，不見有人還。
　　戍客望邊色，思歸多苦顏。高樓當此夜，歎息未應閒。

　　〈關山月〉，屬於橫吹曲。郭茂倩《樂府詩集》：「《樂府解
題》曰：『關山月，傷離別也。古〈木蘭詩〉曰：「萬里赴戎
機，關山度若飛。朔氣傳金柝，寒光照鐵衣。」』按相和曲有
〈關山月〉，亦類此也。」⑪

　　李白的〈關山月〉，前四句寫邊城月色，蒼茫遼闊，同時點
題。中四句懷古，指漢高祖擊匈奴時，曾被困於白登道，言古來
征戰，能有幾人回來，末四句，道眼前事，寫守邊的戰士，因思
歸而苦顏，結句不肯白苦，而言家人思念之苦，更深一層。與杜

甫的〈月夜〉：「今夜鄜州月，閨中只獨看。遙憐小兒女，未解
憶長安。」同一手法。

　　其中，李白樂府詩中，取材商人婦的情歌，也極為凸出，如
前節所引述的〈長干行〉兩首，〈江夏行〉，都是上乘的題材，
引人入勝。李白極擅長處理這類題材，除上述的三首外，還有一
首〈擣衣篇〉，也是描寫愛情故事的樂府詩：

　　　　閨裡佳人年十餘，顰蛾對影恨離居。忽逢江上春歸燕，
　　　　銜得雲中尺素書。玉手開緘長嘆息，狂夫猶戍交河北。
　　　　萬里交河水北流，願為雙鳥泛中洲。君邊雲擁青絲騎，
　　　　妾處苔生紅粉樓。樓上春風日將歇，誰能攬鏡看愁髮。
　　　　曉吹員管隨落花，夜擣戎衣向明月。明月高高刻漏長，
　　　　真珠簾箔掩蘭堂。橫垂寶幄同心結，半拂瓊筵蘇合香。
　　　　瓊筵寶幄連枝錦，燈燭熒熒照孤寢。有使憑將金剪刀，
　　　　為君留下相思枕。摘盡庭蘭不見君，紅巾拭淚生氤氳。
　　　　明年若更征邊塞，願作陽臺一段雲。

此詩輕豔高華，與〈子夜秋歌〉「長安一片月，萬戶擣衣聲」，同
一題材，但寫女子思人之情，極為細膩。末句云：「明年若更征
邊塞，願作陽臺一段雲。」意謂良人若滔滔不歸，惟有托夢以從
其夫，極盡懷思的形容。

(三)主題思想的反映

　　李白樂府詩中的情歌，所反映的主題和思想，是針對愛情而
發，他所寫的主題：是男女真摯的愛情，小兒女的愛情，浪漫神

仙美眷的愛情，流露出唯情唯美的思想。他歌頌純情完美無缺的愛情，他的愛情觀，也會流露青春少年對愛情的驕狂，浪子的情懷，以及經常不回家的那種人。如〈少年行〉其二：「五陵少年金市東，銀鞍白馬度春風，落花踏盡遊何處？笑人胡姬酒肆中。」或如〈白鼻騧〉：「銀鞍白鼻騧，綠地障泥錦，細雨春風花落時，揮鞭直就胡姬飲。」同時，李白的愛情詩也是多樣性的。相反地，他對愛情的執著，卻是個愛的追尋者，美的追尋者，理想的追尋者，他的愛情詩，可以說是寫十五歲少年青春的愛情，也可以用「高華」二字來評價。

像〈長干行〉中的女子，便是李白筆下，典型的女子，寫十四歲至十六歲的青春愛情，她對青梅竹馬的眷戀，對尾生抱柱信的癡狂，真摯而熱情，尤其結句：「早晚下三巴，預將書報家。相迎不道遠，直至長風沙。」或是第二首〈長干行〉的結句：「自憐十五餘，顏色桃花紅。那作商人婦，愁水復愁風。」真是使人讀了既愛又憐。

李白詩的結句，往往也是主題的所在，如〈白紵辭〉其二：「子夜吳歌動君心，動君心，冀君賞，願作天池雙鴛鴦，一朝飛去青雲上。」又如：〈擣衣篇〉結句：「摘盡庭蘭不見君，紅巾拭淚生氤氳，明年若更征邊塞，願作陽臺一段雲。」希望愛情如神仙美眷，永不分離，詩中表現愛情的境界，高華而有仙氣。

因此，他反對愛情的悲劇，然而人間的愛情悲劇依然在上演，他努力寫愛情詩，反對因環境而造成愛情的悲劇，如戰爭徭役使夫婦分離，或因行商而使夫婦分離，像〈長相思〉、〈擣衣篇〉、〈長干行〉等，便是描寫因環境而造成的悲劇。李白也反對因性格而造成愛情的悲劇，如〈妾薄命〉：「昔日芙蓉花，今

成斷根草。以色事他人，能得幾時好。」他不主張以人色事人，愛情不是商品，以色事人，容易招致色衰見棄的悲劇。又如〈中山孺子妾歌〉：「中山孺子妾，特以色見珍。雖不如延年妹，亦是當時絕世人。桃李出深井，花豔驚上春。一貴復一賤，關天豈由身？芙蓉老秋霜，團扇羞網塵。戚姬髡髮入春市，萬古共悲辛。」詩中詠中山王宮人，年少以色見珍，年老色衰見棄，髡髮入春市。李白也反對因命運而造成愛情的悲劇，如中山孺子妾亦有因命運所驅，造成的悲劇，如〈王昭君〉、〈于闐採花人〉，都是詠王昭君的詩，感歎命運的安排，難抗拒。如〈王昭君〉其一：「漢家秦地月，流影照明妃。一上玉關道，天涯去不歸。」又如〈于闐採花人〉：「自古妒蛾眉，胡沙埋皓齒。」王昭君的入胡，是環境和命運安排的悲劇，非自願的，如果結合環境、性格、命運三者所造成的悲劇，那是大悲劇了。

　　古代詩話，對李白樂府詩的評述尚多，但對李白樂府詩中的情歌，卻甚少置評。如宋人徐而菴云：「太白以氣韻勝，子美以格律勝，摩詰以理趣勝。」⑫又明代胡應麟云：「樂府則太白擅奇古今，少陵嗣跡風雅，〈蜀道難〉、〈遠別離〉等篇出鬼入神，惝恍莫測。〈兵車行〉、〈新婚別〉等作述情陳事，懇惻如見。」⑬其實，李白樂府詩中的情歌，有六朝戀歌之風，情采綺靡，抒情中兼帶敘事感人至深，有初唐清新之風，格調高華，但詩中無金粉氣而有仙氣。

四、李白樂府情歌的特色

　　情歌，原本是民間男女為愛情所傳唱的歌，以真情、率真、

機趣為本色，李白的樂府情歌，也摹仿民歌的特色，情意真切，且用辭華采，詩趣盎然，是唐代代文人樂府中的翹楚。

今就是李白樂府情歌的特色，歸納如下：

㈠用六朝樂府舊題，寫唐人現代生活。

㈡不用第一人稱寫自我表白的情歌，然依用第一人稱的口吻，做了閨閣女子和商人婦的代言人。有如早期長短句的詞，也是採用女子代言人的方式來表達。因此李白的樂府詩與詞的發展，有密切的關連和相互的影響。李白的〈秋風辭〉、〈菩薩蠻〉、〈憶秦娥〉等詞，便是唐詞的先聲。

㈢李白情歌，造情綺靡高華，兼具六朝詩和初唐詩的特色，與元結等的「系樂府」恢復漢樂府的「緣事而發，感於哀樂」或杜甫的「即事名篇」樂府不同，他發拓了「高華」、「仙氣」的文人樂府。

㈣李白短篇的情歌精美，如〈玉階怨〉、〈春思〉；長篇情歌更是情趣十足，出色動人，如〈長干行〉、〈江夏行〉、〈擣衣辭〉，所寫人物為十五歲青春的桃花愛情，是寫小兒女的愛情故事，塑造神仙美眷的理想愛情，引人入勝。如後世《紅樓夢》的愛情故事，也採用此一路線。

五、結論

李白才高，所作詩歌，冠冕百代，今就其樂府中的情歌，以探述其情歌的內涵和特色，可知李白是寫十五歲青春桃花愛情的能手。他的樂府詩佔全部作品的十分之一強，而他的情歌佔樂府詩三分之一的比例，李白的詩是多樣式的，他的樂府詩、樂府情

歌，也是多樣式的，如春花燦開，各盡姿態。

——紀念程旨雲先生百年誕辰學術研討會，1994 年 5 月 21 日

①讀唐人李陽冰所寫的李白《草堂集》序，可知李白的著述，十喪其九，
　經當塗縣令李陽冰的收輯，共得十卷。宋咸平中，樂史得李白歌詩十
　卷，再度擴大搜集，合為《李翰林集》二十卷，凡七百七十六篇。

②〈望江南〉一詞，最早收錄於羅振玉的《敦煌零拾》中。後人所輯的敦
　煌曲，如饒宗頤的《敦煌曲》，任二北的《敦煌曲校錄》、《敦煌歌辭總
　編》，均有收錄。

③見瞿蛻園等校注的《李白集校注》，附錄四：詩文，其中所收錄的詩。臺
　灣里仁書局出版。

④見《分類補註李太白詩》卷六。該書為宋人楊齊賢集註，元人蕭士贇補
　注，文中所引，為蕭氏的補註。臺灣商務印書館《四部叢刊》初編本。

⑤六朝（220-589），流傳長江流域一帶的民歌，以建業為中心的《吳歌》，
　其後流傳至荊、郢、樊、鄧間，以江陵為中心的《西曲》。南宋郭茂倩所
　輯的《樂府詩集》卷四十四至卷四十九，便收錄此類的民歌。

⑥見《李白集校注》卷二十五：古近體詩。

⑦事蹟見《後漢書》卷一〇九〈周澤傳〉：「澤為太常，清潔循行，盡敬
　宗廟。常臥病齋宮，其妻哀澤老病，闚問所苦。澤大怒，以妻干犯齋
　禁，遂收送詔獄謝罪。當世疑其詭激。時人為之語曰：『生世不諧，作
　太常妻。一歲三百六十日，三百五十九日齋，一日不齋醉如泥。』」

⑧盛唐詩人元結、沈千運、孟雲卿等七人有《篋中集》，主張系樂府，不擬
　古題，開創新題。中唐白居易、元稹繼其緒，提倡新樂府，即新題樂
　府，推崇杜甫的歌行體，為「即事名篇」的樂府。元稹在〈樂府古題序〉

云：「況自風雅至於樂流，莫非諷興當時之事，以貽後代之人，沿襲古
題，唱和重複。……近代唯詩人杜甫〈悲陳陶〉、〈哀江頭〉、〈兵車〉、
〈麗人〉等，凡所歌行，率皆即事名篇，無復倚傍。」見《元氏長慶
集》，台灣商務印書館《四部叢刊》初編本。

⑨ 見《樂府詩集》卷七十二，雜曲歌辭。

⑩ 見《樂府詩集》卷四十四，清商曲辭，〈子夜歌〉郭茂倩的題解。

⑪ 見《樂府詩集》卷二十三。

⑫ 見徐而菴的《說唐詩》。

⑬ 見胡應麟的《詩藪》。

李白詩與敦煌曲

一、前言

　　李白和敦煌曲的關係，從時間而言，李白（701-762）是盛唐時代的大詩人，而敦煌曲是清代光緒二十五年或二十六年（1899 或 1900）在甘肅敦煌莫高窟出土的敦煌卷，其中敦煌所見李白詩便有四十三首①，但本文討論的重點，是李白詩與敦煌曲的關係，而敦煌曲包括的年代，大抵從隋唐到五代（589-960）的曲子和大曲，也是這時期的長短句和民歌，稱之為「敦煌曲」或「敦煌曲子詞」②。其實其中大多數是唐代的民歌和唐詞。

　　從空間而言，李白成長於四川，二十五歲出川，足跡遊遍大江南北，及京洛、齊魯一帶，五十八歲時，因坐永王事，被流放夜郎（貴州桐梓及正安西部地區），第二年未至夜郎，便遇赦釋，而返回江夏岳陽，後又到尋陽，六十二歲卒於當塗。因此李白未曾到過敦煌，也未曾到過瓜沙一帶。然而敦煌曲發生的地點，是以敦煌為主，包括唐代瓜州、沙州一帶的民歌。但詩歌、民歌是有腳的，它可以到處流傳，就如敦煌卷中收有李白，王昌齡、白居易、韋莊、王梵志等的詩，同時中原一帶的民歌，京洛流行的歌曲，也在敦煌曲中出現，因此從李白詩中，可以發現受唐代民歌的影響。

　　其次，從詩歌的數量、內容而言，據今人瞿蛻園、朱金城等

校注的《李白集校注》，該書依清代王琦輯注的《李白詩文集》，再擴大蒐集，收錄李白的詩，包括詞和賦，共一千五十首③；然而敦煌曲的數量，從朱彊村的《彊村遺書》中的《雲謠集雜曲子》三十首，擴充到任半塘的《敦煌歌辭總編》，其中所收集的曲子與大曲兩體，已達一千三百餘首，可知唐代敦煌曲的收集，還在陸續增加之中④。

我們讀李白的詩，可以感受到強烈的民歌、民謠風的風格，清新不豔，高華自然而不留匠痕，誠如他自己所說的：「清水出芙蓉，天然去雕飾。」這便是李白詩歌的特色。從李白的樂府詩題中，可知他受六朝樂府民歌的影響很深，例如他的〈長干行〉、〈子夜四時歌〉、〈楊叛兒〉等，都是沿用六朝樂府舊題，而寫唐人生活和遭遇，唐人的情意和感受，因此他的詩是攝取六朝民歌的養份而開拓出的新意。同時，李白的詩，同樣也受唐人民歌的影響，開創了李白在民歌風的特色。因而，本文的重點，便在於李白詩中探討它受唐人民歌影響的成份，而唐人民歌現存的，只有敦煌曲，因此，本論題定名為「李白詩與敦煌曲」。

二、從詞牌曲調看李白詩歌與教坊曲 敦煌曲的關係

有關李白詞，收錄在林大椿編的《全唐五代詞》中，計有十五首，即：

桂殿秋　二首

清平調　三首

菩薩蠻　三首

憶秦娥　一首

清平樂　五首

連理枝　一首

　　如依據清曹寅等編輯的《全唐詩》和今人瞿蛻園等的《李白集校注》，其中所收錄李白的詞，則有十七首，即：

桂殿秋　二首

清平調　三首

連理枝　二首

菩薩蠻　一首

憶秦娥　一首

清平樂　四首

清平樂令　二首

三五七言（即秋風詞）

　　林大椿《全唐五代詞》中李白〈菩薩蠻〉三首，其中一首「遊人盡道江南好，遊人只合江南老。⋯⋯」是晚唐韋莊的詞，混淆在李白詞中，儘管李白的詞在各本的數量上相近，但《全唐詩》和《李白集校住》所收列的詞，經校訂考證，較為可信。

　　如從詞調詞牌上比較，則後二者多列〈清平樂令〉和〈秋風詞〉，共使用八種不同的詞調。這八種詞調與《教坊曲》和《敦煌曲》中的詞調相比較，便可知李白詩歌中與教坊曲或敦煌曲在詞調使用上的關係，可以匡補典籍之疏略。

《教坊曲》是唐崔令欽編著，他對唐玄宗時代的教坊情形，加以追述，今據《教坊記·序》云：

> 開元中，余為左金吾，倉曹武官十二三是坊中人。每請祿俸，每加訪問，盡為余說之。今中原有事，漂寓江表，追思舊遊，不可復得，粗有所識，即復疏之，作《教坊曲》。⑤

可知崔令欽在安史之亂時，避地潤州時，追述唐開元、天寶年間（713-755）教坊的制度、人物、軼聞、瑣事和曲名等，其中對唐人的聲詩或曲子詞，書中提及三百二十七種曲名，對研究唐代的音樂、詩歌、歌舞、戲劇、雜技等，是很珍貴的資料。

今人任半塘曾有《教坊記箋訂》，對《教坊記》一書，深加探索，在任氏《教坊記箋訂·弁言》中，特別提到教坊的情形，在盛唐時教坊中所傳唱的曲名，但沒有記載曲詞，即只得到詞牌而沒記錄詞句。而敦煌石室敦煌曲的發現，卻可以彌補教坊曲的不足，了解唐詞的真面目，而且唐人唱敦煌曲，尚有二十五首《敦煌琵琶譜》⑥。

敦煌曲與詞的關係，任半塘在《教坊記箋訂·弁言》中，有一段說明：

> （教坊曲）與敦煌曲關係，五十餘年前，敦煌石室之偉大發現，亦即唐代民間文藝資料，空前瑰麗而豐富之發現也。其波瀾震盪所及，竟使寂寂無聞千餘年久，勢將陳死以終之崔令欽《敦坊記》，忽然獲得活躍之生機。……今

在敦煌曲內，竟發現若干原調之始辭，而在敦煌曲方面，有此等曲辭，本無從揣得時代者，賴本書之早已列其調名，竟能指出其時代之大概，彼此相互倚重，在詞曲史上，遂大現異彩！⑦

　　一般中國文學史的著述，對詞的發生，都以為是中唐張志和、白居易始有詞，由於敦煌曲的出土，使教坊曲得到引證，至少唐詞的發生，可以推至盛唐時代開元天寶年間，詞已存在而且普遍流行朝野。只是唐五代的長短句，注名為「詞」，而教坊或敦煌曲則注名為「曲」、「曲子」，實質上，唐人稱「曲」、「曲子」、「曲子詞」、「長短句」、「聲詩」，都是唐人開創的新體詩，這些新體詩是以音樂來命名的小調、小曲，流行於市井酒樓茶肆間，是即興的「酒令」，倚聲填詞，也稱「小令」，所以唐人的詩歌，亦各有其曲調，是詩為曲之辭，而曲為詩之聲，後人簡稱為「詞」。

　　李白所寫的詩歌，使用的詞牌，在教坊曲和敦煌曲中可以發現現到的有〈菩薩蠻〉，以及詩集中的〈長相思〉，此外李白詩中，用詞為題名的，尚有〈宮中行樂詞〉八首，敦煌卷選錄三首，題為〈宮中三章〉，依本事詩載玄宗召李白命為「宮中行樂五言律十首」，今所見李白集中僅存八首，而敦煌卷中抄錄三首。其他如〈橫江詞〉六首，〈玉真仙人詞〉一首。李白的詞被尊崇的為〈菩薩蠻〉，即「平林漠漠煙如織」，以及〈憶秦娥〉，即「簫聲咽，秦娥夢斷秦樓月」兩首，被宋人花庵詞客奉為「二詞為百代詞曲之祖」⑧但近人懷疑之風盛行，也有指此二詞非李白所作，或指為溫庭筠詞，其實盛唐時，《教坊記》中已著錄有

〈菩薩蠻〉曲調，李白有能力填此詞，拙作曾撰〈菩薩蠻的創調與流傳〉，見唐代學會《唐代文化研討會論文集》（1991年7月），並撰〈李白〈菩薩蠻〉探述〉，見中央研究院中國文哲研究所《第一屆詞學國際研討會論文集》（1994年11月），已考證該詞為李白所作，理由充要，可參考此二文。今人張以仁教授撰〈李白憶秦娥考證〉，也證實為李白所作，所以說「詞中有三李：李白、李後主、李清照」。至於李白其他的詞，或齊言的詩，或長短句，是唐代樂工將其譜曲，如〈清平調〉三首，〈清平樂〉五首，作為宮庭讌樂的歌曲，是唐人的聲詩，傳唱於宮中或京洛之間。今從敦煌卷所收錄的唐詩，李白詩有四十三首，數量可謂不少，而李白詩能流傳於唐代西北瓜沙二州之間，已證明李白的詩，在敦煌一帶已普遍流行。同時，敦煌的民歌，也會傳至李白耳中，因李白詩中，除樂府詩外，其他各體的詩，也有很顯著民歌的風格，因此李白的詩受六朝民歌和唐代民歌的影響，是很顯著的，下一節便是探索此線索。

三、李白的情歌與敦煌曲情歌的比較

李白情感豐富，才華橫逸，所寫情歌真切自然，與民歌的真摯熱情，極為接近；換言之，李白的情歌，是受六朝的《吳歌》、《西曲》的影響，同時，也直接受唐人民歌的影響，攝取民歌的養分，開創李白浪漫特有的詩風。今文中僅就李白詩與敦煌曲中情歌作比較，而與六朝情歌的關係，有時也很難分割。例如李白的〈春思〉：

燕草如碧絲，秦桑低綠枝；

當君懷歸日，是妾斷腸時。

春風不相識，何事入羅幃。⑨

這與六朝的〈子夜歌〉、〈子夜春歌〉，在詩歌浪漫的情趣上相似：

攬裙未結帶，約看出前窗。

羅裳易飄颺，小開罵春風。——〈子夜歌〉

春林花多媚，春鳥意多哀。

春風後多情，吹我羅裳開。——〈子夜春歌〉⑩

又如李白的〈清平樂〉三首，今擇其一：

煙深水閣，音信無由達。惟有碧天雲外月，偏照懸懸離別。盡日感事傷懷，愁眉似鎖難開。夜夜長留半被，待君魂夢歸來。⑪

李白用女子的口吻寫情歌、情詩，是來自民間歌謠的手法和特色，如同歌者之詞，作了女子的代言人，而敦煌曲中，不乏這類女子思君歸來的作品，今舉〈天仙子〉為例：

燕語鶯啼驚覺夢，羞見鸞臺雙舞鳳。天仙別後信難通，無人共，花滿洞，羞把同心干偏弄。

區耐不知何處去，正值花開誰是主。滿樓明月夜三更，無
人語，淚如雨，便是思君腸斷處⑫。

　　李白短篇的情歌，無論短篇的絕句，或是較長的長短句，情
詞精美，如〈玉階怨〉、〈春思〉、〈連理枝〉、〈秋風辭〉；而
長篇的情歌更是情趣十足，出色動人，很多情節內容，是從民歌
轉化而來，如〈長干行〉、〈江夏行〉、〈擣衣辭〉等，所寫人物
為十五歲青春的桃花愛情，是寫小兒女的愛情故事，塑造神仙美
眷的理想愛情，引人入勝。

　　其實敦煌曲的情歌，與李白詩中的情歌，都以女子口吻傾
訴，有真摯之情而軟人心腸，如敦煌曲中的情歌〈拋毬樂〉：

珠淚紛紛濕綺羅，少年公子負恩多。當初姊姊分明道，莫
把真心過與他，仔細思量著，淡薄知聞解好麼⑬。

又如〈望江南〉：

天上月，遙望似一團銀。夜久更闌風漸緊，為奴吹散月邊
雲，照見負心人⑭。

　　李白擅於攝取民歌的真摯情意，在衍變為自然高華的格調，
從〈李白集〉詩文共三十卷，詩賦一千五十首，其中樂府詩共四
卷，約一百四十九首。可以領略他運用民歌的手法，那首〈天上
月〉，與〈玉階怨〉極為相似，但李白詩更為精美：

> 玉階生白露，夜久侵羅襪；
>
> 卻下水精簾，玲瓏望秋月。

全詩無「怨」字，只在標題上點出〈玉階怨〉，其實在詩中怨已深矣。

四、李白邊塞詩與敦煌曲邊塞詩的比較

李白詩多元化，無論紀遊、贈答、山水、宮體、游仙等各類主題的詩，都是很出色，尤其他的情歌和邊塞詩，更是出色，李白詩的內容可謂「全方位」的，是我國數一數二的偉大詩人。

今就其邊塞詩的內容與敦煌曲中的邊塞詩作一比較。李白的〈關山月〉，代表了雄渾蒼茫的詩境，其詩句為：

> 明月出天山，蒼茫雲海間。長風幾萬里，吹度玉門關。
>
> 漢下白登道，胡窺青海灣。由來征戰地，不見有人還。
>
> 戍客望邊色，思歸多苦顏。高樓當此夜，歎息未應閒⑮。

宋人楊齊賢引《吳氏語錄》曰：「太白詩如『明月出天山，蒼茫雲海間。長風幾萬里，吹度玉門關』，皆氣蓋一世。學者皆熟味之，自不褊淺矣。天山在唐西州交河郡天山縣，天山至玉門關不為太遠，而曰幾萬里者，以月如出於天山耳，非以天山為度。」⑯李白的〈關山月〉開端真是氣蓋一世，但「長風幾萬里，吹度玉門關」，《吳氏語錄》是以寫實和地理常識來解釋，其實李白詩好誇飾，如「白髮三千丈，離愁似箇長」，「君不見，黃河之

水天上來」等,是李白詩中慣用的手法,使詩的氣勢磅礴,表現
了盛唐邊塞詩雄渾的境界,故晚唐司空圖《二十四詩品》,第一
品便是「雄渾」,不是沒有緣故。

　　〈關山月〉本屬橫吹曲,而郭茂倩《樂府詩集》:「《樂府解
題》曰:『〈關山月〉,傷離別也。古〈木蘭詩〉曰:「萬里赴戎
機,關山度若飛,朔氣傳金柝,寒光照鐵衣。」』按相和曲有
〈度關山〉,亦類此也。」此詩以邊關月色寫起,中四句懷古,古
來征戰,有幾人歸來。末四句寫眼前事,道戍邊戰士,因見月而
思歸,結語不言自苦,反而寫家人思念征夫之苦,更見高妙。

　　其他如〈塞上曲〉、〈塞下曲〉、〈北風行〉、〈從軍行〉
等,都是極為出色的邊塞詩,開創盛唐邊塞詩道勁雄渾的風格。
今舉〈塞下曲〉六首之一為例:

　　　　五月天山雪,無花祇有寒。笛中聞折柳,春色未曾看。
　　　　曉戰隨金鼓,宵眠抱玉鞍。願將腰下劍,直為斬樓蘭⑰。

李白的邊塞詩,大都借樂府舊題而寫新意,神氣完足,章法井
然,自然而有民歌風,處處流露豪情和不羈之才,銳利的觀察力
和深入邊塞戍役征夫的內心感受,配以邊塞景色,使情景交融。

　　敦煌曲中的邊塞詩,是無名氏的民歌,文人的詩用情,詞采
富足,而民歌用拙,詞句保有拙樸之風;但不管是文人的作品或
民間的作品,情意的真,是構成佳作的必具條件。今舉敦煌曲中
的〈破陣子〉為例:

　　　　年少征夫堪恨,從軍千里餘。為愛功名千里去,攜劍彎弓

　　沙磧邊，拋人如斷絃。　　　迢遞可知閨閣，吞聲忍淚孤
眠。春風春來庭樹老。早晚王師歸卻還，免教心怨天⑱。

　　敦煌曲的邊塞曲，多含哀怨之聲，但也有雄渾氣壯山河的歌
聲，如從《敦煌琵琶譜》二十五首的聲調歌曲中，才能感受到詩
歌歌聲的變化，哀怨時扣人心弦，豪邁時使人血脈賁張，流露西
北民風的驃悍，歌聲的高亢。故詩歌和民歌，除了詞情之外，聲
情曲調的變化，也極能鼓動人們的心弦和情感。
　　李白的邊塞詩取舊題而譜新聲，是唐人邊塞的寫照，而敦煌
曲中邊塞詩，也有願「為國表忠貞，先望立功勳，後見君王面」
⑲的雄心壯志。李白的邊塞詩較華采而重境界的呈現，敦煌曲的
邊塞詩較寫實，用拙樸之情，道征夫戍役者的心境。如從詩聲來
鑑賞，則無論文人或民間的邊塞詩，都能扣人心弦，鼓舞士氣。

五、敦煌曲中情節的運用給予詩人 詩歌創作的啓示

　　民間歌謠能啟發文人創作的靈感，這是不可否認事實，李白
詩受民歌的影響很大，他在詩上的成就，可說是喝六朝和唐代民
間乳水成長的。今舉《敦煌琵琶譜》中的詩聲為例，一為〈傾杯
樂〉是情歌，一為〈急曲子〉是邊塞詩⑳：

　　窈窕逶迤，貌超傾國應難比。渾身掛綺羅裝束，未省從天
得至。臉如花自然多嬌媚，翠柳畫蛾眉，橫波如同秋水。
裙生石榴，血染羅衫子。觀豔質語軟言軟，玉釵墜，素綰

烏雲髻。　　年二八久鎖香閨,愛引猧兒鸚鵡戲。十指如
玉如蔥,凝酥體,雪透羅裳裡。堪娉與公子王孫、五陸少
年風流婿。——《敦煌曲辭‧傾杯樂》,P2838

攻書學劍能幾何,爭如沙塞騁嘍囉,騁嘍囉。手執六尋槍
似鐵,槍似鐵,鐵明月,龍泉三尺劍新磨。　　堪羨昔時
軍伍,漫夸儒仕德能康,德能康。四塞忽聞狼煙起,狼煙
起,問儒士,誰人敢去定風波。——《敦煌曲辭‧定風
波》,P3821

　　由於民歌的辭曲動人,其中情節的運用,能觸動詩人借民歌
的情節再加以變化,如敦煌曲中的〈傾杯樂〉,可以衍生如李白
的〈長干行〉(妾髮初覆額)、〈江夏行〉(憶昔嬌小姿)等,情
節較複雜的情歌;而〈急曲子〉之類的敦煌曲,也能啟發詩人的
邊塞詩創作,如李白的〈關山月〉、〈從軍行〉等。文人的詩
歌,往往直接受民歌的導引和影響,創作出新的詩篇。本人聽敦
煌曲的〈曲急子‧定風波〉後,也曾寫一首新詩〈急曲子‧大草
原〉,今引述如下:

急曲子‧大草原

午後揚鞭,
與你並駕奔馳大草原。

白雲輕,藍天明,
侶馬穿風,驚起蚱蜢飛,

猶似琵琶輪撥動邊聲。

　　　箏琮，箏琮，響不停。

青驄馬，君愛卿，

草從蹄下仰後，

風從腋邊橫生。

　　　呵唷，呵唷，喚不停。

放馬大澤中，

仰臥草原情，

人間富貴神仙都不如，

看浮雲蒼狗，如幻，如真，

　　　親親，親親，響自心靈。

黃昏，一輪紅日落草堆，

橙黃，嫣紅，瑪瑙褐，藍水晶，

天空幻變如同調色盤，

直到滿天星花淹沒草原情，

　　　唧唧，唧唧，四邊蟲鳴。　．

六、結論

　　李白詩受六朝民歌和唐代民歌的影響，至為顯著，以前人都認為李白是喝六朝文學長大的，其實細觀李白樂府詩，不僅攝取六朝民歌的養份，同時也吸取唐人民歌的精髓，構成李白詩自然

高華的特色。本文僅就其情歌與邊塞詩與敦煌曲作比較，說明文人的作品，來自民間文學，而民間作品的拙樸之情，到文人手中，便成用情加工的精品，有如璞玉是民歌，玉器是文人的詩歌，兩者相得益彰。

——國立中正大學，敦煌學研討會，1995 年 3 月 26 日

注釋————————————

① 見黃永武的《敦煌的唐詩》，其中就敦煌卷中唐詩寫本，與今日傳刻的唐詩版本，在字句上有顯著的差異。同時唐人韋莊的〈秦婦吟〉，王梵志的詩，後代已失傳，由於敦煌卷的出土，使這些詩再度傳世。洪範書店印行，民國七十五年五月，初版。

② 見任半塘編著的《敦煌歌辭總編》序中的說明，上海古籍出版社，1987年12月初版。

③ 今人瞿蛻園、朱金城校注的《李白集校注》，共三十卷，卷一至卷二十五，為詩、賦的部分，詞收錄在詩中，不單獨開列。本為上海古籍出版社出版，今台北里仁書局，民國七十年，初版。

④ 同②。

⑤ 見唐崔令欽《教坊記、序》，今收列於今人任半塘（任二北）《教坊記箋訂》中。台北，宏業書局印行，民國六十二年元月，初版。

⑥ 日人林謙三曾譯《敦煌琵琶譜》，大陸學者葉棟也有譯譜，近來海外學人也討論，如何將唐人樂工的俗字譜譯成今譜，饒宗頤也有是作。今有席臻貫著的《敦煌古樂》將二十五首敦煌琵琶譜全部譯出，由甘肅音像和敦煌文藝出版社出版，1992 年 9 月初版，並由甘肅敦煌藝術劇院演出，還到海外表演。

⑦ 見任半塘（任二北）《教坊記箋訂·弁言》，與⑤同。

⑧宋黃玉林，自稱花庵詞客，編撰《唐宋諸賢絕妙詞選》卷一，選李白的〈菩薩蠻〉、〈憶秦娥〉，並在調名下注云：「二詞為百代詞曲之祖。」該書共十卷，有明萬曆四十二年（1614）秦岷刻本。

⑨見《李白集校注》卷六〈樂府〉。

⑩見郭茂倩《樂府詩集》卷四十四〈清商曲辭〉。

⑪見《李白集校注》卷三十〈詩文補遺〉。

⑫見敦煌曲《雲謠集雜曲子》三十首，第六、七兩首，S-1441，P-2838。

⑬與⑫同。見《雲謠集雜曲子》第二十五首。

⑭見羅振玉《敦煌零拾》本，題為〈望江南〉。任二北《敦煌曲校錄》收錄在第一「普通雜曲」中。

⑮見《李白集校注》卷四〈樂府〉。

⑯見《分類補註李太白詩》卷四〈樂府〉，宋楊齊賢集註，元蕭士贇補註，商務印書館，四部叢刊初編本。

⑰見《李白集校注》卷五〈樂府〉。

⑱見敦煌曲《雲謠集雜曲子》三十首之十四。

⑲見敦煌曲〈生查子〉P-3821卷子。

⑳自敦煌卷出土以來，其中《敦煌曲辭》有《敦煌琵琶譜》二十五首，日人林謙三，本國葉棟、饒宗頤等都有試譯成今譜，以便傳唱。今所列《敦煌曲辭》兩首是今人席臻貫所譯譜，並有《敦煌古樂》一書及錄音帶三卷。唐人詩歌可以配合歌舞，唐人分軟舞和健舞兩類，〈傾杯樂〉是軟舞，也是文舞，寫女子柔媚體態；〈急曲子·定風波〉是健舞，也是武舞，表現豪邁的氣勢。1993年11月12、13日，由甘肅敦煌藝術劇院團至香港沙田大會堂表演。

杜甫心目中的李白

一、前言

唐代（618-906）文學，以詩歌為主流，而盛唐詩歌，猶如繁花迎夏，花團錦簇，燦爛輝煌，其中以李白（701-762）與杜甫（712-770）在詩歌上的成就，被尊為「詩仙」和「詩聖」，再與同時代王維（701-761）的詩，被譽為「詩佛」，三家各得唐人儒道佛三教思想之一於詩中，各顯其特色，傳誦千古。千餘年來，三家詩不僅稱著於盛唐，在中國詩史上，也是冠冕百代，為後世所尊崇

李、杜詩歌，後代名家也時加稱頌，如中唐韓愈〈調張籍詩〉云：「李、杜文章在，光焰萬丈長。」白居易〈讀李杜詩集因題卷後〉云：「吟詠留千古，聲名動四夷。文場供秀句，樂府待新詞。」唐代名詩家，對李、杜詩，都推崇備至，且能道其精要，評論翔實，不落阿諛溢美，為後世立下文人相重的典範。

近數年來，經常閱讀李、杜詩，愈愛兩家詩在內容上、風格上雖然異趣，然其造詣各有千秋，使人不忍釋手。及讀宋人洪邁的《容齋四筆》，言及「李太白、杜子美在布衣時，同遊梁、宋，為詩酒會心之友。以杜集考之，其稱太白及贈懷之篇甚多。……至於太白與子美詩，略不見一句。」①於是細覽杜詩，其贈懷李白的詩，多達十五首之多，而李白贈答杜甫的詩，或僅三首

而已，其中還有可疑之作。因而心中有所疑慮：一是杜甫可以贈懷李白的詩那麼多，原因何在？而李白和答杜甫的詩，何以那麼少，理由何在？其次，杜甫贈懷李白詩，詩中寫些甚麼？由於這些問題，才有撰寫〈杜甫心目中的李白〉的動機和念頭。

二、李、杜贈答詩篇章資料之統計

杜甫心儀李白，從一連串的贈懷詩中，可以看出杜甫對李白關懷和仰慕。在杜甫現存一千四百五十首的詩集中，贈懷李白的詩，便有十五首②；而李白現存一千零五十首的詩集中，贈答杜甫的詩，則僅兩首，其他一首，則不紀錄在李白集中，且有商榷之處，或非出於李白之手③。今將其贈答或懷念的詩篇，將其篇目開列於下：

杜甫贈懷李白的詩篇：

1.贈李白

秋來相顧尚飄蓬，未就丹砂愧葛洪。痛飲狂歌空度日，飛揚跋扈為誰雄？

2.贈李白

二年客東都，所歷厭機巧。野人對羶腥，疏食常不飽。豈無青精飯，使我顏色好？苦乏買藥資，山林跡如掃。李侯金閨彥，脫身事幽討。亦有梁宋遊，方期拾瑤草。

3.與李十二白同尋范十隱居

李侯有佳句，往往似陰鏗。余亦東蒙客，憐君如弟兄。醉眠秋共被，攜手日同行。更想幽期處，還尋北郭生。入門高興發；侍立小童清。落景聞寒杵；屯雲對古城。向來吟橘頌；誰欲討蓴羹？不願論簪笏，悠悠滄海情。

4.送孔巢父謝病歸遊江東兼呈李白

巢父掉頭不肯住，東將入海隨煙霧。詩卷長留天地間，釣竿欲拂珊瑚樹。深山大澤龍蛇遠，春寒野陰風景暮。蓬萊織女迴雲車，指點虛無引歸路。自是君身有仙骨，世人那得知其故？惜君只欲苦死留，富貴何如草頭露？蔡侯靜者意有餘，清夜置酒臨前除。罷琴惆悵月照席，幾歲寄我空中書。南尋禹穴見李白，道甫問信今何如。

5.飲中八仙歌

知章騎馬似乘船，眼花落井水底眠。汝陽三斗始朝天，道逢麴車口流涎。恨不移封向酒泉，左相日興費萬錢。飲如長鯨吸百川，銜杯樂聖稱避賢。宗之瀟灑美少年，舉觴白眼望青天。皎如玉樹臨風前，蘇晉長齋繡佛前，醉中往往愛逃禪。李白一斗詩百篇，長安市上酒家眠，天子呼來不上船，自稱臣是酒中仙。張旭三盃草聖傳，脫帽露頂王公前，揮毫落紙如雲煙。焦遂五斗方卓然，高談雄辯驚四

筵。

6.冬日有懷李白

寂寞書齋裡，終朝獨爾思。更尋嘉樹傳；不忘角弓詩。短
竭風霜入；還丹日月遲。未因乘興去，空有鹿門期。

7.春日憶李白

白也詩無敵，飄然思不群。清新庾開府；俊逸鮑參軍。渭
北春天樹；江東日暮雲。何時一尊酒，重與細論文？

8.-9.夢李白二首

其一
死別已吞聲，生別常惻惻。江南瘴癘地，逐客無消息。故
人入我夢，明我常相憶。恐非平生魂，路遠不可測。魂來
楓林青，魂返關塞黑。君今在羅網，何似有羽翼？落月滿
屋梁，猶疑照顏色。水深波浪闊，無使蛟龍得。

其二
浮雲終日行，遊子久不至。三夜頻夢君，情親見君意。告
歸常局促，苦道來不易。江湖多風波，舟楫恐失墜。出門
搔白首，若負平生志。冠蓋滿京華，斯人獨憔悴。孰云網
恢恢，將老身反累。千秋萬歲名，寂寞身後事。

10.天末懷李白

涼風起天末,君子意如何?鴻雁幾時到,江湖秋水多。文章憎命達;魑魅喜人過。應共冤魂語,投詩弔汨羅。

11.寄李十二白二十韻

昔年有狂客,號爾謫仙人。筆落驚風雨,詩成泣鬼神。聲名從此大;汩沒一朝伸。文采承殊渥,流傳必絕倫。龍舟移棹晚;獸錦奪袍新。白日來深殿,青雲滿後塵。乞歸優詔許;遇我宿心親。未負幽棲志;兼全寵辱身。劇談憐野逸,嗜酒見天真。醉舞梁園夜,行歌泗水春。才高心不展,道屈善無鄰。處士禰衡俊,諸生原憲貧。稻粱求未足,薏苡謗何頻?五嶺炎蒸地;三危放逐臣。幾年遭鵩鳥;獨泣向麒麟。蘇武先還漢,黃公豈事秦?楚筵辭醴日,梁獄上書辰。已用當時法,誰將此義陳?老吟秋月下,病起暮江濱。莫怪恩波隔,乘槎與問津。

12.不見──近無李白消息

不見李生久,佯狂真可哀。世人皆欲殺,吾意獨憐才。敏捷詩千首,飄零酒一盃。匡山讀書處,頭白好歸來。

13.蘇端薛復筵簡薛華醉歌　　（以下三篇皆斷章）

坐中薛華能醉歌,歌辭自作風格老。近來海內為長句,汝
與山東李白好。何、劉、沈、謝力未工,才兼鮑照愁絕
倒。

14.昔遊

昔者與高、李(高適、李白),晚登單父臺。寒蕪際碣
石,萬里風雲來。桑柘葉如雨,飛藋去徘徊。清霜大澤
凍,禽獸有餘哀。

15.遣懷

憶與高、李輩,論交入酒爐。兩公壯藻思,得我色敷腴。
氣酣登吹臺,懷古視平蕪。芒碭雲一去,雁鶩空相呼。

　　杜甫贈懷李白的詩共十五首,其中〈夢李白〉一題,有詩兩
首,從1到5,是杜甫與李白同遊的贈詩;從6到12,是杜甫與
李白分別後,懷念李白或寄贈李白的詩;從13到15,是杜甫在
詩中提及與李白、高適同遊的往事,為追憶倒敘之作,是在詩篇
中提及與李白有關的斷章,不是整首贈懷李白的詩。
　　至於李白贈杜甫的詩篇:

1.魯郡東石門送杜甫

醉別復幾日,登臨遍池臺。何言石門路,重有金尊開。秋

波落泗水，海色明徂徠。飛蓬各自遠，且盡手中杯。

2.沙丘城下寄杜甫

我來竟何事，高臥沙丘城。城邊有古樹，日夕連秋聲。魯酒不可醉，齊歌空復情。思君若汶水，浩蕩寄南征。

3.戲贈杜甫

飯顆山頭逢杜甫，頭戴笠子日卓午。借問何來太瘦生？總為從前作詩苦。

李白贈杜甫的詩，前兩首，見《李白集校注》中，為李白所作，無可置疑。但〈戲贈杜甫〉一詩，首見孟棨的《本事詩》，而李集不載④。其後《唐摭言》、《唐詩紀事》、《韻語陽秋》、《苕溪漁隱叢話》均錄有此詩，文字也稍有出入，惟洪邁謂是好事者為之耳。李杜文章知己，斷無相譏之語，且詩語庸俗，我們有理由懷疑李白是否曾經寫過或口占過這首詩。

三、李白杜甫相會時地的推測

李白大杜甫十一歲，他們是同時代的詩人，喜愛喝酒寫詩，從他們的詩歌中，經常提到朋友的相聚詩酒會，或以詩相互贈答，在杜甫的〈遣懷〉詩中，便提到「憶與高、李輩，論交入酒壚」，可知文人的詩酒會，是極自然的現象。《新唐書·杜甫傳》

也提到杜甫「曾從白及高適過汴州，酒酣登吹臺，慷慨懷古，人莫測也」。李、杜第一次會晤，相互認識的時間和地點，是否如《新唐書》所說的，地點在汴州，會晤時間卻未說明，含糊其辭，而且會晤時還不只、李杜二人，尚有高適（702-765）。

宋人主張李、杜相遇於梁宋，《唐詩紀事》引楊天惠《彰明逸事》云：「始太白與杜甫相遇梁宋間，結交歡甚，久乃去，客居魯徂徠山。」⑤楊天惠係郫縣人，宋神宗元豐年間進士，於哲宗元符二年為彰明縣令⑥。彰明縣唐屬綿州，為李白小時成長的地方⑦，初稱昌明縣，後改彰明縣，縣境有大匡山，相傳為李白讀書的地方，今尚有李白的讀書洞。楊天惠既為彰明縣令，對李白逸事的蒐集，必然經過一番整理，因而內容也較為詳實。

杜甫〈飲中八仙歌〉，提及賀知章、崔宗之、李白、張旭等八人，外加杜甫，經常以詩酒會交歡，他們雖未結社，但文人雅會聚首，確是事實，他們聚會的地點應在長安，也是李白入朝擔任翰林供奉的時代，即天寶元年至天寶三載（742-744），清代王琦《李太白年譜》在天寶二載（743），認為「公（指李白）在長安，與賀知章、汝陽王璡、崔宗之、裴周南為酒中八仙之遊。」⑧此年李白四十三歲，杜甫三十二歲。

又依仇兆鰲《杜詩詳注》所收〈杜工部年譜〉天寶三載，「公（指杜甫）在東都。」注云：「五月，公祖母范陽太君卒於陳留之私第。八月，歸葬偃師。錢謙益曰：是時太白自翰林放歸，客遊梁、宋、齊、魯，相從賦詩，正在天寶三四載間。朱曰：按舊譜謂：開元二十五年，公從高適、李白過汴州，登次臺懷古，以寄李十二白詩證之，其謬信矣。」⑨

因此有關李杜訂交的時間和地點，歷代學者說法甚為紛紜，

依舊說：從魯、黃鶴的《杜工部年譜》，認為李杜訂交，是在開元二十五年（737）⑩今人對李杜訂交問題，考證的文章很多，楊承祖教授〈杜甫李白高適梁宋同遊考年〉，認為李杜梁宋之遊，應在天寶四載（745），認為杜甫的祖母卒於天寶三載五月，八月三十日歸葬河南偃師，此時杜甫正在服喪，怎能出遊梁宋，狂歡飲酒，因此李杜訂定，應在天寶四載。陳文華教授《杜甫傳記唐宋資料考辨》第三篇〈生平事蹟異說彙考〉，對李杜的訂交，有詳盡的考辨，認為楊承祖教授的考證，較為合理⑪。

如放寬角度來看，從天寶元年至天寶四載，李白入京任翰林供奉，三年辭官，遊於梁宋齊魯，則李杜結識，應在此間。如依杜甫〈飲中八仙歌〉推測，李杜訂交在天寶二年，其後三年間，他們在梁、宋、汴州、齊、魯間交遊，可以從李杜詩句中，得到引證。如李白〈魯郡東石門送杜甫〉，有「秋波落泗水，海色明徂徠」的詩句；杜甫〈寄李十二白二十韻〉，有「醉舞梁園夜，行歌泗水春」。梁，是大梁，漢梁孝王築梁園於此，即今河南開封；汴州，也是開封，宋地區較廣，包括河南東部、山東、江蘇等地，齊魯在山東。

四、杜甫詩中的李白

李白飄逸不拘，疏財好友，一生有過風光，也有過落魄流離，在漂泊的生活中，留下光輝瑰麗的詩篇。在當時如賀知章激賞他的〈蜀道難〉，使李白的詩在詩壇中，一夜之間，被當時人所重視。唐人印刷品尚未普遍，詩文稿的流傳，只靠口頭傳誦，紙上傳抄，才能將文稿風行宇內，傳達到境外。因此詩文稿經名

家的評述和推薦，才能為世人所重視。

　　由於杜甫仰慕李白，視李白為詩壇前輩，在他們的交往中，杜甫贈懷李白的詩篇，今可知者，有十五首之多，也許這十五首，連李白都未能全部讀到，何況當時的人，杜甫對李白詩和為人的評價，並不為當時人所重視。但在今日，我們從杜甫的詩中，可窺知杜甫心目中的李白，不僅是對李白詩、酒的稱頌和評價，也是對其為人和友誼的思念與關懷。也許在當時不被注意，但後世對我國數一數二大詩人的評價和風範，是值得我們探索的。

　　今就杜甫詩中對李白作品和為人的評述，歸納數則如下，以知杜甫心目中的李白，是何種人物和印象。

㈠李白詩無敵，得自六朝三家風韻

> 白也詩無敵，飄然思不群。
> 清新庾開府，俊逸鮑參軍。——〈春日憶李白〉
> 李侯有佳句，往往似陰鏗。——〈與李十二白同尋范十隱居〉

　　這些詩句，是杜甫對李白詩的評價。杜甫稱頌李白的詩是一流的，無人可以與他匹敵抗衡，稱讚他的思路靈活，飄然不群，與其他詩人的風格不同，自樹一幟。李白詩兼具梁庾信詩「清新」和宋鮑照詩「俊逸」的特色，而且詩中的佳句，往往與陰鏗的佳句相類似。

　　李白受六朝詩歌的影響，是不爭之議，就以樂府詩而言，他用六朝樂府的占題，化為唐人情意的反映；杜甫更明確指出，他

攝取鮑照、庾信、陰鏗詩歌的精華,而推陳出新,融入自己的作品中,例如,鮑照作〈行路難〉十九首,慨歎自己出身寒素,在六朝重門第的環境中,出路艱苦,仕途坎坷,而李白著名的〈蜀道難〉,借「蜀道之難難於上青天」,寫巴蜀神話,太白、峨眉、青泥嶺的連山絕壑,水若奔雷的險阻,劍閣的崢嶸險要,引發自己思歸的心情,比喻仕途的難行。同時李白也有〈行路難〉三首,《樂府詩集》引《樂府解題》云:「行路難,備言世路艱難及離別悲傷之意,多以『君不見』為首。」由鮑照創此調,其後仿作雖多,以李白的〈行路難〉三首,最膾炙人口。

現存鮑照的詩文集《鮑氏集》,約二百零八篇,其中〈擬行路難〉十九首中的第一首,相當於整個組詩的序;

奉君金卮之美酒,瑇瑁玉匣之雕琴。七綵芙蓉之羽帳,九華葡萄之錦衾。……願君裁悲且減思,聽我抵節行路吟。不見柏梁銅雀上,寧聞古時清吹音⑫。

李白的〈行路難〉三首,其開端為:

金樽清酒斗十千,玉盤珍羞值萬錢。停杯投箸不能食,拔劍四顧心茫然。

末首結句為:

君不見,吳中張翰稱達生,秋風忽憶江東行。且樂生前一杯酒,何須身後千載名。

李白和鮑照都是出身寒微，一生多處於困境之中，仕途坎坷，但他們性格灑脫，由於兩人的遭遇和性格有相似之處，他們想在仕途上找出路，誠如左思所說「英俊沈下僚」，難以出人頭地。加上個性疏狂，不向權貴折腰低頭，不把名利放在心上，所以詩風才會飄然俊逸。我們讀他們的詩，可以從詩文中體會他們的丰采，所謂「文如其人」，確實不假。故杜甫評李白詩與鮑照詩俊逸之風相近。

梁庾信，字子山，以小篇抒情賦稱著，今有《庾子山集》，共有詩文三百九十九篇⑬。與徐陵同時，兩人既有盛才，文並綺豔，故世號為徐庾體。庾信正處梁三蕭時代，正是宮體流行時，以輕豔為尚。由於庾信流離北周，北周愛惜其文才，惟王褒與庾信，不肯遣還，終於老死北方。庾信早期作品清新輕豔，近於宮體，晚期蒼勁沈鬱，有悲涼之風。杜甫在〈戲為六絕句〉中，有「庾信文章老更成，凌雲健筆意縱橫」。又〈詠懷古跡五首〉，有「庾信平生最蕭瑟，暮年詩賦動江關」。庾信的代表作，是後期的〈擬詠懷〉二十七首。李白〈古風〉五十九首，堪與比擬，杜甫稱李白詩有「清新」的風格，與六朝庾信的詩風格相近，其實詩歌風格的比較是屬於美學範疇，比較難以顯著的例舉加以說明。

其次，杜甫指李白的詩歌佳句，往往似陰鏗。陰鏗，為陳代詩人，有詩三卷傳世，今存作品不多，僅三十四首⑭。由於陰鏗傳世的詩太少，要想找出李白詩歌中的佳句，類似陰鏗詩句，機率較少，但也有痕跡可尋。陰鏗為五言詩，不妨從李白的五言詩去找尋，李白受陰鏗詩的啟示。如陰鏗有〈蜀道難〉，其結句為：「蜀道難如此，功名詎可要。」引發李白寫〈蜀道難〉的靈

感，而其結句為：「錦城雖云樂，不如早還家。蜀道之難難於上青天，側身西望長咨嗟。」兩者有相似之處。

又如陰鏗詩中，寫江南景色與宮體閨怨，清新自然；而李白寫江南景物與樂府情歌，觸景道情，與陰鏗詩句有相似之處。如陰鏗的〈渡青草湖詩〉與李白的〈姑熟十詠〉、〈掛席江上待月有懷〉，情景氣韻相似，而陰鏗的〈秋閨怨詩〉、〈南征閨怨詩〉，對李白的〈長干行〉、〈江夏行〉、〈擣衣篇〉等閨怨詩，或有啟示的作用。可惜陰鏗現存的詩篇太少，不易發現如杜甫所說的李白的佳句，往往類似陰鏗。

(二)李白以酒催詩，詩才敏捷

　　李白一斗詩百篇，長安市上酒家眠。
　　天子呼來不上船，自稱臣是酒中仙。——〈飲中八仙歌〉
　　昔年有狂客，號爾謫仙人。
　　筆落驚風雨，詩成泣鬼神。——〈寄李十二白二十韻〉
　　敏捷詩千首，飄零酒一盃。——〈不見——近無李白消息〉
　　坐中薛華能醉歌，歌辭自作風格老。
　　近來海內為長句，汝與山東李白好。——〈蘇端薛復筵簡薛華醉歌〉

　　李白嗜酒如命，好以酒催詩，李白曾有〈贈內〉詩云：「三百六十日，日日醉如泥；雖為李白婦，何異太常妻？」這是一首給妻子的詩，自云一年到頭，三百六十天，天天醉如泥，因此嫁

　　給李白做妻子，如同太常的妻，因為太常是守宗廟的官，要沐浴
齋戒，清潔自守。

　　郭沫若《李白與杜甫》一書，曾就千首李白詩中，統計與酒
有關的詩，約一百七十首，將佔詩篇的比例近五分之一⑮。可知
李白好飲，或獨酌，或與友人共飲，酒與詩，成為李白的標誌。

　　從杜甫詩中，可知李白好酒成性，以酒催詩，詩才敏捷，而
「李白一斗詩百篇，長安市上酒家眠；天子呼來不上船，自稱臣
是酒中仙」，或「敏捷詩千首，飄寒酒一盃」，便成了李白的特
徵，詩與酒，與文人結了不解之緣，李白如此，杜甫又何嘗不是
如此。

　　李白不僅以酒催詩，且以酒結交朋友，故杜甫〈飲中八仙
歌〉，說明李白與知章、李適之、汝陽王璡、崔宗之、蘇晉、張
旭、焦遂為酒中八仙。甚至因詩酒，權貴者借其高才，而留下文
壇佳話。唐孟棨《本事詩》中「高逸第三」，便記載李白初至京
都，賀知章聞其名，去找李白，李白把〈蜀道難〉給賀知章，賀
知章稱歎不已，並稱李白為「謫仙」。其後李白入宮，寧王曾邀
李白飲酒，已醉，玄宗命其作〈宮中行樂五言律詩十首〉⑯。
《松窗錄》云：玄宗與楊貴妃在沈香亭賞芍藥，梨園子弟進樂助
興，上曰：「賞名花，對妃子，焉用舊樂詞為？」遂命李龜年持
金花箋，宣翰林供奉李白入宮，時李白已醉，仍欣然承旨。遂立
成〈清平調三首〉⑰。李白的〈宮中行樂詞〉今僅八首，〈清平
調〉三首，均為千古傳誦之篇，膾炙人口之作，同時都是李白帶
醉所作，急促成詩，難怪杜甫驚歎李白詩才敏捷，「筆落驚風
雨，詩成泣鬼神」。

(三)李白借酒交友論文

> 渭北春天樹，江東日暮雲。何時一尊酒，重與細論文？
> ——〈春日憶李白〉
> 憶與高李輩，論交入酒壚。兩公壯藻思，得我色敷腴。氣
> 酣登吹臺，懷古視平蕪。芒碭雲一去，雁鶩空相呼。
> ——〈遣懷〉
> 秋來相顧尚飄蓬，未就丹砂愧葛洪；痛飲狂歌空度日，飛
> 揚跋扈為誰雄？ ——〈贈李白〉

李白與杜甫訂交，是因詩酒而結緣，文人聚會，也以詩酒而交歡，故杜甫詩中，追憶往事，始有「憶與高、李（高適、李白）輩，論交入酒壚」、「何時一尊酒，重與細論文」的詩句。同樣李白在〈魯郡東石門送杜甫〉詩中，送別杜甫，也有「飛蓬各自遠，且盡手中杯」的詩句。古人以詩酒論交、論文，是文人雅會的事，甚至結社吟詩，擊砵吟唱，彼此寫詩觀摩，然後遊宴一番，不免飲酒傳詩，也是人生一大樂事。李白有〈春夜宴桃花園序〉：

> 夫天地者，萬物之逆旅也；光陰者，百代之過客也，而浮
> 生若夢，為歡幾何？古人秉燭夜遊，良有以也。
> 況陽春召我以煙景，大塊假我以文章。會桃李之芳園，序
> 天倫之樂事。群李俊秀，皆為惠連；吾人詠歌，獨慚康
> 樂。幽賞未已，高談轉清。開瓊筵以坐花，飛羽觴而醉
> 月。不有佳詠，何伸雅懷？如詩不成，罰依金谷酒數。

　　李白不僅詩歌富麗，〈春夜宴桃花園〉一篇，駢儷生姿，不遜六朝名家。文中記詩友聚會，筵飲賦詩，共賞大地美景，抒寫心中的感觸和抱負，李白必然是友儕中，能酒能詩，又能言善道者，樂觀灑脫，不拘細節，為友儕所歡迎的人物。因此在杜甫心目中，李白是個能激發創作的詩友，故分別後，時時難忘，久久相憶。

　　李白嗜酒，與友人相聚，酒使他們便為親近無間，飲酒使性，忘了人間的富貴貧賤，名利功名，故杜甫〈贈李白〉詩：「痛飲狂歌空度日，飛揚跋扈為誰雄？」是李白開朗豪放的真本性。在杜甫的心目中，李白是個飛揚跋扈的詩人。

(四)杜甫關懷李白，憶李、懷李、夢李白

> 寂寞書齋裡，終朝獨爾思。
> 更尋嘉樹傳，不忘角弓詩。──〈冬日有懷李白〉
> 冠蓋滿京華，斯人獨憔悴。
> 孰云網恢恢，將老身反累。
> 千秋萬歲名，寂寞身後事。──〈夢李白其二〉

　　杜甫在長安與李白相會，後又至梁、宋、齊、魯間同遊，分別後，杜甫時時掛念李白，從杜甫寫給李白的十五首詩中，五首是見面會晤之作，十首是別後思念懷念的作品，尤其杜甫聽到李白在至德二年（756），永王璘兵敗，太白亡走彭澤，坐繫尋陽獄中。次年，乾元元年，李白因永王事，長流夜郎。因此杜甫有〈天末懷李白〉、〈夢李白二首〉，關懷之心，溢於言表。

　　李白四十五歲辭罷翰林供奉，從此雲遊四海，生活困頓，但在李白詩中，卻無半句寒傖語，依然清新高華，為詩氣格豪逸。但在杜甫心目中，卻是「冠蓋滿京華，斯人獨憔悴」，畢竟杜甫以儒者悲天憫人的懷抱，凡事從最壞處想，所以才成其「沈鬱頓挫」的詩風，而李白如同唐皮日休所言：「吾愛李太白，身是酒星魄，口吐天上文，跡作人間客⑱。」李白是酒仙、酒星魄；是詩仙，天上謫仙，口吐天上文；是書生，是浪子，是劍俠，是道士，而行跡人間做了人間客。

五、結語

　　杜甫與李白為同一時代大詩人，從杜甫詩中看李白的詩歌、飲酒、交友，以及為人，當是最真實、最可信的訊息了。李白詩仙，杜甫詩聖，而杜甫以詩家的身分，對李白推尊備至，尊崇有加，如「白也詩無敵，飄然思不群」，「李白一斗詩百篇，長安市上酒家眠」，「痛飲狂歌空度日，飛揚跋扈為誰雄」，「冠蓋滿京華，斯人獨憔悴」等語，對李白的評價，已成千古不易的定律。瞻仰古人論交，文人相重，高風亮節，足為後人所典範。儘管李、杜詩風不同，一為高華飄逸，一為沈鬱頓挫，然各有千秋。李白詩永遠像出水芙蓉，清新脫俗，誠如他自己所說的：「清水出芙蓉，天然去雕飾。」使人諷誦不倦。

　　——國立政治大學，第三屆中國唐代文化學術研討會文集

注釋

① 見宋洪邁《容齋四筆》卷三,商務印書館,《四部叢刊續編》。

② 杜甫詩集,各家版本甚多,今以清人仇兆鰲所注的《杜詩詳注》較為完備,而里仁書局所出版的《杜詩詳注》,又參考《續古逸叢書》影印宋本《杜工部集》和《杜工部草堂詩箋》,改正校勘,另編《篇目索引》附在書後。同時《杜甫詳注》附編,錄有諸家詠杜,李白贈寄杜甫詩,亦附錄於第三冊,頁二二五七-二二五八。

③ 李白詩集,各家版本甚多,如同杜甫詩集。今以今人瞿蛻園、朱金城等校注的《李白集校注》,最為詳盡。該書本為上海古籍出版社出版,臺北里仁書局有影印本,是書第二冊,附錄詩文,錄有杜甫贈懷李白的詩篇,自頁一八三三-一八三七。

④ 見《續歷代詩話》所收唐孟棨《本事詩》高逸第三。藝文印書館本。

⑤ 見宋計有功《唐詩記事》卷十八。

⑥ 見清厲鶚《宋詩紀事》卷二十八「小傳」。

⑦ 見《讀史方輿紀要》卷六十七,成都府綿州彰明縣條。

⑧ 見《李白集校注》附錄一「年譜」,天寶二年條,頁一七五六。

⑨ 見《杜詩詳註》「杜工部年譜」,天寶三載條,頁十三。

⑩ 同⑨,見開元二十五年條,公遊齊趙。其中小註云:「朱曰:按〈壯遊〉詩;『忤下考功第,獨辭京尹堂。放蕩齊趙間,裘馬頗清狂。』是下第後,即遊山東之明證。但未詳起於何年,今始依魯言、黃鶴諸譜。」

⑪ 見陳文華著《杜甫傳記唐宋資料考辨》,頁一二二-一三八,文史哲出版社。

⑫ 見《鮑氏集》,〈擬行路難〉在卷八,商務印書館四部叢刊初編本。

⑬ 見《庾子山集》,其代表作〈擬詠懷〉在卷三,商務印書館四部叢刊初編

本。

⑭今人逯欽立輯校的《先秦漢魏晉南北朝詩》陳詩卷一，錄有陰鏗的詩三
　十四首。學海出版社出版。

⑮郭沫若《李白與杜甫》其中一節〈杜甫嗜酒終身〉：「詩人和酒，往往
　要發生密切的聯繫。李白嗜酒，自稱『酒中仙』。……李白現存的詩和文
　一千五十首，作了一個初步的統計，說到飲酒上來的有一百七十首，為
　百分之十六強。」人民文學出版社，1972 年，北京。

⑯同④。

⑰見《李白集校注》中附錄清王琦《李太白年譜》，天寶三載條所引《松窗
　錄》。

⑱見唐皮日休《皮子文藪》卷十〈李翰林〉，言負逸氣者必有真放，以李翰
　林為真放焉。商務印書館，四部叢刊初編本。

新詩、山歌、童詩卷

論北島的詩歌藝術

一、前言

　　詩歌是語言藝術的前驅，詩人便是詩歌美學的實踐者。詩的內容，是詩人的生命，詩人用生命來寫作，自古已然，非在今朝。讀者從審美觀來讀詩，讀出詩人生命的活耀和重現而感動不已。

　　北島是經過十年浩劫之後，崛起的現代年輕詩人之一，他的詩以熱情而冷峻的情感，奔放而凝重的思維，寫出一代人的覺醒、沈思和追求。他和其他年輕詩人一樣，如顧城、舒婷、芒克、多多等，歌唱受難的土地和人民，選擇自己的天空，反映大眾人民的心聲。就如顧城在〈一代人〉所說的：

　　　黑夜給了我黑色的眼睛，
　　　我卻用它尋找光明。①

這要經過文革的洗禮，才能體會這首詩的感受。同樣地，北島在創作中曾云：「詩人應該通過作品建立一個自己的世界，這是一個真誠而獨特的世界，正義和人性的世界。」②北島便是依據這個理念，來寫他的現代詩。

二、北島小檔案

北島（1949-），祖籍浙江省湖州縣，生於北京，原名趙振開。高中畢業後，遇文化大革命，當過水泥工、建築工人。一九八〇年後，曾任《新觀察》和《中國報導》英文編輯。現專事寫作，為中國作家協會會員。一九七〇年開始寫詩，一九七八年底創辦《今天文學雜誌》（1979-1981），以個人主義的立場，否定中共的集體主義，認為文學不是為政治而服務的工具，它是個人對時代、對生活的省思。一九八九年流亡海外，在歐美多所大學擔任過教職或駐校作家，備受國際文壇所矚目。曾獲瑞典筆會文學獎，美國西部筆會中心自由寫作獎，被美國藝術文學院選為終身榮譽院士。出版詩集有：

《陌生的海灘》自己油印出版，共印一百本。

完成詩集《峭壁上的窗戶》，1982 年。

《北島·顧城詩選》瑞典好書出版社，1983 年。

完成詩集《八月的夢游者》，1985 年。

《北島詩選》廣州新世紀出版社，1986 年。

《北島詩集》當代中國大陸作家叢刊之一，台灣新地出版社，1988 年。

《在天涯，北島詩選》香港牛津大學出版社，1993 年。

《午夜歌手，北島詩選 1972-1994》台灣九歌出版社。

《零度以上的風景，北島詩選 1993-1996》台灣九歌出版社，1996 年。

《開鎖，北島詩選 1996-1998》台灣九歌出版社，1999 年。

三、中國大陸現代詩的傾向

— 太陽升起來，留下血霖霖的盾牌。—

芒克的詩句

以整個中國現代詩的發展來看，早在二十年代末期，李金髮（1900-1976）和戴望舒（1905-1950）前後在留學法國期間，他們已把象徵派的詩歌介紹到中國來，李金髮有《微雨》、《食客與凶年》、《為幸福而歌》三本詩集，〈棄婦〉一詩便是他的代表作。戴望舒有《我的記憶》（1919）、《望舒草》（1933）、《望舒詩稿》（1937）等詩集，他的成名之作是〈雨巷〉。其後，三十年代詩人如卞之琳、何其芳、艾青等，也深受西洋現代詩的影響。在四十年代中，大批年輕的現代詩人，如袁可嘉、穆旦、杜運燮、鄭敏等，紛紛崛起於詩壇，他們模仿的對象是英國的艾略特和奧登③。

一九四九年後，大陸與台灣分隔，兩岸現代詩的發展，各有千秋。在大陸，由於中共文藝政策，維持毛澤東〈在延安文藝座談會上的講話〉（1942 年 5 月 23 日）④，認為文學是為政治而服務。一九四七年到一九七八年，詩人們大量寫歌頌共產黨、無產階級、社會主義的詩歌。從六十年代起，有些先驅現代詩人，受艾略特現代詩的影響，開始模仿現代詩，如郭沫若之子郭士英，北京大學哲學系畢業，發起 X 社，一九六四年被下放，一九六六年被殺，他的詩不容易流傳。又如紅衛兵出身的郭路生，筆名食指，他的〈四點零八分的北京〉⑤是一首描寫一九六八年十二月二十日一次不同尋常的離別，從北京掀起一場波及全國，影響

到千家萬戶的上百萬青年上山下鄉的狂潮。其詩如下：

這是四點零八分的北京

這是四點零八分的北京，
一片手的海浪翻動；
這是四點零八分的北京，
一聲雄偉的汽笛長鳴。

北京車站高大的建築，
突然一陣劇烈地抖動。
我雙眼吃驚地望著窗外，
不知發生了什麼事情。

我的心驟然一陣疼痛，一定是
媽媽綴扣子的針線穿透了心胸。
這時，我的心變成了一只風箏，
風箏的線繩就在母親的手中。

線繩繃得太緊了，就要扯斷了，
我不得不把頭探出車廂的窗櫺。
直到這時，直到這時候，
我才明白發生了什麼事情。

──一陣陣告別的聲浪，
就要捲走車站；

北京在我的腳下，

已經緩緩地移動。

我再次向北京揮動手臂，

想一把抓住她的衣領，

然後對她大聲地叫喊：

永遠記著我，媽媽啊北京！

終於抓住了什麼東西，

管他是誰的手，不能鬆，

因為這是我的北京，

這是我的最後的北京。

1968.12.20

這首詩如今已成為歷史的見證。詩人們在尋找真正代表時代的語言，真實的生活和思維。

文革後期，民間詩刊特別蓬勃，這些由詩人自己發起組成的詩刊，個人主義的色彩鮮明，反映出年輕一代的思維和自由的嚮往，真實地批判現實的社會，如《大陸》、《非非》、《地下間》、《幸存者》、《新思潮詩集》，以及北島所創辦的《今天文學雜誌》，它們雖然在市面流傳，都被視為地下文學，地下詩刊，甚至自稱是《地下間》。比起官辦的《詩刊》、《星星》等詩刊，它們的遭遇都不能持久，都是短暫的存在，或如午夜的曇花，很快地凋零了。

其間的作家，如多多、芒克、北島、顧城、孟浪、張早、雪

梨、貝嶺等。這些作家，往往不能容於社會主義的地區，於是他
們紛紛往海外發展，形成八十年代以後，海外華文作家的新力
軍。多多流浪到荷蘭，張早流亡到德國，北島、雪梨、貝嶺流亡
到美國，他們的作品，如《相信未來》、《放逐》、《三月的飄
泊》，如同九十年代崔健所唱的搖滾樂，我雖然〈一無所有〉，但
我內在的生活，都是豐富而充實的。

四、根植於中國大陸的北島詩歌（1970-1989）

― 從星星的彈孔中，將流出血紅的黎明―

北島・宣告

在天安門事件中，柴玲從大陸逃亡到法國，在記者會上說，
她很喜歡北島的〈宣告〉，在逃亡中，沒有北島的詩集，僅記得
詩中最後的兩句：

從星星的彈孔中，

將流出血紅的黎明。

這意味著要爭自由、民主，是要付出流血代價的。

就以現階段來看，北島的詩，約可分兩個階段：一是根植於
中國大陸的北島詩歌；一是流亡海外的北島詩歌。從一九七〇年
北島開始寫詩，到一九八九年流亡海外，他的詩由於時空的轉
換、生存環境的不同，在詩人的創作上、內容上有顯著的變化。

在一九八九年以前，北島的詩是根植於中國大陸，他和顧城

的遭遇很相似,都生於北京,在文革期間,被下放至鄉村,或養豬,或為水泥工人。他們在生活上,深切體會到最艱苦的一面,對正義與愛情的追求,都很強烈,但都遭到封殺。他們不認同文學要為社會主義而服務,不願寫歌頌社會主義的詩歌。在意識型態上,他們嚮往開闊的天空,心靈的自由,成為民主的鬥士。但在政治高於一切的環境下,他們受艾略特的影響,寫濃烈意象的現代詩,一時被年輕一代所熱愛;但詩的內容晦澀不易懂,被稱之為朦朧詩。

詩不能阻擋一輛坦克,它卻是時代真實的見證。如北島的《宣告》,便是個例證:

宣告
——給遇羅克烈士
也許最後的時刻到了
我沒有留下遺囑
只留下筆,給我的母親
我並不是英雄
在沒有英雄的年代裡
我只想做一個人

寧靜的地平線
分開了生者和死者的行列
我只能選擇天空
絕不跪在地上
以顯得劊子手們的高大

好阻擋那自由的風

從星星的彈孔中
將流出了血紅的黎明⑥

這是一首驚心動魄的政治抒情詩，詩題作〈宣告——給遇羅克烈士〉，從詩中的前兩段，詩人以烈士的口吻，道出臨行前的宣告，真摯而感人。他沒有留下遺囑，只留下一枝捍衛人性尊嚴的筆給母親，他不認為自己是英雄，尤其在民主的國度，沒有英雄的概念，捍衛真理是每一個人的職責，他便是為自由、民主、真理而被處死的。因此他絕不跪在地上，使劊子手顯得渺小，好讓自由的風吹過，不會被劊子手所阻擋。詩的末段兩句是警語，從烈士的宣告，轉為詩人的告語，因烈士為自由、真理而捐軀，才能迎接血紅的黎明。可知追求「黎明」，是要付出流血的代價。
其次，北島的《回答》：

回答
卑鄙是卑鄙者的通行證，
高尚是高尚者的墓誌銘。
看吧，在那鍍金的天空中，
飄滿了死者彎曲的倒影。

冰川紀過去了，
為什麼到處都是冰凌？
好望角發現了，

為什麼死海裡千帆相競？

我來到這個世界上，
只帶著紙、繩索和身影，
為了在審判之前，
宣讀那些被判決的聲音：

告訴你吧，世界，
我──不──相──信！
縱使你腳下有一千名挑戰者，
那就把我算做第一千零一名。

我不相信天是藍的；
我不相信雷的回聲；
我不相信夢是假的；
我不相信死無報應。

如果海洋注定要決堤，
讓所有的苦水注入我心中；
如果陸地注定要上升，
就讓人類重新選擇生存的峰頂。

新的轉機和閃閃的星斗，
正在綴滿沒有遮攔的天空，
那是五千年的象形文字，

那是未來人們凝視的眼睛。⑦

　　這是一首時代變動的史詩，在十年文革的浩劫中，多少堅持真理的人被迫害、被殘殺，詩人對四人幫或倒行逆施者的鎮壓，做強烈的抗議和回答。

　　首段開端兩句是警句，揭發卑鄙者用卑鄙的技倆得以暢通無阻，而高尚者追求真理、理想卻被殘害致死。諷刺特權者享受所有特權，而正義之士卻遭殺戮，「通行證」與「墓誌銘」便成為強烈的對比。接著兩句，補充說明前兩句的意義，「鍍金的天空中」，暗示充滿謊言的天空，飄滿受難者彎曲的軀體。詩中最後一段，詩人將情意提昇到歷史哲理的內涵，天上的星斗，化作五千年的象形文字，是人民對理想的追求，把星斗比作人民凝視的眼睛，對未來的嚮往，做形象的暗示。

　　北島是文革後新時期的朦朧詩人，他以嚴峻的批判，悲天憫人的情緒內涵和生僻的意象結合，使詩壇耳目一新，博得了剛從政治禁錮與審美的因襲中，獲得廣大青年的熱愛與崇拜。他的詩根植在中國大陸上，寫動亂中的醒覺，比起直接鋪陳其事的寫實作品，更具深沈的思維效果。

五、流亡海外的北島詩歌（1989—迄今）

　　—風在耳邊說，六月
　　六月是張黑名單，我提前離席。—

　　　　　　　　　　　　　　　　　北島‧六月

　　北島的〈六月〉詩，是追述六月四日北京天安門事件，大陸
青年爭自由、爭民主遭到中共武力鎮壓，當時的學生領袖，都紛
紛走避，或逃亡海外，而北島的詩，是嚴厲批判社會主義的不合
時代潮流，而成為北京之春，自由之聲。他跟顧城、多多等都是
列名在黑名單之中，最後都遭到逃亡的命運，他們成為民主的鬥
士，為爭自由而流亡海外。北島在《開鎖》詩集中，第一首便是
這首詩：

六　月

風在耳邊說，六月
六月是張黑名單
我提前離席

請注意告別方式
那些詞的嘆息

請注意那些詮釋
無邊的塑料花

在死亡左岸
水泥廣場
從寫作中延伸

到此刻
我從寫作中逃跑

當黎明被鍛造

旗幟蓋住大海

而忠實於大海的

低音喇叭說，六月⑧

　　在張棗〈當天上掉下來一個鎖匠〉一文，作為北島《開鎖》一書的序，其中評述〈六月〉，他說：「六月在現代漢語中，一直是一個未積澱特殊意義的詞，人們一般最多聯想到『和暖而宜人的初夏』，然而，六月四日卻是一個特殊的日子，一個承受災變的歷史日子。它徹底改變了『廣場』這個空間的含義，並清除了極權語境強加給意識的所有有關革命和進步的神話。經過這首詩重新命名的『廣場』的地理地點，現在顯現在『死亡的左岸』，那兒，連『死亡』都具體得有了它的地址。」⑨

　　北島把天安門學生的運動事件，用客觀追求的手法，從「六月」、「黑名單」、「離席」、「告別」、「嘆息」、「塑料花」、「死亡左岸」、「水泥廣場」、「寫作中逃跑」、「黎明」、「鍛造」、「旗幟」、「大海」等辭語，塑造成一幅動畫的意象，呈現出天安門事件的場面，不加評述，讓讀者感受這一場驚天動地的歷史事件。

　　北島離開自己的祖國，他仍以寫詩作為他的終身志趣，但海外生存的空間是更狹隘，從他《在天涯》到《零度以上的風景》，詩集中的字裡行間，已感受到現實生活的壓縮和生存的艱辛，這幾乎是流亡海外作家的共同命運。他在《鄉音》中說：

我對著鏡子說中文

一個公園有自己的冬天

我放上音樂

冬天沒有蒼蠅

我悠閒地煮著咖啡

蒼蠅不懂什麼是祖國

我加了點兒糖

祖國是一種鄉音

我在電話線的另一端

聽見了我的恐懼⑩

　　這首詩比起朦朧詩易懂多了，人在海外，不需隱藏，可以明白的道出心中的感受，流落海外的孤獨，只好對鏡子說中文，海外的冬天，在公園裡排遣寂寞，連蒼蠅也不懂得甚麼是祖國。有時候想念家鄉，打電話跟家人或朋友聯絡，聽到的都是恐懼的消息。

背景
必須修改背景
你才能夠重返故鄉

明鏡
夜半飲酒時
真理的火焰發瘋
誰沒有家
窗戶為何高懸

你倦於死
道路倦於生
在那火紅的年代
有人晝伏夜行
與民族對奕⑪

　　詩中的「你」，雖是第二人稱的寫法，其實「你」和「我」，都是代表第一人稱，這與流亡海外作家高行健的《靈山》，其所用的手法相同，高行健流亡法國，《靈山》雖得二〇〇〇年諾貝爾文學獎，中共並不將他視為中國人的光榮，反而說他是「法國人」。假使一旦北島也得此殊榮，大陸或許會說，他是「華裔的美國人」。總之，從一九四九年離開中國大陸的華人，他們已在中國大陸以外地區，開展成豐碩的華人華文文學，這一支充滿新生命的文藝鬥士，將在整體華文文學中，佔有一席重要的歷史地位和貢獻。

六、結語

　　語文的表達，除了實用之外，還講究到語言的美學，尤其是文藝作品。詩是真實的語言，表達真實的存在，詩人運用意象的組合，表現人們的情意和深沈的省思，以達暗示或象徵的效果。不把意象用於裝飾，意象本身就是語言，在這方面，將意象作為詩歌語言的藝術，北島已能精確的運用。並用最熟悉的語言，寫自己生長地方的事物，更是得心應手。在海外便失去植根本土的

機會，作品成了失根的蘭花。

　　在英美文學中，往往將迭更斯的《雙城記》，或海明威的《老人與海》，視為訓練語文寫作的範本，在國內，除了早期的作家如魯迅、徐志摩、梁實秋等作品外，今天高行健，北島的作品，在語言藝術上獨樹一格，他們在語文上，走出自己的路，在悲涼的流浪生涯中，流露出悲劇性的詩意。⑫

——元智大學，新世紀華文文學研討會，2001 年 5 月

 注 釋 ─────────────

①見顧城的《黑眼睛》，人民文學出版社，1986 年。

②見《北島詩集》內容簡介，新地出版社，1988 年 9 月，頁 1 。

③見《北島詩集》呂正惠〈序：北島朦朧詩〉，新地出版社，頁 2 。

④見《二十世紀中國新文學史》中附錄，駱駝出版社，1997 ，頁 630-655 。

⑤見《中國新詩鑒賞大辭典》，江蘇文藝出版社，1998 ，頁 1339 。

⑥錄自《北島詩集》第二輯，新地出版社，頁 80 。

⑦錄自《北島詩集》第一輯，新地出版社，頁 41 。

⑧見北島《開鎖》，九歌出版社，1999 年，頁 33-35

⑨同⑧，頁 14

⑩見《在天涯》牛津大學出版社，1993，頁 28

⑪〈背景〉和〈明鏡〉均收錄在《零度以上的風景》中，九歌出版社，1996，頁 48，67 。

⑫見《中國語文》第 523 期，筆者所撰〈中國語文的優美 ——兼論高行健《靈山》的語言藝術〉，2001 年 1 月 1 日出刊，頁 4-6

桃竹苗地區山歌調查

一、前言

　　台灣桃、竹、苗地區山歌的研究，此類研究資料向來不多，近年來，台灣文學漸次被學者所重視，因此民間文學之研究也隨之蓬勃發展，筆者有見於桃、竹、苗地區山歌為民間文學的重要一環，至今有關此領域的探討，尚缺乏完整性的開發與蒐集，因鑑於此，希望借此研討會，引起學者們重視此領域的研討和開拓，以便帶來更豐碩的研究成果。

　　台灣桃竹苗地區，包括桃園、新竹、苗栗三大地域，該地區多為客家族群所聚居的城鎮和村莊。然而近三十年來，工業的發展，社會型態的變遷，使鄉村急遽的轉型，往年丘陵地帶的茶園、農地逐漸為工廠、民宅所取代，大量勞動人口移居都市，而茶園、田野的茶歌、山歌，亦隨之沈寂而式微。有心人士，對先民所傳唱的山歌，不但無法發揚光大，反而日漸萎縮，至感惋惜。本文就桃、竹、苗地區的山歌，從文獻資料的蒐集或田野採風，使其恢復部分面貌，為台灣民間文學盡棉薄之力。

二、桃竹苗客族淵源與山歌

　　探討桃、竹、苗客族的淵源，與客家族群的遷徙有關，客家

人.原本來自於中原。自東晉（西元317-）以來，歷經五胡、遼、金、元、蒙古之亂，客家族群經過五次南遷，然後定居在兩廣、江西、福建、台灣，以及海外等地。據國立中山大學教授羅香林的調查研究，台灣地區的客族，在第四期遷移中，自粵東粵北遷居來此。①

歷史往往會出現驚人的相似之處，晉、唐以來自中原南遷的客家人，沿兩淮下贛江直達汀江流域，盤桓在閩粵贛山區。他們發現「後到為客」，不僅被當地土著稱為客人，而且被先行南下佔據東南沿海泉、漳、潮洲富庶之地的漢人視為「客籍」。從自衛、生存出發，他們在山區建立圓樓土寨，聚族而居，開闢草萊，將中原的傳統農業方式，移植於閩西，粵東，贛南，形成了客家人鮮明的注重耕讀的移墾文化特色。當客家人東渡台灣後，又出現了類似的特點。

由于明末和清代，開始出現客家人往潮州、汕頭、漳州、廈門乘坐貨船渡台，至清乾隆年間，客家人大量登上台灣島時，發現西部平原已被自漳、泉、潮州沿海先期到來的移民占據開發，他們遂穿越西部，深入腹地或在中北部登陸。這些地區條件都非常惡劣，但他們發揮祖輩自中原南遷轉輾流徙鍛煉出來的客家精神，不畏艱險，深入山間與當地土著一道燒山伐木，開墾出大片良田，並憑著豐富的經營山地的經驗，創立了居民點和農林業生產基地。②

日本投降，台灣光復之後，全省居住的客家人已逾四百萬人，主要聚集於新竹、桃園、苗栗、高雄、屏東、嘉義、雲林、臺中、彰化、南投、花蓮、台東、台北等十三縣市，無論是粵東，還是閩西遷移來此的客家人，許多可以在汀州客家祖地尋到

根源。龍巖州人在雲林縣元長鄉，形成了一個龍巖村；客家人在雲林縣二崙鄉安定村與永定村，均稱永定厝，這些都是閩西與台灣同根血緣文化的活證據。

山歌是有腳的，它隨著民族的遷徙，與民族的文化在一起永不分離；山歌是民族的無價資產，在傳唱時，它能激發民族心頭的火苗，熱烈地團結燃燒在一起。由於桃、竹、苗的山歌，與粵東、閩西和贛南的山歌有血緣上相連和相似的地方。

今介紹兩首在粵東和台灣的傳統客家山歌歌詞作比較：

台灣客家山歌	粵東客家山歌
一	一
入山看到藤纏樹，	入山看見藤纏樹，
出山看到樹纏藤。	出山看見樹纏藤。
藤生樹生纏到死，	藤死樹生纏到死，
樹生藤死死生纏。	樹生藤死死也纏。
二	二
買梨莫買蜂咬梨，	買梨莫買蜂咬梨，
心中有病難得知。	心中有疾無人知。
因為分梨要刀割，	因為分梨（離）故親切，
割開正知傷心哩。	誰知親切轉傷梨（離）。③

由此可知，台灣客家山歌脫胎於粵東地區的客家山歌，其兩者的血緣關係，是十分清楚的。④這兩首山歌相當典雅，第一首藤樹的相纏相附，生死永不分離，如同漢代古詩十九首中：「冉

冉孤生竹，結根泰山阿。與君為新婚，兔絲附女羅。兔絲生有
時，夫婦會有宜。千里遠結婚，悠悠隔山陂。」⑤都是暗示夫婦
同命，生死相愛，用歌聲唱出驚心動魄的心聲。第二首有諧音雙
關語的巧妙，與三世紀到六世紀長江吳越地區的吳聲歌曲，大量
使用諧音雙關語來道情，有異曲同工之妙。⑥

三、桃竹苗山歌的結構與分類

(一)客家山歌的結構

　　桃、竹、苗山歌是台灣地區民間音樂的一部分，它也是中原
文化的延展，在客家族群中，是最為喜愛傳唱和聽賞的一種藝
術。數百年來，人們用它來歌唱工作、歌唱生活、抒發情思和激
勵鬥志。客家山歌由歌詞、歌曲和表演三大部分組成的，具有鮮
明的地方色彩和獨特的藝術風格。⑦

　　在音樂上，客家山歌節奏自由而富有變化，曲調高亢而嘹
亮，抒情率真樸質；在歌詞上，往往是即興編製的，內容廣泛而
富詩趣和才情，屬於口頭的民間文學，與古代巴、渝之間的〈竹
枝詞〉極為近似，基本上為七字一句，四句一首的結構。⑧

　　客家山歌第三部分是表演，記得筆者小時候在抗戰期間，在
閩西家鄉，每年元宵燈節，鄉間便有採茶戲的表演，由大人扮演
茶公、茶婆，各帶八至十人，分成兩隊，讓兒童裝扮採茶女，演
唱十二月採茶歌，並配以詼諧的對白，表演採茶女撲蝶的動作，
十二月令茶歌唱完後，便表演採茶劇，如〈王大娘補缸〉、〈十
八摸〉等。其後在民國四十八年，筆者任教台灣師大，當時師大

分部因疏散設在頭份鎮斗煥坪大成中學中,每遇頭份迎神賽會或
節慶,也有唱茶歌或茶劇的表演。其方式與閩西山歌茶歌,在曲
調、歌詞、或表演上,都有相似之處。足見客家山歌,除了地域
性的區別外,也有他們世代相傳的基本曲調和表演方式,這些都
成了客家族群固有文化的特色。

㈡客家山歌的分類

在體裁上,客家山歌分類,分傳統山歌、道情、離歌、敘事
歌、採茶歌和新山歌等。所謂山歌,包涵意義很廣,無論漁歌、
樵歌、村歌、舟歌、船歌、情歌等民歌,均可統稱為山歌。例如
唐白居易在〈琵琶行〉中有云:「豈無山歌與村笛,嘔啞嘲哳難
為聽。」明代馮夢龍輯有《山歌》一冊,其中收錄的為江浙一帶
的〈掛枝兒〉、〈駐雲飛〉、〈折海篯〉等民歌,⑨也稱為山歌。

桃竹苗客家山歌在內容上的分類,依溫萍《客家山歌探勝》
就傳統山歌而言,有勞動歌、愛情歌、有婚喪嫁娶、農時節令、
宗教迷信及生產生活等山歌。⑩楊兆禎的《客家民謠》欲依歌詞
內容分十七類:愛情類、勞動類、消遣類、家庭類、勸善類、故
事類、相罵類、嗟歎類、盼望類、飲酒類、愛國類、祭祀類、催
眠類、戲謔類、安慰類、歌頌類、生活類等。⑪其實山歌的類別
繁多,各類都有清新婉媚、驚心動魄的歌詞。

四、桃竹苗山歌的文學性

桃竹苗地區的山歌,與其他地區客族的山歌,在內容上沒有
甚麼差異,因為它們的文學性很高,是民間歌詩中的珍寶。山歌

的歌詞，是生動和形象的口頭文學，儘管它流傳在廣大的民間，有些文人，也會留心民間的歌謠，加以采集。《詩經》中的《國風》，《楚辭》中《九歌》，以及漢樂府所採集的《鐃歌》、《相和曲辭》和《清商曲辭》。唐代劉禹錫採巴渝的〈竹枝詞〉、〈楊柳枝詞〉，白居易採洛下新聲的〈折楊柳〉等都是例子。

明清之際，屈大均、王士禎，以及李調元、梁紹壬、黃遵憲諸人，在他們的集子裡，都提到粵歌，這些粵歌大半與客家山歌有關。就以今日香港流行的民歌小調：〈一水隔天涯〉和粵劇的〈帝女花〉，歌詞都極富文學性。在一九九三年，筆者曾在香港珠海客座一年，才知道這些民間小調與客家山歌有關，且香港廣東人最愛唱的這通俗小調。今以〈一水隔天涯〉為例：

> 妹愛哥情重，哥愛妹豐姿。
> 為了心頭願，連理結雙枝。
> 只為一水隔天涯，不知相逢在何時？

今將客家山歌在文學上的特點，略述如下：

(一)情辭優美，自然眞摯

客家山歌，大都隨口哼出，即興創作，這些山歌有些曲詞是固定的旋律，歌詞是臨時編上去，如同詩人的「題壁詩」或「口占」、「口號」詩，例如相傳古代有位善唱山歌的劉三妹，她便是出口成章，使文人都無法與她對唱。關於劉三妹善歌的傳說很多，據清代屈大均《廣東新語》記載：新興女子劉三妹，相傳善唱客家山歌，在唐中宗年間，嘗新興白鶴少年登山高歌，連唱七

天七夜，歌聲不絕，後兩人便在山上化為石人。⑫

　　又據《蕉風》的記載：新埔有位陳慧根，善於唱山歌，聽說梅縣劉三妹善歌，心中不服，便載滿一船山歌找她比賽。船到梅縣河邊，見一女子洗衣，便問劉三妹住處。洗衣女說：「找她做甚麼？」「猜山歌。」「你有幾多山歌？」「載滿一船來。」那女子隨口唱道：

　　　　河裡洗衫劉三妹，借問阿叔那裡來。
　　　　人家山歌從口出，那有山歌船載來？

慧根翻遍山歌本子，無法隨口應和，只好棄船步行回家。⑬

　　在桃竹苗的山歌中，隨興而發的山歌不少，例如〈採茶歌〉：

　　　　正月裡來是新年，同郎牽手入茶園。
　　　　樹頭樹下同郎講，阿哥有意妹有緣。

又如〈賣酒〉：

　　　　食酒愛食竹葉青，採花愛採牡丹心。
　　　　好酒食來慢慢醉，好花緊摘緊入心。⑭

歌詞渾然天成，雖然俚俗，但有男女情，鄉土心，合乎民歌用拙與真情的特色。

(二)男女對口，諧隱雙關

客家山歌，有男女對口的現象，稱之為「猜（唱）山歌」、「駁山歌」，類似台灣閩南語民歌中的「相褒歌」。男女對唱，針鋒相對，更能激發急智和熱情。今舉例如下：

山歌就愛人來和

男：愛唱山歌講過來，一條去哩一條來。
　　一條去哩一條轉，水流燈草放心來。
女：山歌一唱鬧洋洋，想見心肝月朔長。
　　鐵樹開花難得見，露水泡茶難得嘗。
男：山歌就愛人來和，織布就愛人丟梭。
　　郎就好比織布機，一心望妹來丟梭。
女：山歌就愛人來和，好墨就愛人來磨。
　　妹就好比端溪硯，一心望哥徽墨磨。⑮

又如：

歲晚天寒郎未回，廚中煙冷雪成堆。
竹篙燒火長長炭，炭到天明半夜灰。

新打茶壺七寸高，十人看了九人摸。
人人都講係好錫，祇係唔知有鉛麼？

客家山歌，多為七言詩，只講押韻，不講平仄。山歌的可愛

在道情，男女贈答，愈見真情。山歌如同詩歌，語帶雙關，愈見
情趣。「水流燈草放心來」，比喻輕鬆容易；「想見心肝月朔
長」，比喻想見心愛的人不易，如同「月朔長」，意指等待每月初
一的來到一般的長久。磨墨的「磨」，諧男女的廝「磨」。「竹篙
燒火長長炭」，「長長炭」諧「長長嘆」。錫製茶壺，當以全部錫
質製的為上品，客家話「好錫」諧「好惜」，好惜指可愛，「有
鉛」諧「有緣」。⑯

㈢寫生造境，意象萬千

客家山歌，寫生造境，無論是直接的組合，或是間接的融
會，是歌唱者從「視覺」所見的景物，到「知覺」、「感覺」的
情事，然後發揮高度的「想像」，在一瞬間所創造出來的口頭文
學。因此歌詞中的寫實揣意，摹景運情，或是觀天、觀地、觀
世、觀人，信口唱來，便是天籟。

桃竹苗地區的客家人，用山歌聲唱出自己的苦悶、快樂、怨
恨和愛情，均充滿濃厚的鄉土色彩，客家風情。如〈採茶歌〉云：

> 客家遠徙到台灣，斬棘除荊苗竹間。
> 環境移人爭優劣，花也香來水也甜。
>
> 採茶採茶復採茶，萬花落盡開茶花。
> 看過花殘枝落葉，明年穀雨好抽芽。

雖然是質樸的內容，卻有好山好水，「花也香來水也甜」、
「明年穀雨好抽芽」，遣詞造境，意象萬千。

五、桃竹苗山歌的音樂性

　　客家人唱山歌，也是漢民族的一支重要的主流。他們足跡所到，大抵是荒漠山林，丘陵地帶，生活比較艱辛；於是他們劈草萊，建田園，他們在工作時，往往借歌聲來抒解心中的感觸，藉歌聲來相互慰藉，山歌便成了他們的文化特色之一。近年來桃竹苗地區經常舉辦山歌比賽，參與者或觀賞者極為熱烈，他們借山歌延續族群的情感，用歌聲傳遞族群的文化。

　　客家山歌的音樂性，節奏和旋律特別強烈，由於山歌是發自林野山崗，田莊茶園，引聲發歌，腔調高吭婉轉，其中聲詞或和聲特多，構成濃原的民族風情。尤其是男女情歌，女人是旋律，男人是節奏，充滿了熱情浪漫的情調。如同西漢楊惲〈報孫會宗書〉所云：「田家作苦，歲時伏臘，烹羊炰羔，斗酒自勞。家本秦也，能為秦聲，婦趙女也，雅善鼓瑟；奴婢歌者數人，酒後耳熱，仰天拊缶，而呼烏烏。」⑰田家作苦，勞者自歌，用歌聲發揮心中的所思、所欲、所願。

　　桃竹苗客山歌，演唱者除了即興作詞外，往往也是即興作曲家。我們認為客家山歌有固定的腔調，如老山歌、山歌仔、平板或松口山歌等，其實唱者可依歌詞的情意而有個別的差異，做到順口易唱便可。今舉老山歌〈翻過幾多萬重山〉為例：

翻過幾多萬重山　　新竹、苗栗、桃園　漢族　（客家）

(一)從節奏來看

老山歌的節奏較自由，如〈過山調〉便是；有的則較緊湊，如〈平板調〉。在樂句進行中，切分節奏的現象較為頻繁，前緊後鬆的樂句常見，並在句末中多用和聲進行拖腔，如「噢」、「噯」等。其節奏比較單純，常見的２／４拍和４／４拍子，而其他節拍則較少見。

(二)從音階、調式來看

桃竹苗客家山歌，主要是五聲音階，其次是六聲音階、四聲音階構成的，而七聲音階則罕見。民歌多用五聲音階，即宮、商、角、徵、羽，而七聲音階，加入變宮、變徵的則少見；只有作曲家才用七聲音階，因為五聲音階較古老質樸，七聲音階則較華采多變化。

　　至於採用的調式，以角調式和徵調式為主，而羽調式和宮調式次之，商調式次之，商調式則少見。〈翻過幾多萬重山〉則用宮調式，即今人的 C 調。在調式和音階中，要算〈山歌仔〉和〈過山調〉的音階結構比較特殊，它將音階中的「徵」音，升高了半音（＃5），且多用在和聲或進行拖腔時，在聲調上多一層變化。

六、結語

　　在桃竹苗客家山歌的調查上，感謝苗栗張紹焱先生提供客家山歌錄音帶一卷，而任教於新竹師院的楊兆禎教授，採集《客家民謠》，其中有五十一首山歌，均加以記譜，對山歌傳唱和研究，貢獻甚多。並感謝龍潭鍾肇政先生的指引，使我採集到桃園一帶的山歌。這些只是一些起步而已。

　　桃竹苗客家山歌，充滿著滿懷感情，散發著鄉土的芬芳，在歌聲裡，流露出真摯淳樸、自由豪邁的民風；在優美生動，熱情揚溢的古老民歌中，多少人因它而感到快樂和安慰，多少人因它而傳達彼此的情意。它是大眾的心聲，代表人民生活意識和精神，代表民族的傳統文化，它更重要的是屬於自己的民族音樂，而客家山歌是中國民歌中重要的一部分，是中華民族音樂文學的珍寶。最後以一首即興山歌作結：

　　　　五月裡來石榴開，吆————

　　　　石榴顆顆任君採，哎————

　　　　兩岸學者傳薪火，吆————

　　客家山歌人人猜（唱）。喔————

　　　　　　　　　　——元智大學，民間文學研討會，2000 年 5 月

注釋————————————

①見羅香林著《客家研究導論》，台北，南天書局，民國81 年7 月，64

　頁。第二章〈客家的源流〉：

　客家先民第一次遷移運動的途徑，遠者自今日山西長治起程，渡黃河，

　依穎水，順流南下，經汝穎平原，達長江南北岸；或由今日河南靈寶等

　地，依洛水，踰少室山，至臨汝，亦經汝穎平原達長江南北岸。要之客

　家先民第一期的遷移，大祇皆循穎、汝、淮諸水流域，向南行動，這是

　可從該地自然地理推證出來的。至於第二期的遷移，則遠者多由今河南

　光山，潢川，固始，安徽壽縣，阜陽等地，渡江入贛，更徙閩南，其近

　者則逕自贛北或贛中，徙於贛南或閩南，或粵北邊地；第三期的遷移，

　則多自贛南閩南徙於粵東粵北；第四期的遷移，則多自粵東粵北而徙於

　粵省中部，及四川東部中部，以及廣西蒼梧柳江所屬各縣，台灣彰化，

　諸羅，鳳山諸縣，或自贛南閩南而徙於贛西；第五期的運動，則多自粵

　省中部東部，徙於高、雷、欽、廉各地，或更渡海至海南島。

②見張惟主編《尋根攬勝閩西緣》第二章〈龍台淵源〉第五節入台分布和

　建樹，福建、福州海風出版社，1997 年10 月，77 頁。

③粵東客家山歌二首，見清黃遵憲《人境廬詩草》

④見溫萍著《客家山歌探勝》第二章第七節台灣客家山歌，中國深圳，海

　天出版社，1992 年2 月，154 、155 頁。

⑤見梁蕭統編《昭明文選》卷二十九，古詩十九首，台北，藝文印書館，

　民國44 年。

⑥南宋郭茂倩《樂府詩集》。台北，里仁書局出版，其中卷四十四至四十

六，為《清商曲解》，其中收有六朝民歌《吳聲歌曲》、《神絃曲》和《西曲歌》。吳聲歌曲簡稱吳歌，大量使用諧音雙關語，如：〈作蠶絲〉「春蠶不應老，晝夜常懷絲。何惜微軀盡，纏綿自有時。」蠶絲的絲，諧相思的思，絲的纏綿，諧相思的纏綿。後人稱諧音雙關語為「吳歌格」。在客家山歌中，纏諧纏綿、纏繞；分梨，諧分離。

⑦ 見吳超《中國民歌》，杭州，浙江教育出版社，1995 年，13 頁。

⑧ 唐代劉禹錫任忠州刺史時，發現巴、渝間（今四川一帶）流傳的民歌〈竹枝詞〉、〈浪淘沙〉等，由於歌詞俚俗，劉禹錫加以採集潤色，各得九首，其中最稱著的為：「山上區區桃李花，雲間煙火是人家。銀釧金釵來負水，長刀短笠去燒畬。」〈竹枝詞〉、「濯錦江邊兩岸花，春風吹浪正淘沙。女郎剪下鴛鴦錦，將向中流匹晚霞。」〈浪淘沙〉見《劉夢得文集》第九卷樂府、竹枝詞、浪淘沙詞，台北商務印書館《四部叢刊初編本》。

⑨ 見明馮夢龍《馮夢龍全集》第十八冊《山歌》，江蘇古籍出版社，1993 年 6 月。

⑩ 見《客家山歌探勝》第二節之一〈客家山歌的社會內涵〉。4-8 頁。

⑪ 見兆禎《客家民謠》〈客家民歌的種類〉，台灣天同出版社，民國 68 年 12 月，9 頁。

⑫ 清屈大均《廣東新語》卷八〈女語〉云：「劉三妹，新興女子有劉三妹者，相傳為始造歌之人，生唐中宗年間，年十二，淹通經史，善為歌，千里內聞歌名而來者，或一日，或二三日卒不能酬和而去。三妹解音律，遊戲得道，嘗往來兩粵溪峒間，諸蠻種類最繁。所過之處，咸解其言語，遇某種人，即依某種聲音作歌，與之倡和，某種人奉之為式。嘗與白鶴鄉一少年，登山而歌，粵民及猺獞諸種人，圍而觀之，男女數十百層，咸以為仙。七日夜聲不絕，俱化為石。」原書為清康熙三十九年

　　木天閣刊本,今台灣學生書局景印精裝四冊,民國57年4月出版,566-567頁。

⑬見《中原雜誌》第一集《客家歌謠專輯》口天〈客家山歌瑣談〉,民國54年12月出版,4頁。

⑭見楊兆禎《客家民謠》,天同出版社,民國68年12月,57、58頁。

⑮見《中原雜誌》第五集〈山歌就愛人來和〉,民國62年5月出版,10頁。

⑯見陳彰〈漫談客家山歌〉,《中原雜誌》第三集,民國58年5月出版,9-10頁。

⑰見梁蕭統編《昭明文選》卷41,台北藝文印書館,民國44年4月,383頁。

兒童詩欣賞

一、前言

　　在世界文化中，中華文化引以為傲的，第一是中國菜，其次，便要算是中國詩了。

　　中國詩歌，源遠流長，在歷代詩歌中，作品繁富，其中紀錄下先民的生活寫照，巧思與心聲，以及先民的情意和智慧，代表了東方民族的特色，東方文化的華采。

　　中國詩歌的發展，好比一條河流，從古到今，不斷地奔流，每一時代，每一階段，都有好的詩歌加入，留下真的情感，美的風景。古代詩歌，老少咸宜。往往不加分類。今人卻特別重視小孩的詩，故有童詩或兒童詩一類，專供幼兒或兒童來吟詠，來創作。其實兒童詩包括小孩的詩歌，凡是兒歌、童謠、小孩寫的詩歌，或大人模仿兒童口語所寫的詩歌，都屬此類。　它也是詩歌中的一股水流，一些波瀾，值得重視和欣賞。

二、詩歌的原理

　　詩歌的創作或欣賞，不妨從詩歌的原理來進行。詩歌的原理，首重情韻。「情」是情意、情性的統稱，指詩歌的內容，「韻」指詩歌的形式，包括用韻、詩語和格律。情韻相互融合，

便是具有情韻的好詩，足以感人，啟人心智。同時，詩歌的情韻，也是用以區別散文或其他文體。

　　詩歌的情，在於真實。〈詩大序〉曾云：「詩者，志之所也。」詩是言志文學，儒家將詩歌視為教化的工具，具有「發乎情，止乎禮義」、「溫柔敦厚」的效果。在南宋嚴羽的《滄浪詩話》，更明確指出：「詩者，吟詠情性也。」情性，便指情意。王國維的《人間詞話》，主張『能寫真景物、真感情者，謂之有境界，否則謂之無境界。』所以詩歌中寫景物的真、感情的真，便成為詩歌原理之一。兒童詩也不例外。

　　其次，詩歌的原理，著重詩趣。最早指出詩歌的趣味，要算晚唐司空圖，他主張詩歌要有「味外之味」、「味外之旨」。嚴羽更主張：「詩者，吟詠情性也。盛唐諸人，惟在興趣。」其中的興趣，便是詩趣，希望達到「言有盡而意無窮」的效果。詩趣的構成，在於「反常而合道」，這是詩歌語言藝術表現的一種方式。詩趣大抵可分為：情趣、畫趣、理趣、諧趣、拙趣、禪趣和童趣，尤其兒童詩，更重童趣，或許童趣也可歸入情趣之中。因此，詩趣也是詩歌原理之一。

　　其次，詩歌的原理，在於表現生活的美感與生命的創造力。美感和創造力，根源於人類有高度的聯想，而詩歌意象的使用，便是發揮聯想的作用，以達象徵或暗示的效果。詩歌是生活的寫照，人生的反映，心靈的探討，詩歌尤其重視美感、創造，這些根源於聯想。詩人保有靈敏的赤子之心，如同美詩人所說：「看見虹會心跳。」也如同孟子所說的：「哀莫大於心死。」經常保有赤子之心，便能寫詩，也能欣賞詩歌。因此童心和聯想，是詩歌創作的動力，也是詩歌原理之一。

三、兒童詩歌舉隅

㈠《詩經》中的〈桃夭〉

桃之夭夭，灼灼其華。
之子于歸，宜其室家。

桃之夭夭，有蕡且實。
之子于歸，宜其室家。

桃之夭夭，其葉蓁蓁。
之子于歸，宜其室家。

這是一首周代迎娶新娘的民歌，以桃花的盛開，暗示新娘的美麗賢慧，而能宜室宜家，宜其家人。先以桃花開，繼而結小桃子，然後長葉，暗示青春花開，傳宗接代，庇蔭家業。同時這是北方桃生長程序的寫實，南方桃生長次序；是先開花，然後再長葉，最後才結果實，詩人寫景的觀察力，畢竟入微。我將〈詩經‧桃夭〉詩，當兒歌來看待，是讚美新娘子的歌，好比台灣地區的兒謠：「新娘水噹噹，褲底破一ㄎㄤ。」讚美中又含有詼諧的樂趣。

㈡漢樂府中的〈江南〉

江南可採蓮，蓮葉何田田。
魚戲蓮葉間。

　　魚戲蓮葉東，魚戲蓮葉西；

　　魚戲蓮葉南，魚戲蓮葉北。

　　這是一首漢代的兒謠，借唱遊引導兒童辨別東西南北的方位，歌詞極美，用蓮葉生於江南，蓮葉田田，表現蓮葉圓圓、圈圈、點點之美，而用「田田」一詞形容蓮葉，是圖象詩的語言藝術，也是最精確、最精美語言的描寫，比起用「圓圓」、「圈圈」、「點點」等詞語，不知好上多少倍。然後用魚穿梭於蓮葉間，引出東、西、南、北的方位。可以用唱遊的方式，來教導兒童吟唱此詩。

(三)唐駱賓王的〈鵝〉

　　鵝、鵝、鵝，

　　曲項向天歌。

　　白羽浮綠水，

　　紅掌撥清波。

　　相傳這首詩，是唐人駱賓王六歲時的作品。這是一首小孩寫的詩，對鵝形象的描述，栩栩如生，且顏色的對稱，白、紅、綠、清，調和鮮明。可是中國古代兒童所寫的兒童詩，並不多見。

(四)近代稱著的兒歌或兒童詩

　　兒童詩的流傳，往往跟唱遊結合在一起，並得到兒童的喜愛，不斷的擴展傳誦。就筆者所知，下列數首，流傳至於普遍，

如〈郊遊〉、〈茉莉花〉、〈紫竹調〉、〈西風的話〉、〈好花紅〉等，確實是很好的兒歌，也是很具教育意義的兒童詩。今一一闡述其內容如下：

郊遊

走、走走走，我們小手拉小手，
白雲悠悠，陽光柔柔。青山綠水，一片錦繡。
走、走走走，一同去郊遊。

歌詞簡潔明快，親子同遊，大地景色明媚，幼兒大童，均能接受，是一首流傳久遠的兒歌。

茉莉花

好一朵美麗的茉莉花，
好一朵美麗的茉莉花，
芬芳美麗滿枝椏，
又香又白人人誇。
讓我來將你摘下，
送給別人家，
茉莉花，茉莉花。

這首兒歌，表面是對茉莉花的讚頌，在優美的旋律下，茉莉花的潔白、芬芳，有移情作用，暗示歌唱者個個是潔白，芬芳的孩子，天真無邪，美麗可愛。詩歌感人，如同詩大序所云：「詩可以厚人倫、美教化、移風俗。」甚至可以「驚天地，動鬼神，

莫近於詩。」

紫竹調

一根紫竹直苗苗，

送給寶寶做管簫。

簫兒對正口，口兒對正簫，

簫中吹出時新調。

小寶寶，伊底伊底學會了，

小寶寶，伊底伊底學會了。

〈紫竹調〉是一首山東民歌，歌聲優美，借一根紫竹做管簫，教小寶寶學吹簫，唱新調。詩中用「苗苗」形容紫竹的直，「伊底伊底」形容簫聲、人聲，活潑新鮮，又是詩歌中的和送聲，末句疊唱，增加情趣。

西風的話

去年我回去，

你們剛穿新棉袍。

今年我來看你們，

你們變胖又變高。

你們可記得，

池裡荷花變蓮蓬，

花少不愁沒顏色，

我把樹葉都染紅。

　　這是廖輔叔作詞，黃自作的曲。歌詞用擬人格寫成，詩歌中的「我」，便是「西風」，而西風的話，向小朋友訴說時序的轉變，一年容易又秋風，去年今年造成對比，小朋友變胖變高了，池裡荷花變蓮蓬。最美的意象，別愁大地沒顏色，「我把樹葉都染紅」秋天的美，便在於此。這時詩歌帶來開闊的心胸，無限的想像空間。

　　好花紅

　　好花紅，

　　好花紅，

　　好花開在刺藜叢唉，

　　好花開在刺藜叢唉，

　　那朵向陽那朵紅。

　　好花紅，

　　好花紅，

　　三十六朵共一束唉，

　　三十六朵共一束唉，

　　那朵向陽那朵紅。

　　這是一首貴陽民歌。也是一首兒歌，用花來比喻人，好花之所以紅，是因為它向陽，具有強烈的暗示性和教誨性。「向陽」一詞是多義性的，可解釋為迎向陽光，迎向大眾，迎向親情，迎向民意，迎向大眾，迎向權力中心，凡是最受眾人愛戴的最紅。

　　兒歌是符合兒童心理的特點，又便於兒童吟唱的短詩。其題

材非常豐富，是多樣式的，從天上到人間，從陸地到海洋，從動植物到非生物，都可以寫入兒歌之中，其幻想性比較強，能啟發兒童的想像，增進他們的知識，培養兒童良好的習慣和高尚的品德。

四、兒童詩的特色

　　兒童詩的特色，有別於其他類型的詩，它是小孩的詩，一種是小孩寫的詩，一種是大人為小孩寫的詩，但其特色卻是一致的。

㈠形式短小，語言精美

　　兒童詩大致篇幅短小，易於背誦歌唱，就詩歌的形式而言，是小詩或短句。如苗栗海寶國小同學所寫的：

> **秋天**
> 秋天到了，
> 葉姐姐出嫁了，
> 楓媽媽把眼睛都哭紅了。

　　這則短詩，用象徵和移情作用，作者看到姐姐出嫁如同秋葉辭枝，媽媽因女兒出嫁，把眼睛哭紅如同楓葉。又如：

> **酒**　何麗美
> 年輕的媽媽像一瓶酒，

　　爸爸嚐一口就醉了。

　　〈酒〉是一首好詩，酒能醉人，年輕的媽媽能醉爸爸，是好的聯想，反常而合道，帶來濃厚的詩趣。詩歌的美好，在於直接感人，不必經過太多的分析或解說，兒童詩更是如此。

(二)意象生動，極富想像力

　　兒童詩的內容，意象生動，極富想像力，是你感到驚異兒童竟有如此的想像力。如花蓮平和國小同學所寫的：

> 太陽　　劉翔升
>
> 我做爸爸了，
>
> 一連生了九個孩子，
>
> 冥王星，海王星，天王星，
>
> 都出去做事了。
>
> 水星還小，留在我身邊，
>
> 土星，水星，
>
> 金星，火星，
>
> 長得好可愛。
>
> 地球更活潑，
>
> 所有的孩子，
>
> 我都很喜歡。

　　全詩用擬人格手法，將太陽比做父親，太陽系的九大行星比做太陽的孩子，充滿童稚的心，異想天開，極具情趣。

又如筆者所寫的兩則兒童詩：

小英的故事
(1) 虐待兒童專線

小英被媽責備後，

在床邊寫下一行電話號碼：

02-2722-9543

媽問小英這是誰的電話號碼？

「虐待兒童專線。」

小英的媽也在床邊寫下一行電話號碼：

02-2703-8805

「媽，這是誰的電話？」

「虐待成人專線。」

小英把床邊的電話號碼擦掉，

然後對媽說：

「媽，你也把電話號碼擦掉

，因為我們都是一家人。」

(2) 鞋子與孩子

小英急著要上學，

向媽媽要捷運卡。

媽媽說：「我又不是捷運卡。」

小英氣得將鞋子踢掉。

可憐的鞋子躺在牆角哭泣。

媽媽揀起鞋子，撫摸著鞋子說：
「鞋子呀，你真不幸，被人虐待又糟蹋。」
「媽，我不要上學了，
你去撫摸鞋子好了。」
媽冷靜地對女兒說：
「你要不要上學，不是媽的事。
孩子呀，如果你在外面生氣，用鞋子踢人，
向人道歉的，不是鞋子，而是你！」

〈小英的故事〉是寫實的童詩，雖然是童心、童語，但最純真、最善良，也最美麗的文學，詩的內容具有時代意義，且洋溢著童心、愛心、詩心，天真未鑿，饒具情韻。

㈢語言平易，富有生活氣息

在傳統的兒歌童詩中，不少作品反映兒童在舊社會所遭到悲慘的生活，如流傳較廣的〈小白菜〉：

小白菜

小白菜，地裡黃呀；三歲兩歲，死了娘呀。
跟著爹爹，續個晚娘；生個弟弟，比我強呀。
弟弟吃肉，我喝湯呀；拿起碗來，眼淚汪汪。

如今的兒歌童詩在協助兒童教育，增進兒童的快樂，有些兒

童詩，沒有太多的內容含義，只在音節連貫上，求得語言上的平易、和諧，增加幻想和幽默。例如：

數數字

一二三四五，上山打老虎；

老虎不在家，放屁就是他。

又如：

小紅孩

小紅孩，戴紅帽，四隻老鼠抬大轎。

狸貓打燈籠，黃狗喝嚮導。

一唱唱到城隍廟，把個城隍老爺嚇一跳。

兒童詩要求口語化，用語平淺，但要有趣味，與日常生活結合。

(四)音韻和諧，富音樂性

兒童詩歌的欣賞，在於用樂音進入詩的真實世界，詩是吟詠情意，借音樂的旋律和節奏，限制了詩歌的語言，使詩的音韻和諧，因此詩的格律、韻律，是來自於音樂。詩歌是音樂文學，音樂和文字的意義各佔一半，而兒童詩更要求音韻和諧，使詩句、詩意更富音樂性，成為兒童詩的特色。

詩歌搭上音樂的翅膀，它變得輕快而流傳更遠。兒童詩主要題材，來自親情和大自然，表達的方式，要配合兒童心理，使用

兒童的語言，以達天真、活潑、簡明、趣味為主。

一首兒童詩，往往具有強烈的旋律，豐富的想像力，簡明易知的道理，自然界的美景，以及真摯的愛心和同情心。讓孩子們唱後或讀罷，引來美感、迴響，就像母親的微笑，老師的叮嚀，彩虹的色彩一樣，永遠牢記在小小的心版上。

在童年的時代，有一首歌，至今猶迴響在心頭，那是黃自作的曲〈本事〉：

本事

記得當時年紀小，
我愛談天你愛笑。
有一回並肩坐在桃樹下，
風在林梢鳥在叫，
我們不知怎樣睡著了，
夢裡花兒落多少。

是一首美好的童詩，可能跟你一輩子，那旋律久久難以忘懷。

五、結論

每個人都有一個美好的童年，童年就像神話裡的故事一樣：蝴蝶會跳舞，青蛙會唱歌，星星在耳語，連我家門前那棵老榕樹都長滿了鬍子，在風中說不完的古老故事。小時的童謠兒歌，何曾忘記？你不是也會唱〈兩隻老虎〉嗎？「一隻沒有耳朵，一隻沒有尾巴，真奇怪！」便是諧趣。「我家門前有小河，後面有山

坡。山坡上面野花多，野花紅似火。」這是畫趣。你也會唱〈茉
莉花〉吧，「好一朵美麗的茉莉花，芬芳美麗滿枝椏……」詞意
富有情趣，唱到最後，自己也變成潔白芬芳的茉莉花了。

　　兒時的歡樂，就跟〈月光光〉、〈西北雨〉、〈天烏烏〉、
〈記得當時年紀小〉等連在一起，長大後，離開童年夢國，才發
現「夢裡花兒落多少」，兒童詩歌，真好，真美。

　　　　　　　　——元智大學，幼教文學研討會，2001 年 10 月 24 日

本土兒童歌謠創作及賞析

一、前言

神話是民族的夢，民歌是民族的心聲，而兒童歌謠更是民族希望之聲。

「歌謠」一詞由來已久，《詩經・魏風・園有桃》：「心之憂矣，我歌且謠。」《毛詩故訓傳》：「曲合樂曰歌，徒歌曰謠。」可知歌是「合樂」可唱的詩，不能唱的「徒歌」，僅供念的叫謠。其實民歌和民謠統稱為歌謠或詩歌，都是來自於民間，來自於人民群眾抒情志的口頭韻文。它是民間文字中產生最早，內容最豐富，數量最多，用途最廣，歷來最為人們所重視的一種文學作品。後來文人也介入創作，於是詩歌成為我國文學中的主流。

兒童歌謠是歌謠中的一部份，在古籍上大抵稱為童謠。兒歌或兒童歌謠，是五四運動後，才普遍被使用。兒童歌謠是配合兒童心理，又便於兒童吟唱的短歌，其內容是多樣的，從天上到人間，從陸地到海洋，從動植物到非生物，都可以編寫入兒童歌謠之中。其幻想性比較強，激發兒童的想像，增進他們的知識，培養兒童的良好習慣，以及崇高的倫理和品德。

二、歌謠是語言藝術的創造，
民族尋根的線索

　　歌謠和詩歌，同出一轍，音樂是它們的樞紐。他們與另一文
體散文，卻有顯著的差異。雖然詩歌和散文都是表達人們的情
意，但在形式上，詩歌比較重視韻律和節奏，散文可以自由書
寫，不拘格律，可以說：散文無所不散。在古代傳統的說法：
「有韻的謂之韻文，無韻的謂之散文。」在西方有個比喻：散文
好比散步，那詩歌便是跳舞；散文好比講話，那詩歌便是唱歌。
因此，散文和詩歌在文體上各有它們存在的理由和特色。

㈠歌謠語言藝術的創造

　　任何文學可貴之處，在於語言藝術的創造歌謠尤其重視。兒
童歌謠是詩歌中的一環，雖然它是兒童的短歌，更是講求小而
精，精而美。

　　詩歌總會故意留下一些空間，讓天真的兒童打開一扇智慧的
大門，而童言童語便無意地留下驚心動魄的天籟。例如我送小和
元上幼稚園，事後從三歲大的幼童口中，聽到驚人的語言。今將
他記錄下來，便是一首很好的童詩。

　　　　小和元上幼稚園小班了，

　　　　他由阿媽幫他帶大。

　　　　有一天，朋友問小和元：

　　　　「你會想你的爸爸媽媽？」

　　　　他卻頑皮地回答：「別的小孩用眼淚想她的爹地媽咪，我

是用腦筋來想的。」

新鮮的語言，是詩歌吸引人的地方。古代好的詩歌，會被人傳誦，或被視為成語。好的語言，會變為成語，好比只要是神，遲早會入廟。

㈡歌謠是拓樸學（topology），重視民族尋根的線索

詩歌是民族尋根的線索，在民謠、民歌中，尤為凸顯。我國最早的一首民歌，相傳為堯時候的〈擊壤歌〉：

日出而作，日入而息。
鑿井而飲，耕田而食。
帝力於我何有哉？

這首歌類似臺灣高山族或阿美族的「杵歌」，擊土踏腳聯手而歌，從原始民族的歌謠中，往往有相似的歌舞。

如果我們從詩歌的詩篇中，知道年紀最輕的作品，要算唐代駱賓王的〈鵝〉：

鵝，鵝，鵝，曲項向天歌。
白羽浮綠水，紅掌撥清波。

這是駱賓王六歲時的作品。因此兒童的詩歌創作，並不因年幼或年長而有差異。

歌謠、民歌是尋源的途徑，也是拓樸學所倡導的，歷史悠

久，史蹟難尋，從歌謠中，可尋找先民生活的影子。在台灣早期民謠中，可以發覺先民渡海來台的艱辛史，因此〈唐山謠〉、〈恆春調〉、〈一隻鳥〉的歌聲詞調永遠迴響在人民的心中。

㈢歌謠表現民族音樂的特色

歌謠是音樂文學，歌謠的文字是詩歌的意義性，歌曲的音符是詩歌的音樂性，兩者合起來，才是完整的詩歌。誠如梁劉勰《文心雕龍·樂府》中云：「凡樂辭曰詩，詠聲曰歌，聲來被辭，辭繁難節。」在台語歌曲中，我們不妨從和、送聲，去觀察台語歌曲的特色，這是研究歌謠使用套語的方法來察覺。

每個地區的民歌，從音樂的旋律，節奏和歌詞的和、送聲，可以體會出各地民族音樂的特色。例如美國南方的鄉村音樂、泰國的宗教音樂、日本的武士道風謠，這些歌曲便具有民族風采，民族音樂的特色。如以地域音樂來看，〈沙里洪巴〉、〈掀起你的蓋頭來〉是新疆的民歌，〈沙里洪巴嗨嗨嗨〉便是和聲；〈一根扁擔〉〈一根扁擔「軟溜溜地、軟溜溜地」要到荊州〉，〈一隻小毛驢〉是四川的民歌；〈梁山伯與祝英台〉中，「三月『阿拉拉地』好唱，『滴瀝瀝地』採花，『嘟嚕嚕地』來嘞」，是江浙的民歌。這些和聲，都帶有濃厚的民族音樂風。

在台語歌曲中，也有不少的套語和送聲，流露台語民歌的音樂特色。如〈恆春調〉的開端套語，都以「思想起」發端，想起往事，配合曲調，歌詞都是即興的詞，邊唱邊想臨場編的。又如〈丟丟銅仔〉中的和聲，「火車行到依都阿莫依達丟阿又碰空內，碰空的水，依都丟丟銅仔依都阿莫依達丟阿依都滴落來，滴落水。」；「只有火車過山洞，山洞的水滴下來」其他的都是聲

詞，無意義的和聲。這些和聲表現了台灣民歌歡樂的特色，比起大陸內地的民歌，在和聲的表現上，沒有這些活潑而悅耳的旋律。這是台北到蘇澳鐵路開鑿時所留下的一首民歌，可作為民族發展尋根的線索。

歌謠的語言藝術是很特殊的，往往跟詩歌的奧秘一樣，走反常而合道的路子，才有詩趣。同時，歌謠有腳，它會隨民族的遷徙，走向四方。

三、本土兒童歌謠的創作

㈠從歌謠的意義性來看，兒童歌謠創作的內容

兒童歌謠大多數要文字通俗易懂，情節兒童易於理解，音樂語言簡鍊、生動、明快、容易上口。兒童歌謠的內容可分為遊戲性、教誨性、實用性和寓言性四大類，其實不少兒童在遊戲中或唱遊中，也引寓著教誨，而繞口令也是一種遊戲歌謠。

(1) 遊戲性的歌謠

在漢代有一首童謠〈江南〉：「江南可採蓮，蓮葉何田田，魚戲蓮葉間，魚戲蓮葉東，魚戲蓮葉西，魚戲蓮葉南，魚戲蓮葉北。」這是一首遊戲性的歌謠。在本土的歌謠中，也不乏遊戲性的童謠，例如〈天頂一粒星〉：

天頂一粒星
天頂一粒星，大頭仔拈田嬰(蜻蜓)
田嬰飛高高，大頭仔賣肉丸。

肉丸無好吃，大頭仔賣木屐。

木屐真歹穿，大頭仔真僥倖。

又如〈大箍呆〉：

大箍呆

暗公獅，唉唷，白目眉，

無人請，你就家己來。

來來大箍呆，炒韭菜，

燒燒一碗來，冷冷阮無愛。……

(2) 教誨性的歌謠

早期台灣有一首〈茉莉花〉，流傳在兒童口中，這原本是江蘇的民謠，歌詞雖然是讚美一朵茉莉花，又白又香人人誇。這首兒歌，無形中有潛移默化的效用，唱到最後，自己便是一朵潔白純淨的茉莉花。它的歌詞是：

茉莉花

好一朵美麗的茉莉花，好一朵美麗的茉莉花，

芬芳美麗滿枝椏，又白又香人人誇。讓我來

將你摘下，免被風雨打，茉莉花，茉莉花。

在本土民謠中，往往用數字、四季或方位編寫的歌，學會這類歌謠，幼兒自然就會從一數到十，這些歌謠都具有寓教於娛的效果。在傳統念謠中有一首〈小學生〉

一年的一年的悾悾，二年的二年的憨憨。

三年的吐劍光，四年的愛膨風。

五年的上帝公，六年的閻羅王，閻羅王。

其次台灣民歌中，有一首〈農村曲〉，勉勵人要吃苦，要勤勞，這是生活的寫照，歌詞是：

農村曲

透早就出門，天色漸漸光，受苦沒人問，

行到田中間。為了顧三當，不驚田水冷酸酸。……

(3) 實用性的歌謠

早在三十年前，中廣播放一首兒歌〈郊遊〉，幾乎那年代的小孩，人人都會唱這首生活的寫實歌，又有親子的作用，可知詩歌影響人的深遠，無微不至，無遠勿屆。其歌詞為：

郊遊

走，走走走，我們小手拉小手，

走，走走走，一同去郊遊。白雲悠悠，陽光柔柔……

這首歌歌詞平易，音調不高，實用性強，是一首好兒歌。每一時代帶都會留下一些好歌，讓你在唱它時，回到童年的時光，如盧冀野的詞，黃自的曲〈本事〉，李叔同的詞和曲〈送別〉等，這些歌詞怎能忘記呢！

本事

記得當時年紀小，我愛談天，你愛笑。有一回並肩坐在桃樹下，風在林梢鳥在叫，我們不知怎樣睏覺了，夢裡花兒落多少？

送別

長亭外，古道邊，芳草碧連天。晚風拂柳笛聲殘，夕陽山外山。

天之涯地之角，知交半零落。一瓢濁酒盡餘歡，今宵別夢寒。

在台語歌曲中，有一首〈菅芒花〉，也是很生活性的寫實，堅忍、獨立，帶點淒涼。

菅芒花

菅芒花，白無香，冷風來搖動，

無虛華，無美夢，甚人相痛疼。

世間人錦上添花，無人來探望。

只有月娘清白光明，照阮的迷夢。

(4) 寓言性的歌謠

小時候會唱黃自的〈西風的話〉，尤其是小學生都喜愛這首歌詞的優美，旋律的和諧，最後自我陶醉，進入忘我的境界。歌詞是：

西風的話

去年我回來，你們剛穿新棉袍；

今年我來看你們，你們變胖又變高。

你們可記得，池裡荷花變蓮蓬，

花少不愁沒顏色，我把樹葉都染紅。

在台灣民歌中，〈草螟弄雞公〉，〈樹仔頂有一隻猴〉等，歌詞題材較為誇張、虛構、滑稽，但有很大的思考空間，它跟一般寓言，在生活上，思考上有很大的啟發作用，暗示小的不跟大的鬥。

歌謠的創作，在兒童的階段，有驚人的創作力，只是大人們沒將他們的話記錄下來。有一次，我在牙科治療室，看到一位小朋友正在治療台上，醫生問小朋友：

「啊，你把嘴張開，你是上牙床痛，還是下牙床痛？」

「樓上痛啦！」

「小朋友，請問你樓上哪一間房子痛？」

十幾年前，我去參觀苗栗海邊一所海寶國小，他們在提倡寫新詩，其中有一位小朋友，叫何麗美的，寫了一首「酒」：

酒

年輕的媽媽像一瓶酒，

爸爸嚐一口就醉了。

這是天籟，人間最美的詩歌，如同維也納兒童合唱團的天籟。

㈡從歌謠的音樂性來看，兒童歌謠創作的方向

在五四新文化運動的影響和推動下，重視詩歌的音樂創作，早年如李叔同、蕭友梅、趙元任的倡導下，寫了不少傳唱一時的歌曲。同樣在台灣也有不少音樂家，從事本土歌謠的整理與創作，如李泰祥、楊兆禎、許常惠等，他們致力於台灣本土音樂的創作，在兒歌上，尚有簡上仁、施福珍等不斷地投入，使本土兒童歌謠的創作不曾間斷。至於兒童歌謠在音樂性的創作方向上，有下列數點可發展：

(1) 發揮民族音樂的風采。

(2) 表現民族音樂特色的旋律和節奏。

(3) 認同並發揮本土音樂的脈動。

㈢從歌謠創作的技巧來看，來自於傳統與創作

民間兒童歌謠，是由大眾的口頭傳唱，其間材料相當豐富，並有悠久的歷史。歌謠在民間傳唱時，往往會被改寫，一直到文人歌者將它採集定稿，才成定型。其實民間歌謠是由大眾共同創作，就如南朝時〈大子夜歌〉中所說的：

慷慨吐清音，明轉出天然。

又說：

不知歌謠妙，聲勢出口心。

民歌是人們自然的抒吐，出自於自然，不假雕飾，聲勢從口出。但古人留下來的歌謠，今人可以重新予以整理或改編，在這些歌曲的音樂風格上，可以分「保存古風」和「創新」二類。

在「保存古風」上，後人只是做整理工作，運用現代作曲的技巧作新嘗試，然而其歌詞的主題和樂曲的主旋律不變，仍然保持歌謠古風的面貌。至於「創新」上，便是因時代的不同，環境的變異，創造一些新的歌謠，如同前些年的校園民歌，又能一新耳目，帶來新面目的歌曲。不管如何，只要有情、有意，聲情合一的歌曲，便能歷久不衰；而歌詞意識明確清晰、文字簡潔、易懂，符合樂歌必備的原則，這是歌謠創作的技巧上，不可或缺的因素。

今就詩歌創作的技巧而言，來自於傳統與創作的條款，列舉如下：

(1) 賦、比、興的創作技巧。

(2) 詩歌是精美的語言，彎曲的語言。

(3) 最真實的語言，最真實的生活是詩歌。

四、本土兒童歌謠的賞析

本土典型的兒歌童謠不少，今僅能擇其中數首，加以介紹和賞析。今分兒歌、童謠兩部分：

(一)兒歌部分：

(1) 天烏烏

> 天烏烏，欲落雨，阿公仔攑鋤頭欲掘芋，
> 掘呀掘，掘呀掘，
> 掘到一尾栓鰡鼓，伊呀嘿都真正趣味。
> 阿公仔欲煮鹹，阿媽欲煮淡，兩人相打弄破鼎，
> 伊呀嘿都隆咚七咚槍，哈哈哈

這是一首膾炙人口的民歌，原產地發生在淡水，是一首以魚為題材的漁村民歌，極富戲劇性，含有漁村夫婦歡樂的氣象，雖然最後把鼎弄破，用「哈哈哈」做送聲，帶來歡笑。樂曲的部分可以獨唱，也可以合唱，或改成組曲，配合表演，老少咸宜，是一首極富代表性的民歌、兒歌。

(2) 西北雨

> 西北雨，直直落，鯽仔魚，欲娶某，
> 鮕鮐兄拍鑼鼓，媒人婆仔土虱嫂。
> 日頭暗揣無路，趕緊來火金姑，
> 做好心來照路，西北雨直直落……。

西北雨，是指夏日午後的陣雨。歌詞是唱水族迎親熱鬧的場面，是一首寓言式的民歌，反映漁村歡樂的景象。這與「天烏烏」同屬描寫與魚有關的歌謠，也是淡水的民歌，可見早期的淡水是漁

村，他們在捕魚之暇，編造了兩首漁村的民歌，但不知哪首發生較早。如以歌謠的研究，同屬與魚有關的歌謠，便會構成「母題」和「子題」的關係。較早發生的為母題，較後發生的為子題。

(3) 草蜢弄雞公

> 少年阿兄伊都人清秀，做陣一對伊都像鴛鴦，
> 講話散步伊都好遊賞，配著老兄伊都心帶憂，
> 伊都那嚘呦仔伊都心帶憂，草蜢弄雞公，雞公披搏跳。

這是一首詼諧的歌曲，「草蜢弄雞公，雞公披搏跳」，在歌謠中是個「套語」，這首歌曲，有五六組詞，在每一段歌曲結束時，便來這兩句歌詞，可視為歌謠的送聲。這兩句歌詞，含義極廣，意思是小的不要去挑釁大的，小國不要去惹大國，吃虧的是草蜢。歌謠除了娛樂外，往往有潛移默化之效，含有玄妙的哲理性。〈丟丟銅〉、〈火金姑〉，都是很好的民歌，老少咸宜，並無年齡的分類，這也是本土民歌的好處。

(二)童謠部分：

(1) 秀才騎馬弄弄來

> 秀才騎馬弄弄來，佇馬頂跋落來，
> 跋一下真厲害耶！
> 秀才秀才，騎馬弄弄來，佇馬頂跋落來，
> 跋一下真厲害，
> 嘴齒痛，糊下頦，

目睭痛，糊目眉，

腹肚痛，糊肚臍。

嘿，真厲害。

童謠的可愛，在於天真有趣，藉秀才騎馬為發端，造成下面嘴齒、目睭、腹肚痛的韻語，做為兒童訓練說話、增加詼諧、戲謔的情趣。童謠的內容，雖與現實生活距離遙遠，卻引來距離之美，為兒童心靈開一扇窗。

(2) 點仔膠

點仔膠黏著腳，叫阿爸買豬腳，

豬腳箍煮爛爛，飫鬼囡仔流嘴瀾。

早年小孩子打赤腳，走在夏日曬軟了的柏油路上，往往會被柏油黏在腳上。童謠的發端，便是寫實的謠詞。這類用頂真格和趁韻，是民謠中最常見的方式。

(3) 月光光

月光光，秀才郎，騎白馬，過南塘。

南塘未得過，掠貓仔來接貨，

接貨接未著，夯竹篙，撞獵鵁。

「月光光」做開端套語的童謠，不只這一首，它可以即興的編寫如同〈恆春調〉的「思呀思想起」，或「思雙枝」。在福建一帶，也有「月光光」的童謠，農家每到月出的晚上，念這首童

謠，增加月夜的溫馨；如在客地聽到此類的童謠，會增加對家鄉、家人的懷念。歌謠是尋根的線索，在此得到引證。

(4) 一尾魚

一尾魚，兩隻雞，三叢樹仔，四蕊花。

五粒楊桃，六條菜瓜，七個人食八塊粿，

九枝筆寫十本冊。

這是教幼兒背誦數字的兒謠，同時讓幼童辨別量詞的用法，並予常見的實物搭配。在古代詩歌中，用數字構成的詩也不少，如乾隆皇帝和紀曉嵐所做的〈詠雪〉：

一片一片又一片，二片三片四五片，

六片七片八九片，飛入蘆花都不見。

這類詩歌都有諧趣。

兒童歌謠是我們祖先遺留下來的文化遺產，他們雖然遠離世間，他們把美好的歌聲，寶貴的生活經驗，像薪火相傳，永世不絕。我們繼承這些兒童歌謠，再加入新的作品，使後代歌謠，加入了源頭活水，使領域、視野擴大。就如同歷史會留下裂縫，使後人從縫隙中，窺見未來的新希望。

五、結論

(一)配合兒童心理，達到詩教的效用。

㈡增進兒童見聞，陶冶兒童性情和心靈。

㈢培養愛唱歌，跳舞的快樂性格，養成樂觀開闊的心胸。

㈣了解本土歌謠的特色，使兒童的心靈，種下熱愛生活、珍惜生命，以及愛家、愛鄉、愛國的情操。

——元智大學，幼教文學研討會，2001 年3 月

國家圖書館出版品預行編目資料

童山詩論卷／邱燮友著. –初版. -- 臺北市
：萬卷樓, 民 92
面；　　公分
ISBN 957-739-438-8(平裝)
1 中國詩—評論
821.886　　　　　　　　92004772

童山詩論卷

著　　者　邱燮友

發 行 人　楊愛民

出 版 者　萬卷樓圖書股份有限公司
地址：臺北市羅斯福路二段 41 號 6 樓之 3
電話：(02)23216565・23952992
傳真：(02)23944113
劃撥帳號：15624015 萬卷樓圖書股份有限公司
網址：http://www.wanjuan.com.tw
E-mail：wanjuan@tpts5.seed.net.tw

出版登記證　新聞局局版臺業字第 5655 號

總 經 銷　紅螞蟻圖書有限公司
地址：臺北市內湖區舊宗路二段 121 巷 28 號 4F
電話：(02)27953656(代表號)
傳真：(02)27954100
E-mail：red0511@ms51.hinet.net

承 印 廠 商　晟齊實業有限公司

定　　價　360 元

出 版 日 期　民國 92 年 4 月初版

ISBN 957－739－438－8